यार

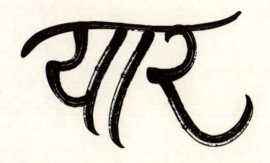

यार

नयनराज पाण्डे

FP

प्रकाशक : फाइनप्रिन्ट बुक्स
कर्पोरेट तथा सम्पादकीय कार्यालय
फाइनप्रिन्ट प्रा. लि.
विशालनगर, काठमाडौं
पोस्ट बक्स : १९०४१
फोन : ०१-४४४३२६३
इमेल : info@fineprint.com.np
वेबसाइट : www.fineprint.com.np

फाइनप्रिन्टद्वारा प्रथम पटक प्रकाशित, मंसिर २०७४

चित्राङ्कन : सचिन योगल श्रेष्ठ

सर्वाधिकार © नयनराज पाण्डे

ISBN: 978-9937-665-57-5

यस पुस्तकको कुनै अंश वा पूरै पुस्तक कुनै माध्यमद्वारा पुनरूत्पादन, फोटोकपी वा प्रसारण गर्न पाइने छैन । कसैले त्यसो गरेको पाइए प्रतिलिपि अधिकार ऐनअन्तर्गत कारबाही गरिनेछ ।

YAAR BY NAYAN RAJ PANDEY

समर्पण

जीवनको राजमार्गमा धेरै साथीहरूसित सँगसँगै हिँडियो । धेरैसित अझै पनि सँगै यात्रारत छु । केही भने हिँड्दाहिँड्दै कुनै मोडमा छुटे । एकछिन कुरें पनि तिनलाई मैले । उनीहरूले पनि खोजे होलान् मलाई । तर, जीवनमेलाको भीडभाडमा हाम्रो भेट भएन ।

तर, मेरो यात्रामा त्यस्ता पनि केही साथीहरू थिए, जसले हिँड्दाहिँड्दै चटक्कै मेरो हात छाडेर अर्कातिर लागे । तिनीहरूको आफ्नै खालको अर्को कुनै मुकाम हुँदो हो । तिनीहरूलाई त्यो मुकामसम्म पुग्ने हतार हुँदो हो ।

जो छुटे, तिनीहरूसित अर्को कुनै मोडमा फेरि भेट्ने रहर छ ।

जो अर्को बाटो लागे, उनीहरूलाई फेरि पनि शुभकामना दिने मन छ ।

यो यार मेरा ती सबै यारलाई समर्पित !

विषयसूची

औंला	२
इजार	८
अखाडा	१८
मौन	२८
मजाक	४०
एयरगन	४८
सुखद	५४
यार	६२
वर्जित	७६
गुप्त	८४
टिकट	९४
पेटीकोट	१०६
हेलमेट	११६
राम्री	१२४
कमिज	१३४
धराप	१४४
अप्रिय	१५४
मोटो	१६६
ताल्चा	१७२
माछा	१८४
अग्लो	१९२
प्लास्टिक	२०२
संवेदना	२१२
कृतघ्न	२२२
पण्डित	२३२

औंला

रमा क्लासमा जतिबेला पनि आफ्नो दाहिने हातको बूढी औंला चुसिरहन्थी । कतिपल्ट रज्जाक सरले हकारिसकेका थिए । ऊ पनि एकछिनलाई सचेत त हुन्थी । तर, कुन बेला उसको औंला मुखभित्र पस्थ्यो, थाहै पाउँदैनथी । अरू साथीहरूझैं उसले पनि मलाई मेरो घरेलु नामले नै सम्बोधन गर्थी र भन्थी, 'राजु ! तिमी सधैं मसितै बस ल ।' त्यसैले म ऊसँगै बस्थें क्लासमा ।

रज्जाक सरले मलाई आदेश दिएका थिए, 'रमाले औंला चुसेको देख्नासाथ उसको मुखमै हिर्काइदिनू ।'

रज्जाक सर प्राथमिक शिक्षक थिए । ठीक्कको शरीर । न दुब्लो, न मोटो । कालो रोगन । कपाल घुम्रिएको थियो र कन्चटतिरका कपाल उमेरभन्दा चाँडै फुलेका थिए । अनुहारमा बिफरका दाग थिए । गालामा पातलो दाह्री सधैं रहन्थ्यो । त्यसले गर्दा उनको अनुहार सधैं मैलो देखिन्थ्यो । तर, लुगा भने उनी सधैं सफा लगाउँथे । सधैं टेरिकटनको घुँडाघुँडासम्मको सेतो कुर्था र सेतै पतलुन लगाउँथे । त्यसमाथि कालो कोट । जाडोमा कमिजमाथि खैरो हाफ स्विटर र घाँटीमा ऊनको मफलर थपिन्थ्यो । कोट भने उही रहन्थ्यो । खुट्टामा छालाको कालो जुत्ता । पछि पनि जबजब मैले उनलाई देखें । सधैं यही हुलियामा देखें । उनी हामीलाई हिसाब पढाउँथे । पहाडा कण्ठ गर्न लगाएर हत्तु बनाउँथे । तीन एकान तीन, तीन दुना छ, तीन तिरिका नौ... ।

इन्डियाबाट आएका थिए रज्जाक सर । सायद लखनउतिरबाट । वर्षौं नेपालगन्जमा बस्दा पनि उनले नेपाली बोल्न जानेका थिएनन् । उनका बारेमा सुनिन्थ्यो, उनकी श्रीमती असाध्यै सुन्दरी छन् । लखनउतिरकी कुनै खानदानी घरकी छोरी थिइन् क्यारे ! त्यसैले उनले श्रीमतीलाई घरबाट निस्कन पनि दिन्नथे । आफू निस्कँदा श्रीमतीलाई कोठाभित्र ताल्चा लगाएर राख्थे रे ! शिक्षकका रूपमा पनि उनी साह्रै कडा थिए । केटाकेटीले अलिकति चकचक गऱ्यो कि हिर्काइहाल्थे । धेरैजसो कानै निमोठ्थे उनी । कन्चटतिरका रौं तानेर धुरूक्कै पारिदिन्थे । उनको हातमा सधैं हरियो बेसर्माको पातलो छडी भइरहन्थ्यो । सुकेको र मोटोभन्दा हरियो र पातलो बेसर्माको छडीले बढ्ता चोट लाग्थ्यो । उनलाई देख्दा मलाई तुरून्कै सु आउलाजस्तो हुन्थ्यो । हामी केटाकेटीका लागि रज्जाक सर आतङ्कका पर्याय थिए ।

रज्जाक सरले रमालाई हिर्काउन भनेका थिए । त्यसैले मैले एक-दुई पटक त हिर्काएँ पनि । उसलाई नदुख्ने गरी हिर्काउँथें । तर पनि ऊ रोइदिन्थी । पछि रज्जाक सरले भनिहाले पनि म उसलाई नहिर्काएर टाउको निहुराएर उभिइरहन्थें । रज्जाक सरले यसलाई आफ्नो अपमान ठान्थे । त्यसपछि मलाई हत्केला, पाखुरा या जाँघमा सुम्ला उठ्ने गरी ठटाउँथे । विद्यार्थीलाई पिटेरै तह लगाउनुपर्छ भन्ने सोच थियो त्यतिबेला । शिक्षकहरूका लागि मङ्गल मास्टर उदाहरण थिए । मङ्गल मास्टरले आफ्नो स्कुलमा पाठ कण्ठ नगर्ने विद्यार्थीलाई इनारमा उल्टो झुन्ड्याएर पिट्थे भन्ने हल्ला थियो । उनैका नाममा खुलेको थियो हामीले पढ्ने यो स्कुल । संस्थापक नै थिए उनी । तर, नयाँ शिक्षा योजना लागू भएपछि उनको स्कुलमा शिक्षक बन्ने औपचारिक योग्यता भएन । हामीले पनि सुनेका थियौं, त्यसपछि कहिल्यै यो स्कुलको पानी पनि खाएनन् रे मङ्गल मास्टरले । मङ्गल मास्टरको यातना त हामीले भोगेनौं । तर, उनको उत्तराधिकारी भएका थिए रज्जाक सर ।

०००

कक्षा तीनमा पनि थुप्रै विद्यार्थी थिए । हामी पछाडितिरको बेन्चमा थियौं । मलाई अघिल्लो बेन्चमा बस्न डर लाग्थ्यो । रज्जाक सरले अगाडि बेन्चमा बसेकालाई खुब प्रश्न सोध्थे र सही जवाफ दिन जानेन भने बेसर्माको हरियो लट्ठीले जीउमा सुम्लै उठ्ने गरी हिर्काइहाल्थे । त्यसैले हामी पछाडिका बेन्चमा बस्थ्यौं ।

'रमा ! तिमीले औंला किन चुसेको ?' कुनै दिन मैले सोधेको थिएँ ।

'मीठो हुन्छ नि त !' उसले भनेकी थिई ।

मैले पनि आफ्नो औंला चुसें । मीठो लागेन ।

'खै, मलाई त मीठो लागेन,' मैले भनें ।

'तिम्रो मीठो छैन होला, मेरो त मीठो छ,' उसले भनी र मेरो औंला तानेर भनी, 'खै, चाखूम् त !'

उसले मेरो बूढी औंला चुसिदिई ।

पछाडि बसेकाले रमाले मेरो औंला चुसिदिएको रज्जाक सरले देखेनन् ।

रमाले मेरा औंला चुसेको चुस्यै गरी । मलाई गजबको आनन्द आयो । त्यसपछि म बेलाबेलामा रमासित अनुरोध गर्थें, 'मेरो औंला चुसिदेऊ न !'

रमाले मेरो कुरा मान्थी । म चरम आनन्दले विभोर हुन्थें । शरीर न्यानो हुन्थ्यो । कहिलेकाहीँ जानाजान उसले मेरो औंला टोकिदिन्थी । अनि, सोध्थी, 'दुख्यो ?'

किन नदुख्नू ? दुख्थ्यो । तर, भन्थें, 'अहँ, दुखेन ।'

खोइ किन किन उसले त्यसरी टोकेको टोक्यै गर्दा पनि मलाई कताकता आनन्द आइरहन्थ्यो । पछि त रमाले आफ्नो औंला चुसेको देख्यो कि म पनि ऊतिर आफ्नो औंला तेर्स्याइहाल्थें, 'रमा, मेरो औंला पनि चुसिदेऊ न !'

एक दिन रमाले मेरो औंला चुसिरहेको रज्जाक सरले देखिहाले । हिन्दीमा कराए, 'के गरेको तिमीहरूले ?'

म डराएँ । अब पिटाइ खाने पक्का थियो । मैले डराउँदै भनें, 'सर ! यो रमेले मेरो हात तानेर चुसिदिई ।'

रमा स्पष्टीकरण दिँदै थिई, 'होइन ब्यारे, मैले होइन । यो राजुले नै चुसिदिन भनेपछि मैले चुसिदिएकी ।'

तर, उसको मसिनो आवाज रज्जाक सरले सुनेनन् । बेसर्माले बेस्मारी उसको हत्केलामा हिर्काए । हुँक्क हुँक्क गर्दै रोई रमा ।

ooo

एक दिन रमाले टन्नै चकलेट ल्याई । काठमाडौंबाट उसका कोही आफन्त आउँदा ल्याइदिएका थिए सायद ती चकलेट । देखाई मलाई । म लोभले मरिगएँ ।

'मलाई पनि देऊ न !' मैले याचना गरें । ऊ पग्लिहाली । उसले दुई-तीनवटा चकलेट दिई । उसले एकैछिनमा आफूसितको चकलेट खाएर सकिहाली । मीठो कुरा चाँडै नसिद्धियोस् भन्ने लागेर होला, मैले भने अलिअलि कुटुकुटु टोकेर खाइरहेको थिएँ । फारो गरीगरी । आफ्नो चकलेट सकिसकेपछि मैले चकलेट खाइरहेको देखेर डाहा लाग्यो रमालाई । ऊ रून थाली । रज्जाक सर आए ।

'के भयो, रमा ? किन रोएकी ?' उनले सोधे । उसै गरी । हिन्दीमै ।

'सर ! राजुले मेरो चकलेट चोरेर खायो,' उसले ममाथि दोष थोपरिदिई ।

रज्जाक सरले बेसर्माको पातलो लट्ठीले मेरो हत्केलामा बेस्मारी हिर्काए । म रोएँ । रमा औंला चुस्दै हाँसिरही ।

रज्जाक सर गएपछि चोट सुमसुम्याउँदै र रूँदै मैले गुनासो गरें रमासित, 'काली मोरी बोक्सी, किन दोष लगाएकी ममाथि ?'

'अनि, अस्ति तँ कुकुरले पनि मलाई किन औंला चुसिदिई भनेर दोष लगाएको त ?'

ooo

जीवनमा केही मित्रहरूमाथि मैले पनि अप्रिय व्यवहार गरें । रमासित गरेझैं । केहीले मसित पनि बदला लिए । रमाले जस्तै ।

इजार

ए आशा ! कहाँ छौ अचेल तिमी ? के तिमीले अझै ओठमा लाली लगाउँछ्यौ ? अझै गाजल लगाउने गरेकी छ्यौ आफ्ना ठूलाठूला आँखामा ? रातो धागोले दुई चुल्ठो बाट्छ्यौ अझै पनि ? तिम्रो केशबाट के अझै आउँछ चमेली तेलको बास्ना ? अझै पनि पाउमा पाउजु लगाउँछ्यौ या नियतिको निर्दयी जन्जिरले बेरिएकी छौ अचेल ?

अहँ, जवाफ कतैबाट आउँदैन । आउँछ त बस् आशासित जोडिएका स्मृतिहरूको अग्लो लहर, उसैको सम्झनाको चिसो छाल र उसकै शरीरबाट निस्कने अफगानी अत्तरजस्तो सुकिलो तर मादक बास्ना ।

सम्झना न हुन्, कहिले बास्ना आउने मालाजस्तो बन्छन् र सर्लक्क मनभरि लुटुपुटु भएर बेरिन्छन् । सम्झना न हुन्, कहिले बलियो जन्जिर भइदिन्छन् र त्यही मनलाई दुख्ने गरी फनफनी बेरिदिन्छन् । हामी लेख्नेहरूका लागि सम्झना त खजाना हुन्, कहिले छापावाल सुन भएर टलक्क टल्किन्छन्, कहिले भने चानचुन भएर मनको खल्तीभरिबाट पालैपालो चुहिन्छन् । तर, जति चुहिए पनि सम्झनाको झोला रित्तिएको उदाहरण छैन । सम्झना अजङ्गका हिमालजस्तै रहेछन्, जति उक्लिन गाह्रो, ओर्लिन पनि उति नै जटिल । सम्झना समुद्र रहेछ, हजार गाग्री पानी उबाए पनि कहिल्यै नरित्तिने । सम्झना बतास पनि त रहेछ, जसले जति तानेर आफ्नो फोक्सोमा भरे पनि कहिल्यै नसकिने ।

०००

आशा मेरी बालसखा । टाँगावाल रामलालकी छोरी । गोरी, पातली र हँसिली ।

जमुनाहाबाट नेपालगन्ज हुँदै कोहलपुर पुग्थ्यो एउटा सडक । इन्डियालाई महेन्द्र राजमार्गसित जोड्ने लिङ्क रोड थियो त्यो । आशा र मेरो घरको बीचबाट नदीझैं बगेर दक्षिणबाट लगभग सोझै उत्तरतिर गएको थियो त्यही सडक । वारि मेरो पक्की घर, पारि आशाको काँचो इँटाको दुईकोठे घर । पूर्वतिर आशा, पश्चिमतिर म । उतिबेला उसकै घरपछाडिबाट उदाउँथ्यो तातो सूर्य । मलाई लाग्थ्यो, परसपुर या करमोहनातिर सेलाएर अस्ताएको सूर्य राति कुनै बेला आशाको घरमा सुटुक्क पुग्थ्यो र कुनै कुनामा लुकेर बस्थ्यो । बिहान त्यही कुनाबाट आशालाई पनि थाहै नदिएर फुत्त निस्किन्थ्यो ।

म छ-सात कक्षा पढ्दादेखि उसको घरमा आऊजाऊ गर्न थालेको हुँ । एघार-बाह्रकी त हुँदी हो ऊ पनि । तर, आफ्नै आमाको देखासिकी गरेर होला, ऊ त्यतिबेला पनि ओठमा सस्तो खालको लिपिस्टिक लगाएर बस्थी । आँखामा गाजल पनि लगाउँथी । बास्नादार चमेली तेलले चम्किलो बनाएको कपाललाई टिनिक्क पारेर कहिले रातो धागोले बेर्थी, कहिले चिम्टीले अड्याउँथी र कहिले 'लव इन टोकियो'ले अल्झाउँथी । 'फराक' लगाउँथी ऊ । म अहिले पनि जबजब उसलाई सम्झन्छु, रातै फ्रकमा सम्झिन्छु । थरीथरीका हरिया-नीला फूलका ठूलठूला बुट्टावाला फ्रक ।

खुट्टामा पाउजु पनि लगाउँथी । ती चाँदीका पाउजु थिए या चाँदीकै भ्रम दिने गिल्टीका, थाहा छैन । तर, उसको मेहन्दी लगाएको खुट्टामा ती पाउजु गजबले सुहाउँथे । ऊ हिँड्दा हल्का छमछमको आवाज पनि आउँथ्यो पाउजुबाट । आवाज होइन, कुनै कुशल सङ्गीतकारले कम्पोज गरेको कालजयी धुनजस्तो लाग्थ्यो त्यो आवाज ।

ooo

एक पटक आशा र म धूलोमा सँगै खेल्दै थियौं, उसले बेसर्माको डाँठले भुइँमा पानको पात र पातलाई छेडेर फुत्त निस्केको तीरको चिह्न बनाई र अवधी भाषामा भनी, 'यो प्यार-मोहबतको निसानी हो ।'

जीवनमा पहिलोपल्ट मैले त्यो निसानी देखेको थिएँ । पात आकृतिको हृदय र त्यसलाई छेडेर निस्केको तीखो तीर । अहिले सोच्छु– त्यो मुटु कसको थियो होला ? रामकी सीताको, राँझाकी हीरको कि मजनुँकी लैलाको ? रोमियोकी जुलियटको कि सलिमकी अनारकलीको ? अनि, त्यो तीर कसले चलाएको ? रामले या रोमियोले ? कि, क्लियोपेट्राको मुटु छेड्दै निस्किएको एन्टोनीको तीर हो त्यो ? मलाई त्यो आकृति देख्दा अचम्मै लागेको थियो । धूलोमा बनाएको एउटा अर्थ न बर्थको आकृति कसरी प्यार-मोहब्बतको निसानी हुन सक्छ ? तर, यसको जवाफ त आशासित पनि थिएन । सायद, मैले यसबारे ऊसित कुनै प्रश्न पनि गरेको थिइनँ ।

आशा स्कुल जान्नथी । उसका अभिभावकहरूसित उसलाई स्कुल पठाउने ल्याकत थिएन । त्यसबाहेक ऊ त्यो समाजकी पात्र थिई, जहाँ बालिकालाई स्कुल पठाउने कुरामा खासै उत्साह थिएन । ऊ मैले बोल्ने भाषा बोल्न जान्दिनथी । हामीबीच अवधीमै संवाद हुन्थ्यो । तर, ऊ बोल्दा केही अङ्ग्रेजी शब्द भने मिसाउँथी ।

– मेरो बप्पा टाँगा लिएर रूपैडिहा र नेपालगन्ज 'अपेनडाउन' गर्छन् ।

– मेरी अम्मा घोडाको लागि घाँस किन्न 'डेली' घसियारन टोल जान्छिन् ।

– भोलि त म पनि 'मार्किट' गएर लाल बिन्दी किन्छु ।

ऊसित मलाई देखाउनका लागि अचम्म-अचम्मका वस्तु हुन्थे । काठको बुट्टेदार हाते ऐना, नक्कासी गरिएको अत्तरको मुगलकालीन बोतल, बीचबाट खोल्न मिल्ने चरा आकारको चाँदीको गाजल राख्ने कजरौटी, सिसाको सुर्मादानी र अनौठा-अनौठा चित्र भएका विभिन्न कम्पनीका 'दिया सलाई'का डिब्बीहरू । उसैले देखाएकी थिई मलाई हजुरबुबाको पालाको माटोको सुल्पा र चाँदीको चुनादानी, जसमा एकातिर सुर्ती र अर्कोतिर चुना राखिन्थ्यो ।

एकपल्ट उसले मलाई रेलको टिकट देखाई । पोहर साल बाबुआमासित ऊ रूपैडिहाबाट गोन्डासम्म गएकी थिई । उसको चाचाको छोराको 'शादीमा' । त्यतिबेलाको टिकट उसले बडो जतनका साथ राखेकी थिई । बाक्लो दफ्ती कागजको एक इन्च बाइ अढाई इन्चको टुक्राजस्तो । त्यसमा केही नम्बर हुन्थे । टिकट किनेको र पुग्ने स्टेसनको नाम हुन्थ्यो । मैले सोधें, 'किन राखेको यो टिकट ?'

'अब जब मेरी अम्माले फेरि बच्चा पाउँछे नि, त्यसबेला यसको जन्तर बनाएर अम्माको पेटमा बाँधिदिने । अनि, बच्चा फटाक से पैदा भैहाल्छ ।'

उसको यस्तो जवाफले म चकित भएको थिएँ । के एउटा ट्रेनको टिकटले आमाको पेटबाट धरतीमा आउन लागेको बालक या बालिकाको यात्रालाई पनि सहज बनाइदिन्छ ? आज पनि यो प्रश्न कहिलेकाहीँ मेरो मथिङ्गलमा सलबलाउँछ । तर, प्रश्नको जवाफ दिन आशा अब कहाँ छे र ?

ooo

मलाई केही अङ्ग्रेजी वाक्य कण्ठस्थ थिए । म ती वाक्य उसलाई सुनाउँथें ।

'माई नेम इज राजु । आई लिव इन नेपालगन्ज ।'

ऊ सोध्थी, 'के भनेको ?'

म भन्थें, 'मेरो नाम राजु हो । मेरो घर नेपालगन्ज हो ।' अनि, फेरि भन्थें, 'आई रिड इन क्लास सिक्स ।'

ऊ फेरि सोध्थी, 'के भनेको ?'

म गमक्क परेर जवाफ दिन्थें, 'म छ कक्षामा पढ्छु ।'

ऊ जिल्ल पर्थी । अनि, मार्केटबाट किनमेल गरेर आएकी अम्माको धोतीको फेर समातेर भन्थी, 'अम्मा ! म पनि स्कुल जान्छु ।'

आशाकी आमाले त्यस्तो बेलामा के जवाफ दिन्थिन्, थाहा छैन । तर, थाहा छ– आशा त्यसपछि निराश हुन्थी । कहिलेकाहीँ रून्थी पनि । आशा रोएको मलाई मनै पर्दैनथ्यो ।

एक दिन स्कुलबाट भागेर कुनै हिन्दी सिनेमा हेरेको थिएँ मैले । त्यसमा नायकले नायिकालाई 'आई लभ यू' भनेको र त्यसपछि नायिकाले उसलाई बेस्मारी अँगालो मारेको दृश्य थियो । मेरा लागि त्यो सिनेमाभरिको सबैभन्दा उत्तेजक दृश्य थियो । त्यसरी अँगालेपछि अब नायिका गर्भिणी भइहाल्छे र चाँडै बच्चा पनि जन्मिन्छ भन्ने विश्वास भयो मलाई । अङ्कमाल गर्नु नै प्रेम र यौन सम्बन्धको उत्कर्ष हो भन्ने लाग्थ्यो त्यतिबेला । मलाई किन किन 'आई लभ यू' शब्दले खुब आकर्षित गरेको थियो । पहिलोपल्ट त सुनेको होइन । तर, पहिलोपल्ट याद भने भएको थियो । पहिलोपल्ट त्यसको मादक अर्थ स्पष्ट भएर आएको थियो ।

सिनेमा हेरेर आएको राति पनि मैले त्यही दृश्य सम्झिएँ । तर, यस पटक नायक-नायिकाको ठाउँमा मैले आशा र आफूलाई राखें । मैले आशालाई 'आई लभ यू' भनें र उसले हतारहतार मलाई अँगालो मारी । कल्पनामै आशाको भुँडी ह्वात्तै बढ्यो । उसले केहीबेरमै बच्चा पाई । कल्पनामै उसले काखमा राखेर बच्चा खेलाई । मैले पनि खेलाएँ । त्यो बच्चा मेरै प्रेमका कारण आशाको गर्भबाट जन्मिएको थियो । त्यसैले त्यसप्रति मेरो पनि केही कर्तव्य थियो । अब आशा र बच्चालाई पाल्ने जिम्मेवारी मेरै थियो । त्यसैले आशा र बच्चालाई पाल्न मैले केही काम गर्नुपर्ने भयो । तुरून्तै मैले हवाईजहाज उडाउने काम पाएँ । पाइलट भएँ । आशा र मेरो सुन्दर गृहस्थी तयार भयो । यस्तो कल्पनाले मेरो शरीरमा कताकता हलचलचाहिँ हुन्थ्यो । ज्वरो आएजस्तो भएर निधार तातो हुन्थ्यो ।

कहिलेकाहीँ खेल्दाखेल्दै मलाई सु आउँथ्यो । म आशाकै छेउमा उसको घरको भित्ताको आडमा उभिएर सु गरिदिन्थें । कहिलेकाहीँ उसलाई पनि सु आउँथ्यो । ऊ मेरै छेउमा टुसुक्क भित्तानेरै बसेर सु गरिदिन्थी । हरेक दिनजसो घट्ने यस्ता दृश्यले मलाई कहिल्यै पनि ज्वरो आएन । ज्वरो आयो त सिनेमामा देखेको अङ्कमालको दृश्यले र 'आई लभ यू'भित्र लुकेको मादक अर्थले ।

एक दिन सु गर्दा गर्दै मैले आशासित भनें, 'आशा ! आइलब्यु ।'

उसले इजार बाँध्दै सोधी, 'के भनेको ?'

तर, त्यतिबेला मलाई त्यसको ठीकठीक अनुवाद आएन । म अलमलिएँ । जवाफ दिन सकिनँ । आज सम्झँदा मलाई लाग्छ, म त्यो वाक्यको अनुवाद गरेर 'म तिमीलाई प्यार गर्छु' अवश्य भन्न सक्थें । तर, भन्ने हिम्मत भएन त्यतिबेला मलाई ।

म आशासितको प्रेममा फसिसकेको थिएँ । स्कुलबाट फर्किनासाथ कापी-किताबले भरिएको बस्ता फालेर दौडँदै आशाको घर पुगिहाल्थें ।

आशा प्रायः घरमै भेटिन्थी । ऊ जतिबेलै पनि चिटिक्क परेर बसेकी हुन्थी । उसलाई मैले कहिल्यै पनि धूलोमैलो देखिनँ । ऊसित फेरफार गर्ने धेरै लुगा थिएनन् । तर, उसका लुगा कहिल्यै पनि मैलो देखिनँ मैले । आज पनि जब म आशालाई सम्झिन्छु, उसको सुकिलो छवि मेरो दिमागमा

उज्यालो भएर आउँछ । अझै पनि आँखैअगाडि उसको नाकको फुली टलक्क टल्कन्छ । कानैनेर उसको पाउजुको मधुरो आवाज गुञ्जन्छ । उसको ओठको रातोले मेरो मनलाई रङ्गीन बनाउँछ आज पनि । उसको सफा र गोरो मुहार पोस्टर भएर टाँस्सिन्छ अझै पनि मेरो मनको भित्तामा । उसको कपालबाट आउने चमेली तेलको बास्नाले मेरो अस्तित्वलाई बास्नादार बनाउँछ अचेल पनि ।

ooo

नेपालगन्जमा प्रायः मुसलमानहरूले टाँगा चलाउँथे । तर, रामलाल भने हिन्दु थियो । असाध्यै दुब्लोपातलो थियो ऊ । बिहान लुङ्गीमात्र लगाएर घोडीको सरसफाइ गरिरहँदा उसको छातीका करङ सजिलै गन्न सकिन्थ्यो । वर्णमालाको 'त' झैं निहुरिएर हिँड्थ्यो । कपाल सेतै फुलेको थियो । तर, कहिलेकाहीँ रातै हुन्थ्यो उसको कपाल । हरेक दुई-चार महिनामा उसको कपालको रङ बदलिन्थ्यो । तर, उसको समग्र व्यक्तित्व भने गरिबी र दुःखसित अभ्यस्त भएझैं लाग्थ्यो । ऊ हाँसेको र खुसी भएको मैले कहिल्यै देखेको थिइनँ । कहिलेकाहीँ देख्थें पनि हुँला तर त्यो अस्थायी खुसी हुन्थ्यो । उसको जीवनको अभाव र सङ्घर्षले उसलाई खुसी हुने मौका दिँदैनथ्यो । आत्मविश्वास नभएर होला, ऊ भकभकाएर बोल्थ्यो र शब्दहरू उसका मुखबाट टुटेर, भाँच्चिएर र क्षतविक्षत भएर निस्कन्थे । बिँडी लगातार तानिरहन्थ्यो । बिँडी तानिरहँदाको क्षणचाहिँ ऊ एकदमै सन्तुष्ट र तृप्त देखिन्थ्यो । यस्तो बेलामा ऊ सायद आफ्ना जीवनका सबै तनाव, अभाव र समस्याहरूलाई भुसुक्कै बिर्सिदिन्थ्यो ।

रामलालकी जहान भने छोरीजस्तै हँसिली र उज्याली थिई । अनुहारमा बिफरका दाग त थिए । तर, त्यसले उसको अनुहारलाई खासै अनाकर्षक बनाउन भ्याएको थिएन ।

त्रैमासिक परीक्षा सकिएको केही समय भइसकेको थियो, वार्षिक परीक्षाको समय नजिक आउँदैथ्यो । म प्रायः सबै विषयमा कमजोर थिएँ । हिसाब, विज्ञान र अङ्ग्रेजी मगजमा घुस्नै मान्दैनथे । त्यसैले घरमा दिदी, बैनी र मलाई ट्युसन पढाउन एक जना अख्तर सर आउनुहुन्थ्यो । खुब

पिट्नुहुन्थ्यो हामीलाई । खुब कान निमोठ्नुहुन्थ्यो हाम्रो । उहाँसँग पढ्नु यातनाजस्तै लाग्थ्यो । त्यसैले म प्रायः पेट दुखेको बहाना गर्थें र एक घन्टैसम्म चर्पीमा बसिदिन्थें । स्कुलबाट बटुलेर ल्याएको चकका टुक्राले चर्पीका भित्तामा आशाको चित्र बनाएर बस्थें र त्यही चित्रसित भन्थें, 'आइलब्यु ।'

चित्रबाट निस्कन्थी आशा । म पनि चर्पीबाट निस्केर कल्पनाको मनोरम बगैंचामा पुग्थें । आशाले त्यही बगैंचामा मलाई अँगालो मार्थी । केहीबेरमै ऊ गर्भिणी हुन्थी । केही बेरमै उसले बच्चा पाउँथी र केहीबेरमै म पाइलट भएर प्लेन उडाउन थाल्थें ।

जाँचका दिनहरूमा मलाई घरबाट निस्कन निषेधजस्तै थियो । निस्कने हिम्मत पनि हुँदैनथ्यो । नपढे पनि किताब हेरेको जस्तो गर्नुपर्ने बाध्यता थियो । म कहिलेकाहीँ किताब लिएर बरन्डामा आउँथे र त्यहीँबाट आशाको घरतिर टुलुटुलु हेरिरहन्थें ।

ooo

धेरै दिन भइसकेको थियो, मैले आशालाई नदेखेको । उसको घरमा कुनै चाडबाड थियो क्यारे ! उसको घरको पछाडिबाट डमडम, डमडम नगरा बजेको आवाज आउँथ्यो । केही नयाँ खालका मान्छेको चहलपहल पनि देखिन्थ्यो । तर, म उसको घरमा जान सक्ने र उसको घरको चाडबाडमा सामेल हुने स्थिति थिएन । यतिन्जेल मैले 'आई लभ यू'को अर्थ बुझिसकेको थिएँ र आशालाई बताउन व्यग्र थिएँ ।

अन्ततः जाँच सकियो । म फ्रि भएँ । पहिलो दिन नै हतारिँदै आशाको घरमा पुगें । आशा मलाई देखेर खुसी भई । उसकी आमा पनि खुसी भइन् । हामीले फेरि धूलोमा खेल्यौं । उसले फेरि धूलोमा प्यार-मोहब्बतको निसानी बनाई । मलाई फेरि सु आयो । उसलाई पनि सु आयो । मैले सु गर्दै भन्न खोजें, 'आशा ! आइलब्यु ।'

तर, मेरो घाँटीबाट आवाजै निस्केन । म यसै यसै नर्भस भएको थिएँ । उसले सु गर्दै भनी, 'मेरो त बिहे भैसक्यो । अब केही दिनमा त मेरो गौना पनि भैहाल्छ । अनि, म चाँडै आफ्नो खसमको घर जान्छु । अस्ति मैले

झ्यालबाट तिमीलाई स्कुल जाँदै गरेको देखेकी थिएँ । बस्, त्यसकै केहीबेरमा मेरो घरमा सहनाई बजाउनेहरू आएका थिए ।'

मेरोअगाडि बाक्लो अँध्यारो भयो । एकछिनपछि जब मेरोअगाडिको अँध्यारो हट्यो, आशाले इजारमा गाँठो पार्दै थिई । उसको इजारसँगै मेरो मनमा पनि गाँठो पर्दै थियो । इजारको अन्तिम गाँठो पार्दै उसले भन्दै थिई, 'मेरो खसम त नानपारामा टाँगा चलाउँछ ।'

मैले त्यसपछि कल्पनामा प्लेन उडाउन छाडिदिएँ ।

अखाडा

के नजिकैको कुनै पहाडी बस्तीबाट सुकुमबासी भएर परिवारसहित मधेस झरेको थियो ऊ ? अहँ, उसको पारिवारिक पृष्ठभूमिका बारेमा हामी कसैलाई पनि केही थाहा थिएन । ऊ र उसको परिवारलाई नजिकबाट चिन्ने सायद स्कुलभरि कोही पनि थिएन । साथीसाथीमा अटोग्राफ भर्ने खुब चलन थियो तिनताक । तर, हामी कसैले पनि उसलाई आफ्नो अटोग्राफ भर्न दिएका थिएनौं । सायद उसको अस्तित्वलाई हामी कसैले पनि उल्लेखनीय ठानेका थिएनौं । त्यसैले त स्कुलले पिकनिक लैजाँदा, ऊ किन आएन भनेर हामी सोध्दैनथ्यौं । सरस्वती पूजामा स्कुलमा पाक्ने हलुवा र समोसा खान किन आएन भनेर पनि चासो राख्दैनथ्यौं । स्कुलको वार्षिकोत्सव कार्यक्रममा ऊ दर्शकदीर्घामा कतै बसेको छ कि भनेर हामी खोज्दै खोज्दैनथ्यौं ।

०००

अजङ्गको कसिलो जीउ । ठूलो टाउको । हाम्रा दुई हत्केलाले पनि नाप्न नसकिने पाखुरा । थालै अटाउलाजस्तो हत्केला । पाइताला पनि एक हात लामा । ऊ कम्तीमा बाईस-पच्चीस वर्षको हुँदो हो । एकदमै छिप्पिएको र डन्डीफोरले गाँठागुँठी परेको अनुहार । स्कुलको पोसाक अनिवार्य थिएन । त्यसैले गर्मीमा एकै खालको कमिज लगाएर आउँथ्यो । त्यो पनि ठाउँठाउँमा उध्रिएको हुन्थ्यो र उध्रिएको ठाउँमा अमिल्दो धागोले जथाभावी सिइएको

हुन्थ्यो । जाडोमा सधैं एउटै स्वेटर लगाएर आउँथ्यो । त्यसमा पनि दुवै कुइनानिर प्वाल परेको हुन्थ्यो । उसका खुट्टामा सधैं रबरका पुराना चप्पल हुन्थे । उसको वजन थेग्न नसकेर होला, चप्पलको पछिल्तिरको भाग खिइएर पातलै भइसकेको हुन्थ्यो । हिँड्दा त्यही चप्पलको पट्याक-पट्याक आवाज आउँथ्यो ।

यस्तो मान्छे हाम्रो सहपाठी भएको थियो ।

हामी आठबाट नौ कक्षामा पुग्दा ऊ नौ कक्षामै दोस्रो, तेस्रो या चौथो पटक फेल भएर हाम्रो सहपाठी हुन पुगेको थियो । ऊ कक्षामा सबैभन्दा अन्तिम बेन्चमा बस्थ्यो । मानौं, त्यही सिट उसका लागि आरक्षित थियो । मानौं, अरू सिटमा उसलाई बस्ने अनुमति नै थिएन ।

असाध्यै थोरै बोल्थ्यो ऊ । होमवर्क गरेर ल्याउँदैनथ्यो । कक्षामा सरहरूले कुनै प्रश्न सोध्दा बस् टाउको निहुराएर उभिरहन्थ्यो । कहिल्यै कुनै प्रश्नको जवाफ दिएको थाहा थिएन हामीलाई । सरहरूले उसको मनै दुख्ने गरी हप्काउँदै भन्थे, 'मान्छे हात्तीजत्रो, बुद्धि मुसाको जति पनि छैन ।'

तर, त्यसरी घोचपेच गर्दा पनि ऊ प्रतिक्रिया जनाउँदैनथ्यो । चुपचाप सरहरूले बस्न नभनुन्जेल उभिइरहन्थ्यो । उसको अनुहारमा एकथरी भन्दा दोस्रो खालको कुनै भाव मैले कहिल्यै देखिनँ । सारा मोहमाया, सारा आसक्ति र सारा उमङ्गबाट निरपेक्ष भाव । एक खालको खालीपन र स्थायी उदासी झल्किन्थ्यो उसको अनुहारमा । उसको पारिवारिक पृष्ठभूमि कस्तो छ ? घरमा को को छन् ? केही थाहा थिएन हामीलाई । ऊ नेपालगन्जको कुन कुना, कुन टोल या छेउछाउको कुन गाउँबाट आउँछ भन्ने पनि थाहा थिएन । ऊ समयमै स्कुलमा आउँथ्यो र प्रार्थनाका बेला लाइनको अन्तिमतिर गएर उभिन्थ्यो । स्कुलको अन्तिम पिरियड सकिनासाथ ऊ कसैसित केही नबोली सरासर हिँडिहाल्थ्यो । ऊ सबै विषयका कक्षामा उपस्थित हुन्थ्यो । स्कुलबाट भाग्दैनथ्यो । तर, मानौं पढ्न होइन, ऊ शिक्षकहरूबाट पिटाइ खान र अपमानित हुन बसिरहन्थ्यो ।

समयमा फिस तिर्न नसकेर बेलाबेलामा उसको नाम काटिन्थ्यो । नाम काटिएपछि कक्षामा हाजिरी गर्दा सरहरूले उसको नाम या रोल नम्बर

बोलाउँदैनथे । कक्षामा सरहरूले फिस नतिरेकामा हप्काउँथे पनि । धेरै दिनसम्म हप्काइसकेपछि बल्लबल्ल फिस तिर्ने पैसा ल्याउँथ्यो । बल्ल हाजिरी गर्दा सर र मिसहरूले उसको नाम बोलाउन थाल्थे ।

०००

'उसको त बिहे भैसकेको छ । एउटा बच्चा पनि छ ।'

खोइ, कसले स्कुलमा यो खबर ल्याएको थियो । हामी जिल्ल परेका थियौं । उसका बारेमा हामीले थाहा पाएको सबैभन्दा महत्त्वपूर्ण जानकारी नै यही थियो । त्यसपछि हामी उसलाई जिस्काउन थाल्यौं, 'यार ! तिमीलाई त श्रीमतीलाई चुम्मा खान पनि आउँदैन होला । बच्चा कसरी पायौ ?'

ऊ लाज मान्थ्यो र जवाफ नदिएर चुपचाप शिर निहुराइदिन्थ्यो । यही नै उसको शाश्वत मुद्रा थियो । हामी उसका सहपाठी त थियौं । तर, हामी कोही पनि उसका साथी हुन सकेका थिएनौं । सँगै पढे पनि हामीले उसको आवाज राम्ररी सुनेकै थिएनौं । लाग्थ्यो, ऊसित पर्याप्त आवाज छैन र हामीसित बोल्ने विषय पनि छैन ।

अहिले सोच्छु, के जीवनमा कहिल्यै कुनै गीत गायो होला उसले ? गाएको थियो भने कस्तो गीत गायो उसले ? सुखको सुमधुर गीत या पीडा र व्यथाले भरिएको असाध्यै दुःखी गीत ?

०००

विद्यार्थी त म पनि सामान्य नै थिएँ । त्यसैले कहिलेकाहीँ गृहकार्य नगरेको दिन सरहरूसित अगाडि पर्न डर लाग्थ्यो र बीचतिर वा पछिल्तिरको सिटमा बस्न पुग्थें । त्यस्तोमा कहिलेकाहीँ ऊसँग पनि बसेको छु म । कति वर्षदेखि लगातार फेल भइरहेकाले उसका किताब थोत्रा भइसकेका थिए । उसका धेरैजसो किताबका गाता थिएनन् । तिनताक कागजका बोरामा सिमेन्ट पाइन्थ्यो । खुब बलियो हुन्थ्यो त्यो कागज । उसले किताबमा त्यही कागजको गाता लगाएको हुन्थ्यो । किताब राख्ने बस्ता पनि मक्किएर ठाउँठाउँमा प्वाल परेर धागो निस्किएका थिए ।

उसको बस्ताबाट बास्ना आइरहन्थ्यो । कहिले भुटेको मकैको, कहिले चामल भुटेर बनाएको खटियाको त कहिले बाक्लो ढोसे रोटीको । त्यो

बास्नाले मलाई आकर्षित गर्थ्यो । हाफ टाइममा हामी कक्षाकोठाबाट बाहिर निस्कँदा ऊ कोठामै बसेर झोलामा ल्याएको मकै, खटिया या ढोसे रोटी खाएर बस्थ्यो ।

आफैं अघि सरेर ऊ हामी कसैसित बोल्दैनथ्यो । हामीले केही सोध्यौं भने त्यसले छोटो जवाफमात्र दिन्थ्यो । हामीसित बोल्दा पनि लाज मानेजस्तो गरेर बोल्थ्यो । शिर ठाडो पारेर बोलेको हामीले कहिल्यै देखेनौं । हामी त साथी थियौं उसका । तर, हामीसित पनि दोहोरो कुरा गर्ने जाँगर खासै देखाउँदैनथ्यो । उसको शरीरको आकार र उसको स्वभावमा कुनै मिल्ती थिएन ।

स्कुलमा तीन-तीन महिनामा जाँच भइरहन्थ्यो । जाँचमा म खुब चिट चोर्थें । तर, ऊ मौका पाउँदा पनि चिट चोर्दैनथ्यो । बस्, कपीमा के के कोरेर बस्थ्यो । उसका सबै उत्तर दुई-चार शब्दमा सकिन्थे । मलाई लाग्थ्यो- आजसम्म शिक्षकहरूले उसको उमेर र शरीरको आकार हेरेर मात्र कक्षा चढाएका थिए । नत्र, ऊ कक्षा नौसम्म पुग्दा पनि सामान्य साक्षरभन्दा बढ्ता थिएन । अक्षर पनि कागले छेरेजस्तो थियो । ऊ किन स्कुल आउँछ, हामी छक्क पर्थ्यौं ।

बेलाबेलामा म आफैं उसको बेन्चमा बस्न जाने भएकाले पूरा क्लासमा ऊ अलिकति कसैसित नजिक थियो भने मैसित थियो । उसको बस्ताबाट आउने खानेकुराको बास्नाले लोभ्याएर कहिलेकाहीँ त मलाई पनि खान दिए हुन्थ्यो भन्ने लाग्थ्यो । एक दिन त भनें पनि, 'एक्लै एक्लै खान्छौ ?'

सायद कुरो बुझ्यो उसले । तर पनि खानेकुरा दिएन । भन्यो, 'मीठो छैन ।'

ooo

कुस्ती प्रतियोगिता हुने भएको थियो, नेपालगन्जमा । त्यसअघि यस्तो प्रतियोगिता भएको हामीलाई थाहा थिएन । भारततिरका केही पहलमान पनि आउने भएका थिए । महेन्द्र पार्कको पश्चिमतिरको एउटा कुनामा बलौटे माटो राखेर अखाडा बनाइँदै थियो । हामी पनि कुस्ती हेर्न उत्साहित थियौं ।

शनिबारको दिन थियो । दिउँसोतिर हामी केही साथी कुस्ती हेर्न महेन्द्र पार्क पुगेका थियौं ।

सुर्खेत रोडबाट त्रिभुवन चोकतिर आउने बाटोछेउमा एक जना टाँगावालको घर थियो । उसले थरीथरीका ध्वजापताका लगाएर आफ्नो टाँगा चिटिक्क पारेको हुन्थ्यो । धेरै टाँगावालले मरियल टाइपका घोडा या घोडी राख्थे । उसको टाँगामा भने चिल्लो र खाइलाग्दो घोडा लागेको हुन्थ्यो । उसले आफ्नो बाक्लो जुँगा बटारेर तीखो र चुच्चो पार्दै माथितिर फर्काएको हुन्थ्यो । अरट्ठ परेर लचकलचक हिँड्थ्यो ऊ । बिहान स्कुल जाँदा म उसलाई कि खस्रो बुरूसले घोडाको जीउ सफा गरिरहेको देख्थें कि कुनै तिखो चुप्पीले घोडाको टाप खुर्किरहेको देख्थें । कहिले खुट्टामा नाल ठोकिरहेको पनि देख्थें । अरूभन्दा अलिक रवाफिलो देखिए पनि मैले सामान्य टाँगावाल नै ठानेको थिएँ उसलाई । तर, कुस्ती हेर्न आएपछि पो थाहा भयो । ऊ त भारत, उत्तर प्रदेशका विभिन्न ठाउँको अखाडामा पुगेर कुस्ती लड्ने नामी पहलमान पनि रहेछ । टाँगा चलाउनु उसको पेसा र कुस्ती उसको सोख रहेछ । बहराइचतिरको कुनै अजङ्गको पहलमानलाई उसले पछारेको देख्दा म त जिल्लै परेको थिएँ ।

त्यहाँ सायद शारीरिक तौल अनुसारका प्रतियोगिताहरू भएका थिए । त्यसैले दिनभरिजसो नै अखाडामा कुस्ती भइरहेको थियो ।

'लगा बे, अब साँडतोड दाँव लगा,' एकथरी आफ्नो पहलमानको समर्थनमा कराउँथे ।

'नछोड् । बगलडुब दाँव लगाइके पटक दे,' अर्कोथरी उसरी नै आफ्नो पहलमानको हौसला बढाउँथे ।

कुशल पहलमानहरू अर्को पहलमानको खुट्टामा हिर्काएर भुइँमा चित्त पार्थे । त्यसलाई ठोकर दाँव भन्दा रहेछन् । विपक्षी पहलमानलाई झुक्याउँदै भुइँमा लडीबुडी गर्ने दाउ पनि हुँदो रहेछ । गधालोट दाँव । हामीलाई गधालोट दाउले खुब मनोरञ्जन दिन्थ्यो ।

अचानक हाम्रा आँखा च्यातिए । त्यो हाम्रा लागि अकल्पनीय आश्चर्य थियो । हामीले अन्तिम बेन्चमा बस्ने हाम्रो त्यही अजङ्गको शरीर भएको साथीलाई पनि देख्यौं । ऊ पनि पहलमानको रूपमा कुस्तीमा सहभागी भएको थियो । क्लासमा सधैं लजालु देखिने ऊ, त्यहाँ छाती तन्काएर उभिएको थियो । हामीलाई ऊ जीवनमा केही गर्ने हुति नभएको मान्छे लाग्थ्यो ।

तर, यहाँ अखाडामा भने ऊ साँडतोड, बगलडुब, गधालोटजस्ता सबै दाउ लगाइरहेको थियो ।

आश्चर्य त गजबले भयो हामीलाई । तर, साथीलाई त्यसरी कुस्तीको अखाडामा देख्दा हामीलाई गर्व पनि भएको थियो । उसले कुस्ती लडिरहँदा हामीले खुब हुटिङ गरेका थियौं । कुस्तीमा बहराइचतिरको कुनै पहलमानसित ऊ पराजित भएको थियो । तर, हाम्रा लागि त्यो त्यति निराशाको कुरा थिएन । हामी त हाम्रो साथी कुस्तीको पहलमान हो भन्ने कुरा थाहा पाएरै मख्ख परेका थियौं । मैले पनि कति हेपेर कुरा गर्थें ऊसित । तर, त्यो दिन ऊप्रति मभित्र गहिरो सम्मानको भाव जागेको थियो ।

केही दिनपछि ऊ फेरि स्कुल आयो । फेरि उस्तै पारा । उस्तै लजालु, उस्तै लद्दु । कहाँ त्यो अखाडाको पहलमान, कहाँ हाम्रो यो सधैं निहुरिरहने सहपाठी । मान्छे त एउटै, व्यक्तित्व दुई । तर, एउटा र अर्को व्यक्तित्वमा अचम्मैको भिन्नता ।

०००

राति नै अनेक उपाय गरेर बुबाको खल्तीबाट पाँच रूपैयाँ चोरेको थिएँ । त्यो दिन लक्ष्मी चित्र मन्दिरमा नयाँ हिन्दी सिनेमा फेरिएको थियो । त्यसैले दोस्रो कक्षापछि म खुसुक्क स्कुलबाट भागेर हिँडिसकेको थिएँ । हलमा निकै भीड थियो । झ्यालबाट टिकट पाउने सम्भावना थिएन । ब्ल्याकको टिकट असाध्यै महँगो थियो । अलिक कुरेर बस्यो भने सिनेमा चल्नु केहीअघि अलिक सस्तोमा टिकट पाइन्थ्यो । त्यसैले म नजिकैको खाजा पसलमा पसेको थिएँ । पहिला पनि समय बिताउन म यही पसलमा पस्थें । पसलमा सधैं भीड भइरहन्थ्यो । त्यो दिन पनि भीड थियो । मेरै उमेरको एक जना पातलो केटोको पसल थियो त्यो । त्यही टोलको कुनै कसौधनको छोरो थियो त्यो ।

मैले पकौडा खाएँ । पाँच रूपैयाँ दिएँ । पकाउने पनि उही, ग्राहकलाई बाँड्ने पनि उही र पैसा उठाउने पनि उही । भ्याइ नभ्याइ थियो उसलाई । मैले बाँकी पैसा कतिबेला फिर्ता देला भनेर पर्खिरहें । तर, निकैबेरसम्म पनि फिर्ता दिने छाँट नदेखेपछि भनें, 'भैया ! मेरो पैसा जल्दी वापस गर । देर भैसक्यो ।'

'अरे, कौन पैसा ? चुतिया बनाएको मलाई ? ठग्न खोजेको मलाई ?'

उल्टो हकाऱ्यो उसले मलाई । कुटुँलाजस्तो गऱ्यो । म कराएँ । ऊ झन करायो । झगडै भयो । तर, उसले मेरो पैसा फिर्ता दिएन । उसले मलाई पैसा फिर्ता गर्नु छ भन्ने कुरा पत्याउँदै पत्याएन । उसकै टोल थियो । त्यसैले मलाई ऊसित मारपिट गर्ने आँट पनि भएन । मसित अब सिनेमाको टिकट किन्ने पैसा भएन । पसले केटोप्रति बदलाको चरम भावनासहित म लुरूक्क फर्किएँ । कति हिम्मत गरेर, कति सिर्जनात्मक प्रयास गरेर चोरेको थिएँ बुबाको खल्तीबाट पाँच रूपैयाँ । एक रूपैयाँको पकौडामा त्यो सबै स्वाहा भएको थियो ।

भोलिपल्ट स्कुलमा जानीजानी अन्तिम सिटमा बसें । पहलमान साथीसित । त्यो दिन उसको चाकडी गरेर उसलाई फकाउने मुडमा थिएँ म । उसको जीउडाल, उसको स्वभाव, उसको कुस्ती सबै कुराको प्रशंसा गरें मैले । उसले लाज मानेर सुनिरह्यो । मैले उसको त्यतिविधि चाकडी गर्नुको एउटै उद्देश्य थियो, स्कुल सकिएपछि ऊ मसित सिनेमा हलसम्म हिंडोस् र मेरो पैसा पचाउने पसले केटोलाई मज्जाले गोदोस् । मलाई विश्वास थियो, साथीका लागि उसले यति सहयोग अवश्य गर्छ । उसको निकै तारिफ गरिसकेपछि मैले आफूमाथि पकौडीवालाले गरेको अन्यायका बारेमा सबै कुरा भनें । उसले शिर निहुराएर सुनिरह्यो । अन्त्यमा बडो आशासाथ भनें मैले, 'आज मसित सिनेमा हलसम्म हिंड ल ?'

'किन ?' उसले सोध्यो ।

'हिजो खाजा पसलेले फिर्ता गर्नुपर्ने मेरो पैसा दिंदै दिएन ।'

'जान्नँ ।'

उसले शिर निहुराएरै जवाफ दियो । मैले फेरि कर गरें । मलाई थाहा थियो, ऊ मसँग त्यो पसलसम्म गएर उभिई मात्र दियो भने पनि त्यो केटोले डराएर मेरो पैसा फिर्ता गर्छ । नभए उसले कठालोसम्म समातिदिए पुग्थ्यो । त्यतिले नपुगे एक थप्पड लगाइदिए पुग्थ्यो । तर, हात्तीजत्रो देखिने पहलमानले मुसाको जति पनि फुर्ति देखाएन । मैले रून्चे स्वरमा भनें, 'साथीका लागि यति सहयोग पनि गर्दैनौ ?'

उसले जवाफ दियो, 'अहँ, मारपिट गर्नुहुन्न । खराब कुरा हो । म जान्नँ ।'

उसको वलिष्ठ शरीर, उसको पहलमानी, उसको कुस्तीको दाउपेच । अहँ, मलाई केही काम लागेन । साह्रै रिस उठेको थियो मलाई त्यतिबेला । सक्ने भए उसैलाई त्यहीँ क्लासमै ठटाइदिउँजस्तो पनि भएको थियो । इन्डियाका पहलमानसित त्यति हिम्मतका साथ कुस्ती खेल्ने मान्छेले डरछेरूवाझैं 'मारपिट गर्नुहुन्न' भनेर सम्झाइरहेको थियो मलाई ।

०००

हामी नौबाट दस कक्षामा पुग्यौं । ऊ फेरि नौमै रोकियो । ऊसितको अलिकति भएको सङ्गत पनि छुट्यो । त्यसपछि त पढाइलाई आफ्नो बुताको कुरा नठानेर सायद उसले स्कुल पनि छोड्यो । खोजेको भए भेटिन्थ्यो होला ऊ । तर, खोजेनौं । हामीले बिस्तारै बिर्सिदियौं उसलाई ।

त्यति जाबो सहयोग पनि नगरेको भनेर त्यतिबेला कति रिस उठेको थियो मलाई । आज सम्झँदा लाग्छ, ऊ ठीक थियो । लडाइँ-झगडा गरेर आजसम्म कुनै समस्याको समाधान कहाँ भएको छ र ? ऊ अखाडामा कुस्ती पो खेल्थ्यो । सहरमा गुण्डागर्दी गर्दै कहाँ हिँड्थ्यो र ! कुस्ती खेल थियो, व्यक्तिगत लडाइँ या झगडा थिएन । खेलमा हारजित हुन्छ, पराजय हुँदैन । मेडल त कुस्तीमा पनि उसले कहाँ जितेको थियो र ? तर, उसले धेरैको मन जितेको थियो ।

त्यतिखेर ऊसित रिस उठेको थियो । आज ऊप्रति सम्मान जाग्छ । आफ्नो क्षेत्रमा अवसर पाएको भए ऊ देशकै गौरव राख्ने मान्छे हुन्थ्यो होला । खेलको इतिहासमा उसको नाम हुन्थ्यो होला । हामीले सलाम गर्नुपर्ने हुन्थ्यो होला । तर, खेलकुदको इतिहासमा पनि ऊ कतै छैन । गुमनाम छ ऊ । यति गुमनाम कि आज मलाई पनि उसको नाम थाहा छैन । बस्, उसको एउटा छवि छ । मेरो मनमा स्थायी रूपले बसेको छ, त्यो छवि । अखाडामा छाती फुलाएर उभिएको मेरो एउटा सहपाठी, जो स्कुलमा भने हामी सबैका अगाडि शिर निहुराएर उभिन्थ्यो । मनमनै म सलाम गर्छु उसलाई । ऊ उसरी नै लाज मानेर निहुरिन्छ र बिस्तारै स्कुलबाट निस्किएर सडकको कुनै मोडबाट विलुप्त हुन्छ ।

तर, मलाई विश्वास छ– जीवनको अखाडामा कतै न कतै आज पनि ऊ भिडिरहेकै होला । कि नियतिले उसलाई साँडतोड दाउ लगाएर पछारिरहेको होला । कि गधालोटझैं लडीबुडी गरेर उसले नियतिलाई झुक्याइरहेको होला ।

मौन

गुब्बे या गुब्बारा । मैले बोलाउने उसको नाम यही थियो । उसको बाबुको नाम के थियो कुन्नि ! तर, सबैले उसलाई टङ्की भनेर बोलाउँथे । मैले सुरूमा अनुमान लगाएको थिएँ, टङ्कलाल या टङ्कप्रसादबाट अप्रभंश भएर उसको नाम टङ्की भएको हुनसक्छ । तर, कुरा अर्कै पो थियो ।

उसले नेपालगन्जको बागेश्वरी मन्दिर एरियामा उभिएर थरीथरीका रङ्गीचङ्गी बेलुन बेच्थ्यो । उसले आफ्नो छेउमा बेलुनमा ग्यास भर्ने एउटा सिलिन्डर पनि राखेको हुन्थ्यो ।

'अरे, त्यसमा त हिलिया ग्यास भरिएको हुन्छ ।'

सबैले यसै भन्थे ।

पछि पो थाहा पाएँ, हिलियमलाई हिलिया भनिएको रहेछ । हिलो या नालीमा गन्हाउने ग्यासलाई ठूलो बर्तनमा जम्मा गरेर हिलिया ग्यास तयार हुन्छ भनेर हामी केटाकेटीहरूमध्ये नै कुनै एक जनाले कतैबाट अपुष्ट तर रोचक जानकारी ल्याएको थियो । हामीले निकै लामो अवधिसम्म त्यही कुरालाई पत्याएका थियौं । जे होस्, गुब्बेको बाबुले लिएर हिंड्ने त्यो हिलियम ग्यासको सिलिन्डरलाई सबैले टङ्की भन्थे । सधैं त्यही टङ्की बोकेर हिंडिरहने भएकाले उसलाई सबैले टङ्की भनेर बोलाउन थालेका रहेछन् ।

नेपालगन्जको महेन्द्रपार्कनिरको घसियारन टोलमा आफ्नो बाबु टङ्की र आमा मुन्नीसित बस्थ्यो गुब्बे । चाडबाडका बेला ऊ पनि बाबुसँगै हेल्पर भएर बागेश्वरी मन्दिरमा पुग्थ्यो र मुखले गुब्बारा फुलाएर बाबुलाई सघाउँथ्यो । त्यसलाई धागोले बाँधेर मोटो बाँसको लट्ठी वरिपरि झुन्ड्याउँथ्यो । यसरी

बाँसको त्यो साधारण लट्ठी हेर्दाहेर्दै बेलुनको रूखमा परिणत हुन्थ्यो । त्यसैले हामी केटाकेटीले उसको नाम गुब्बारा राखेका थियौं र छोटकरीमा गुब्बे पनि भन्थ्यौं ।

उसले आफ्नो नयाँ नामप्रति कहिल्यै कुनै आपत्ति प्रकट गरेन । एक पटक भने उसले पानी भरिएको गुब्बारालाई प्लास्टिककै तनक्क तन्किने डोरीले भकुन्डोझैं तलमाथि गर्दै हामीलाई आफ्नो असली नाम भनेको पनि थियो । तर, त्यो नाम हामीलाई कहिल्यै पनि याद भएन ।

०००

गुब्बेकी आमा मुन्नी हप्तामा एकचोटि एउटा हातमा जुटको थोत्रो बोरा र अर्को हातमा खुर्पा र हँसिया लिएर हाम्रो घरपछाडिको खेतमा दूबो खुर्कन र घाँस काट्न आउँथी । दूबो र घाँस उसले घसियारन टोलमा लगेर टाँगावालहरूलाई बेच्थी । घाँस काटेर जाने बेलामा ऊ जहिले पनि मसित या आमासित अनुरोध गर्थी, 'यो घरको घाँस अरू कसैलाई काट्न नदिनू ल ?'

एकपल्ट मुन्नीले हाम्रो खेतमा अरू घसियारा आइमाईहरूले घाँस काटिरहेको देखी । उसको पारा चढिहाल्यो । तिनीहरूसित फरिया तिघ्रासम्मै उचालेर झगडा गर्न थाली । उसको शिर ढाकेर बसेको सप्को पनि सुलुत्तै छातीबाट तल खसिसकेको थियो ।

'यो घरमा मैले मात्र घाँस काट्छु । तिमीहरूले पाउँदैनौ । काट्ने रहर छ भने हँसिया लिएर आफ्नो लोग्नेको रौं काट्न जाओ तिमीहरू ।'

झगडा बढ्दा बढ्दै मुन्नी र तिनीहरूबीच भुत्लाभुत्ली सुरू भयो । त्यसपछि कुस्ती नै सुरू भयो । त्यो युद्धमा कसले विजय हासिल गर्‍यो, हाल याद भएन मलाई । तर, कुस्ती समाप्त भएपछि मुन्नीसहित मल्ल युद्धमा सामेल सबै महिला हाम्रोमा आएका थिए । सायद त्यतिखेर उनीहरूका लागि हामी नै इजलास थियौं र हामी नै न्यायमूर्ति । मुन्नीले मसित भनी, 'ल, बताऊ भैया, मैले तपाईंहरूसित यो घरको घाँस मैले मात्र काट्छु भनेको थिएँ कि थिइनँ ? अहिले यी पतुरियाहरूले आएर काट्न पाउँछन् ?'

यस्तो झै-झगडा प्रायः भइरहन्थ्यो र यस्तोमा म या आमा न्यायाधीश भइरहन्थ्यौं ।

हामी प्रायः उसैको पक्षमा फैसला सुनाउँथ्यौं । त्यसपछि अरू आइमाईहरू लाचार भएर घाँसको खोजीमा अरू घरतिर लाग्थे । मुन्नी फेरि सप्कोले शिर छोप्थी ।

मलाई उनीहरूको झगडा देख्दा लाग्थ्यो– अब यिनका तीन पुस्ता पनि एकअर्कासित बोल्ने छैनन् र स्थायी रूपले यिनीहरूबीच पानी बाराबार हुनेछ । तर, विभिन्न ठाउँमा घाँस काटिसकेर फर्कने बेलामा ती सबै आइमाई फेरि एकै ठाउँमा भेला हुन्थे र एउटै बिँडी आपसमा बाँडेर खान्थे । एकअर्काको कपालको जुम्रा मारिदिन्थे । एकअर्काको घाँसको भारी उचाल्न सहयोग गर्थे । धेरैपछि मात्र मलाई लाग्यो- त्यस्तो झैझगडा र गालीगलौज तिनीहरूको दैनन्दिनीको एउटा अनिवार्य हिस्सा थियो । त्यसमार्फत उनीहरू आफ्नो जीवनमा थुप्रिएका दुःख, अभाव र कुण्ठाका कारण मनभित्र उत्पन्न भयानक हतासालाई निकास दिने गर्थे र हलुङ्गो बन्थे ।

मुन्नीसित भने हाम्रो घरको व्यावसायिक सम्बन्ध पनि थियो । वर्षमा एक या दुई पटक उसले नेपालगन्जबाट पूर्वतिर रहेको खासकुस्माको जङ्गलबाट निगुरो टिपेर ल्याउँथी । त्यो उसले आफूहरूले खान टिप्दिन थिई । त्यो निगुरो उसले हाम्रो घरमा ल्याउँथी । उसले हामीसित निगुरोको पैसा लिन्नथी । ऊ चामलसित निगुरो साट्थी । उसलाई मोटै चामल चाहिन्थ्यो । उति नै मात्रामा मसिनो चामल दिन खोज्यो भने पनि भन्थी, 'महिन चावलले हाम्रो पेट कहाँ भरिन्छ ? जब जीवनभर मोटै खानु छ भने बेकारमा एक दिनका लागि मुखको स्वाद किन खराब गर्ने ?'

गुब्बे सधैं आमासितै आउँथ्यो । आमाले घाँस काटिरहँदा ऊ आफ्नो दस ठाउँ टालेको पाइन्टको खल्तीबाट बेलुन झिक्थ्यो र त्यहीँ फुलाएर बस्थ्यो । त्यो दिन उसकी आमा र अरू महिलाबीच कुस्ताकुस्ती भइरहँदा पनि ऊ चुपचाप केही नदेखेझैं र केही नभएझैं गरेर राता, हरिया र नीला बेलुन पालैपालो फुलाएर बसिरहेको थियो । मलाई पनि ऊसित भएका बेलुनले आकर्षित गर्थे । त्यही आकर्षणले म उसको नजिक पुग्थें । कुराकानी गर्थें । उसले फुलाएको बेलुनमा धागो बाँधेर म पनि दौडन्थें । मजा आउँथ्यो ।

ooo

दसैंको कुनै दिन आमासित बागेश्वरी मन्दिर पुगेको बेला अचानक मैले उसलाई आफ्नो बाबुसित गुब्बारा फुलाएर बसिरहेको देखें । त्यहाँ थरीथरीका गुब्बारा थिए । विभिन्न आकृतिका । कुनै बिरालाजस्ता, कुनै फूलजस्ता । कुनै चाहिँ सर्स्युका गेडा हालेका र बाँसको बाक्लो सिन्कोमा बाँधेर हल्लाउँदा छन्छन् आवाज आउने गुब्बाराहरू । मलाई त्यतिका धेरै गुब्बाराका बीचमा बस्न

पाउने गुब्बे विश्वको सबैभन्दा भाग्यमानी बालक लाग्थ्यो । म कल्पना गर्थें, त्यतिबेला । ठूलो भएपछि गुब्बाराको दुकान खोल्छु । गुब्बेको बाबु टङ्कीलाई म्यानेजर बनाउँछु । गुब्बेलाई असिस्टेन्ट राख्छु । थरीथरी डिजाइनका गुब्बारा सजाएर राख्छु । ग्यास भरेर आकाशमा उड्नेवाला गुब्बारा पनि बनाउँछु । आफैंले फुकेर हातमा लिएर खेलाउनेवाला गुब्बारा पनि बनाउँछु । गुब्बेले कहिलेकाहीँ फुटबलजत्रो गुब्बारा देखाएर भन्थ्यो, 'यत्रो ठूलो गुब्बारामा हावा भर्न बहुत सास चाहिन्छ । जो पायो उसैले सक्दैन । सास भर्ने खुब प्राक्टिस गर्नुपर्छ । गुब्बाराको बिजनेसमा सासको बहुत खेल हुन्छ ।'

गुब्बेको बाबु टङ्कीसित पुरानो साइकल पनि थियो । ऊ त्यही साइकल चढेर गुब्बारा बेच्न विभिन्न ठाउँमा पुग्थ्यो । ऊ जोगागाउँको मेलामा पनि त्यही साइकल चढेर जान्थ्यो । म स्कुलबाट फर्किंदा कहिलेकाहीँ गुब्बेलाई बाबुको साइकल चलाएर बजारमा ओहरदोहर गरेको देख्थें । उफ् ! म डाहाले मरिजान्थें ।

एकपल्ट निकै दिनसम्म ऊ देखा परेन । उसकी अम्मा मुन्नी पनि हामीकहाँ निकै दिनसम्म घाँस काट्न आइन । करिब एक महिनापछि मात्र आमाछोरा देखापरे । उसकी आमाले उदास भावमा हाम्रो घरपछाडि घाँस काट्न थालेपछि मैले गुब्बेसित सोधें, 'बहुत दिन बाद आइस् । के भयो बे ?'

उसका आँखा केही बेर टिलपिल टिलपिल भए । अनुहार झ्याप्प अँध्यारो भयो । पीडाका गहिरा र काला-नीला धब्बा टाँस्सिए उसको अनुहारमा । निकै बेरपछि मात्र बोल्यो, 'बप्पा जोगागाउँको मेलामा गुब्बारा बेच्न गएको थियो । त्यहीँ बहुतै दारू पिएछ । राति साइकलमा आउँदै थियो । साइकलसहित गड्ढामा लडेछ । लडेपछि उठ्नै सकेन । त्यहीँ पानीमा डुबेर मर्‍यो ।'

गुब्बे सानै थियो । बागेश्वरी मन्दिर या मेलाहरूमा गएर गुब्बारा बेच्ने ल्याकत थिएन उसको । उनीहरूले ग्यासको सिलिन्डर अर्को कुनै गुब्बारावालालाई बेचे । उनीहरूको गुब्बारा व्यवसाय समाप्त भयो । त्यो बिजनेसप्रति मेरो पनि मोहभङ्ग भयो । मैले गुब्बाराको दुकान खोलेको कल्पना गर्न स्थगित गरिदिएँ ।

तर, त्यसपछि गुब्बे मेरो झन् तगडा दोस्त भयो । अब उसको बाबुको साइकलमा उसको एकलौटी अधिकार भयो । म स्कुलबाट फर्कंदा प्रायः सदरलाइनमा साइकल कुदाइरहेको देख्न थालें उसलाई । बिदाको दिनमा

तरकारी किन्ने बहानामा म त्रिभुवन चोक आउँथें । बडेमानको तावामा घिउ हालेर बनाइरहेको पठानी रोटी र हलुवा खान्थें । त्यतिबेलैतिर साइकलको पछाडिको क्यारियरमा मुठाका मुठा स्याउला बेच्न आइपुग्थ्यो ऊ पनि । घरमा पालेका खसीबोकाका लागि बिक्री हुन्थ्ये ती ताजा स्याउला । उसकी आमा आफैंले ती स्याउलाका मुठा बनाएर गुब्बेसित पठाउँथी । तर, गुब्बेले चोक आइनपुग्दै बीचमै कतै बसेर दुइटा मुठालाई तीनवटा बनाउँथ्यो । यसरी केही मुठा थप हुन्थ्यो र त्यसको पैसा ऊ आफैंसित राख्थ्यो । अनि, ऊ र म सँगसँगै पठानी रोटी खान्थ्यौं ।

अब म पनि आठ कक्षामा पढ्ने भइसकेको थिएँ । बुबा घरमा नभएका बेला सुटुक्क बुबाको साइकल टिपेर अनेकपल्ट लड्दैपड्दै, खुट्टामा चोटपटक लगाउँदै मैले पनि साइकल चलाउन सिकिसकेको थिएँ । साइकलको सिटमा बसेर चलाउने उचाइ नपुग्ने भएकाले पहिला मैले साइकलको डन्डीमुनि खुट्टा घुसारेर चलाउन थालें । त्यसलाई कैंची भन्थ्यौं । त्यसपछि साइकलको डन्डीमा बस्न थालें । डन्डीमा बसेर चलाउँदा कहिलेकाहीँ अन्डकोशमा दखल पर्थ्यो । निकैपछि गद्दी सिकियो अर्थात् साइकलको सिटमा बसेर चलाउन थालियो । खुट्टा राखेरै पूरै पाइडल फनक्क घुमाउन खुट्टा छोटो पर्थ्यो । तर, पहिला एकतिरको पाइडललाई धकेल्यो, लगत्तै अर्कोतिरको पाइडल खुट्टा छुन आइपुग्थ्यो । अनि, त्यसलाई धकेल्यो ।

कहिलेकाहीँ म आमासित घरायसी सामान किन्न रिक्सा या टाँगामा सीमापारिको बजार रूपैडिहा पनि पुग्थें । साइकल चलाउन जानेपछि मलाई एक्लै जाने आत्मविश्वास जागिसकेको थियो । मैले गुब्बेसित पठानी रोटी र हलुवा खाँदै भने, 'मलाई भोलि रूपैडिहा जानु छ । तँ पनि जान्छस् बे ?'

'म पनि जान्छु । मलाई भेली, प्याज र आमाका लागि नयाँ हँसिया पनि खरिदनु छ ।'

त्यो मेरो रूपैडिहासम्मको पहिलो साइकल यात्रा थियो । मेरो यो यात्राको सहयात्री थियो, गुब्बे । हामी दुवैसित आ-आफ्ना साइकल थिए । मसित रेले कम्पनीको पुरानो साइकल थियो । ऊसित हिरो साइकल । तर, त्यो मेरो साइकलभन्दा पनि थोत्रो थियो ।

भोलिपल्ट हामी आ-आफ्नो साइकलमा पाँच किलोमिटर गुडेर रूपैडिहा गयौं । मैले चिनी, चियापत्ती, दुई-तीन दर्जन कापी, एक लम्बर प्याज, दुई

लम्बर आलु र एक लम्बर ढिके नुन किनें । पार्ले बिस्कुट र अमूलको पाउरोटी पनि किनें । भारी भरकम झोला थियो मेरो । उसले एक किलो भेली, एक–दुई किलो प्याज र हँसिया किन्यो ।

फर्केर आउँदा इन्डियन चौकीमै रोकियो हामीलाई । देख्दै डरलाग्दा मुच्छड सिपाहीहरूले हाम्रो सामान चेक गर्न थाले । पहिला मेरो सामान खोतल्यो र भन्यो, 'इतना सामान क्यूँ ? दुकान के लिये ?'

मैले आफ्ना सामान दुकानका लागि नभएर घरकै लागि हो भनेर जवाफ दिएँ । सिपाहीले एकछिन मेरो अनुहार एकटकले हेर्‍यो र भन्यो, 'जाओ ।'

त्यही सिपाहीले त्यसपछि गुब्बेको झोला चेक गर्‍यो । हँसिया समातेर हिन्दीमा सोध्यो, 'ये क्यूँ खरिदा, साले ? गला काटने के लिये ?'

गुब्बेको सातो गयो । उसले थरथर काँप्दै अवधी भाषामा जवाफ दियो, 'नाहीँ हजुर, घाँस काट्न लिएको हो यो हँसिया । अम्माले घाँस काट्छिन् । हामी घसियारा हौं ।'

'निकाल दु रूपैयाँ,' हप्कायो सिपाहीले ।

गुब्बेले डराएर दुई रूपैयाँ सिपाहीको हातमा राखिदियो । त्यसपछि हामी सीमा काटेर आयौं । नेपाली भन्सारमा भने मलाई कसैले रोकेन । तर, गुब्बेलाई रोकियो । ढाठमा बसेको बडेमानको भुँडी भएको कर्मचारीले थर्कायो उसलाई, 'साले, अब की बार त छोडिदिएँ । अर्को पटक नआइज ।'

चौलिक्का बाबाको दरगाहअगाडि हामीले पानी खायौं । गुब्बेले आफ्नै भाषामा सोध्यो, 'यार ! तिमीलाई रूपैडिहामा पनि केही गरेन । भन्सारमा पनि केही गरेन । मलाई किन रोक्यो ?'

मलाई के थाहा ?

ooo

तिहारको बेला थियो । म र गुब्बे फेरि साइकल चढेर रूपैडिहा पुग्यौं । मलाई टन्न पटाका किन्नु थियो । उसलाई उही भेली, खुर्सानी र प्याज । यस पटक ऊसित अलिकति पैसा रहेछ । भन्यो, 'दुई बट्टा फुलझडी म पनि किन्छु ।'

मैले सय रूपैयाँजतिको पटका किनें । झोलाभरि भयो । भुइँमा हिर्काएर पड्काउने लसुन, उडाउने रकेट, घुम्ने लट्टु र हातैमा लिएर बाल्ने झिरझिरे अर्थात् फुलझडी पनि किनें । पारले बिस्कुट, अमूल पाउरोटी र कापी पनि

किनें । आफ्ना लागि असी नम्बरको गन्जी पनि किनें । लाइफब्वाय साबुन र लुगा धुने रिन साबुन पनि किनें । निरमा सर्फ पनि किनें । मेरो दुइटा झोलाभरि कोचाकोच सामान भयो ।

फर्किने बेलामा फेरि इन्डियन पुलिसले रोक्यो । मेरो सामान खोतलखातल पारेर चेक गऱ्यो । गहिरिएर मेरो अनुहारतिर हेऱ्यो र 'जा' भन्यो । सँगै गुब्बे पनि थियो । उसको भने दुई बट्टा फुलझडीबाट एउटा बट्टा सिपाहीले नै लिइदियो र भन्यो, 'चल बे भाग । आइन्दा यता आइस् भने हात-पैर भाँचेर राखिदिन्छु ।'

रूपैडिहाबाट सामान लिएर फर्कंदा इन्डियन पुलिसले चेक गर्नु उति जरूरी लाग्दैनथ्यो मलाई । किनभने, हामी इन्डियामा उत्पादित र निर्यात गर्न मिल्ने बस्तु किनेर फर्किएका थियौं । चेक त उसले नेपालबाट गएका सामानको गर्नुपर्थ्यो । त्यो तिनीहरूको कर्तव्य पनि हुन्थ्यो सायद । तर, उनीहरू इन्डियाबाट नेपालतिर जाने सामान पनि कडाइका साथ चेक गर्थे । त्यसको सोझो अर्थ नै पैसा खानु थियो । तर, उतिबेलै मलाई एउटा रोचक कुरा के लाग्थ्यो भने रूपैडिहाबाट सामान किनेर फर्केका हामीजस्ता पहाडी मूलका व्यक्तिलाई उति दुःख दिँदैनथे तिनीहरूले । दुःख दिने भनेकै नेपालगन्जका स्थानीय मधेसी र कर्णालीतिरका सोझा पहाडियालाई नै थियो । मधेसी र जुम्ला-हुम्लाका व्यक्तिहरूको कट्टु नै पनि चेक गर्थे उनीहरूले । खुब दुःख दिन्थे सीमामा बसेका इन्डियन दरोगा र कन्स्टेबलहरूले । भन्सारमा पनि बढ्ता मधेसीहरू र कर्णालीका गरिबहरूले नै सास्ती खेप्थे ।

पटक-पटक दरोगाबाबुहरूले आफूलाई दुःख दिन्छन् भन्ने बुझेर गब्बे पनि अलिक चलाख भएको थियो । त्यसपछि रूपैडिहाबाट फर्कंदा उसले आफूसित बाँकी भएको पैसा पाइन्टको अगाडि-पछाडिका तीन-चारवटा खल्ती र कट्टुको इजारतिर पनि राख्थ्यो । दरोगाहरूलाई घूस दिँदा पहिला एउटा खल्तीबाट पैसा निकालेर 'साहेब ! मसित यतिमात्र छ' भन्थ्यो । कहिलेकाहीँ त्यति पैसाले दरोगा या कन्स्टेबलले नछाड्ने भएपछि उसले अर्को खल्तीबाट पैसा झिक्थ्यो र भन्थ्यो, 'साहेब, यो चाहिँ मैले आमाको दबाई किन्न बचाएर राखेको ।'

गुब्बेमात्र होइन, मैले पनि देख्थें- लगभग हरेक मधेसीले यसरी नै तीन-चार ठाउँमा पैसा लुकाउँथे । थोरै पैसा दिएपछि दरोगाहरूले लट्ठीले तिघ्रामा बजार्थे र उनीहरू अर्को खल्तीबाट पैसा झिक्न बाध्य हुन्थे ।

इन्डियन सिमानाबाट दुःख पाएर उम्किएपछि उनीहरूले फेरि नेपालतिरको भन्सारमा सास्ती खेप्नुपर्थ्यो । तर, स्थानीय मधेसी समुदायका हरेक व्यक्तिका लागि यो सहज प्रक्रिया भइसकेको थियो । उनीहरू मानसिक रूपमा सधैं इन्डियन दरोगालाई अनावश्यक पैसा ख्वाउन, उनीहरूसित पिटाइ खान र नेपालको भन्सारका कर्मचारीबाट पनि उसै गरी हेपाइ खान अभ्यस्त भइसकेका थिए ।

एक दिन दुखेसो पोख्यो गुब्बेले मसित ।

'यार ! मैले भन्दा ज्यादा सामान तैंले ल्याउँछस् । तैपनि, तँलाई त्यसै छाडिदिन्छन् । जहिले पनि मलाई मात्र किन समात्छन् ? मलाई मात्र किन पिट्छन् ?'

मलाई के थाहा ? मैले उसलाई केही जवाफै दिन सकिनँ । उसैले भन्यो, 'तेरो साइकल नयाँ छ । मेरो कबाडी छ । त्यसैले मलाई कुत्ताजस्तो ठान्छन् ।'

अर्कोपल्ट सामान लिएर रूपैडिहाबाट भन्सार नाघिसकेपछि बाटोमा पर्ने चौलिक्का बाबाको दरगाहसम्म उसले मेरो साइकल लिने र मैले उसको साइकल चलाएर आउने समझदारी कायम गरियो । तर, यसले पनि फरक परेन । यस पटक पनि उसैले चुटाइ खायो, उसैले पैसा तिर्नुपर्‍यो । इन्डियातिर पनि, नेपालतिर पनि । यस पटक पनि ऊ दुवैतिर हेपियो । अझ ऊसित नयाँ साइकल देखेर केरकार पनि गरे, 'कतैबाट चोरेर त ल्याइनस् यो साइकल ?'

यो क्रम यसै अनुरूप चलिरह्यो । निरन्तर । एक दिन भने उसले गजबको आइडिया लगायो । उसले सिकायो मलाई, 'इन्डियाको दरोगाले र नेपालको भन्सारको मान्छेले जब मलाई रोक्छ नि, तब तैंले गुब्बे मेरो भाइ हो भनिदिनू । तेरो भाइ भनेपछि मलाई पनि उनीहरूले जरूर छाडिदिन्छन् ।'

यो आइडियामा दम थियो । मलाई पनि मन पर्‍यो । यो पक्कै प्रभावकारी हुनेछ भन्ने विश्वास पनि भयो मलाई । सँगै हिँड्ने साथीलाई भाइ हो भनेर भनिदिन के नै गाह्रो थियो र ! फेरि यो कुनै अपराध पनि त थिएन । कक्षामा पढेकै थिएँ, 'नेपाल चार वर्ण छत्तीस जातको साझा फूलबारी हो । सबै जातजाति मिलेर बस्नुपर्छ । मेरो राजा मेरो देश, प्राणभन्दा प्यारो छ भन्नुपर्छ । हामी सबै नेपाली दाजुभाइ हौं । हामी सबैको नसामा रातो रगत बग्छ ।'

त्यसैले अर्कोपल्ट रूपैडियाबाट फर्किंदा यही उपाय कार्यान्वयन गर्ने एकबुँदे भद्र सहमति भयो हामीबीच ।

फर्कंदा मलाई रोक्यो दरोगाले । मेरो अनुहार हेऱ्यो र छाडिदियो । म त्यहीँ छेउ लागेर उभिइरहें । दरोगाले गब्बुको सामान चेक गऱ्यो । उसलाई सताउन थालेपछि मैले भनें, 'साहेब ! छाडिदिनूस् उसलाई । ऊ मेरो भाइ हो ।'

दरोगाले मलाई एकछिन निकै गहिरिएर हेऱ्यो । अनि सोध्यो, 'कसरी भाइ हो तेरो ? तँ सेतो छस् । यो कालो छ । तँ सफा लुगा लगाउँछस् । यसले मगन्ताजस्तो मैलो लुगा लगाउँछ । झूट बोल्छस् बे ?'

पढेकै कुरा भनिदिएँ, 'यसको खुन पनि लाल छ । मेरो जस्तै ।'

'खुन हैन बे, चेहरा मिल्नुपर्छ ।'

इन्डियामा दाजुभाइवाला उपायले काम गरेन । बाध्य भयो गुब्बे र पाँच रूपैयाँ तिरेर छुटकारा पायो ।

त्यसपछि नेपालको भन्सारमा रोकियो हामीलाई । मेरो सामान खासै चेक भएन । गुब्बे यहाँ पनि फस्यो । फेरि सास्ती पाउने भयो । मैले यहाँ पनि भनें, 'यो मेरो भाइ हो । छाडिदिनूस् सर ।'

कार्की या केसी । खत्री या खड्का । पौडेल, पाण्डे, पन्त या प्रसाईं । बस्नेत या बोहरा । सापकोटा या सुवेदी । भण्डारी, उप्रेती या देवकोटा । त्यस्तै केही थर हुनुपर्छ त्यो कर्मचारीको । मेरो कुरो सुनेर उसले मलाई काँचै खाउँलाजस्तो गरी हेऱ्यो । मुखभरि पान थियो उसको । बीच बाटोमा पिच्च थुक्यो र हप्काउँदै भन्यो, 'साले झूट बोल्छस् ? पहाडिया र मधेसी पनि कहिल्यै भाइभाइ हुन्छ ?'

'किन हुँदैन ?'

तर, मैले त्यो दिन यो प्रश्न सोध्नै सकिनँ । गुब्बेले पनि सोध्न सकेन । उसको अनुहार असाध्यै अँध्यारो भयो । मैले सोध्न खोजें ऊसित, 'गुब्बे ! तिम्रो मन दुख्यो ?'

तर, सोध्न सकिनँ ।

नागपञ्चमीको दिन थियो त्यो । गुडिया पर्व । बाटोमा मधेसी केटाकेटी रङ्गीचङ्गी कपडाले बनाएको गुडियालाई रङ्गीन कागजले बेरेको बेसर्माको लट्ठीले बेस्सरी पिट्दै थिए । नजिकै एउटा बूढो बेलुन बेचिरहेको थियो । बेलुन अर्थात् गुब्बारा ।

अचानक गुब्बे साइकलबाट ओर्लियो । सरासर गुडियालाई पिटिरहेको ठाउँमा गयो । बूढोसित पचास पैसामा दुइटा बेलुन किन्यो । खोइ किन हो, उसले आफ्नो अनुहार कच्याककुचुक बनायो र एउटा बेलुनलाई बेस्मारी थिच्यो । फुट्यो त्यो बेलुन । अर्को बेलुन पनि त्यसरी नै फुटाउन खोजेको थियो उसले । तर, ऊ रोकियो । केही सोच्यो र त्यो बेलुनलाई उसले हातबाट छाडिदियो । त्यो भने माथिमाथि उड्यो र आकाशमै बेपत्ता भयो ।

त्यसपछि उसले गुडियालाई पिटिरहेको एउटा केटासित लट्ठी माग्यो । त्यही लट्ठीले उसले निकैबेर बेस्सरी पिटिरह्यो कपडाको निर्जीव गुडियालाई । लगातार । केही नबोली । मौन भएर । तर, त्यो मौनतामा आक्रोश थियो । ऊ कोसित यसरी रिसाएको ? अहँ, मैले बुझिनँ ।

त्यसपछि उसले आफ्नो पसिना पुछ्यो । लामो सास फेर्‍यो र फेरि आफ्नो साइकलमा बस्यो । म पनि आफ्नो साइकलमा सवार भएँ । साँझ परिसकेको थियो । त्यसपछि हाम्रो बाटो छुट्टियो । ऊ घसियारन टोल जान सदरलाइनको बाटोतिर लाग्यो । मैले आफ्नो घर जान सुर्खेत रोडको बाटो समातें ।

हामी दुवैलाई थाहा थियो, केहीबेर हिँड्यो भने यी दुवै बाटा धम्बोझी चोकमा फेरि जोडिन्छन् । जोडिनै पर्छ । किनभने, बाटो जतिसुकै अलग-अलग भए पनि तिनलाई जोड्ने केही सहायक मार्ग अवश्य हुन्छन् । यो कुरा मलाई पनि थाहा छ, उसलाई पनि थाहा छ ।

म अहिले पनि जब-जब नेपालगन्ज जान्छु, एकछिन धम्बोझी चोकमा उभिएर उसलाई पर्खन्छु । के थाहा, महेन्द्र क्याम्पसबाट सदरलाइनको बाटो समातेको ऊसित यहाँ धम्बोझीमा भेट भइहाल्छ कि ! भेटे ऊसित सोध्ने थिएँ, 'गुब्बे ! के तिम्रो मन अझै दुखिरहेछ ?'

मलाई विश्वास छ- उसले अब मेरो प्रश्नको जवाफ अवश्य दिनेछ ।

ऊ अब मौन बस्ने छैन ।

मजाक

किन बस्छ सलिम सिनेमाका पोस्टर टाँसिएका भित्तामुनि ? के त्यो सदरलाइनबाट एकलैनी बजार पस्ने गल्लीतिर मोडिँदा मोडिँदैको दाहिने भित्ता होइन ? के ऊ त्यही भित्तामुनि वर्षौंदेखि जुत्ता पालिस गरेर बसिरहेछ ?

म हरेक दिन सम्झन्छु सलिमलाई । जबजब नेपालगन्जसित जोडिएका स्मृतिले भरिएको दराज खोल्छु, पुराना फाइलभित्र थुप्रिएका थरीथरीका कागज या धमिराले खाएका किताबका पानाहरूझैं ती अचानक खस्न थाल्छन् । एक खालको अजीब गन्धले ह्वास्स छोप्छ मलाई । मक्किएका पुराना किताबहरूको गन्ध ।

स्मृतिमा विभिन्न किसिमका बास्नाहरूको अजीब मिश्रण हुन्छ । त्यसैले ती बास्नालाई अनुभूत त गर्न सकिन्छ तर ठ्याक्कै यस्तो हो भनेर अभिव्यक्त गर्न सकिन्न । सकिन्छ, कवितामा सकिन्छ । तर, यतिबेला म कविता कहाँ लेखिरहेको छु र ? यतिखेर म विम्ब र प्रतीकहरूमा कहाँ खेलिरहेको छु र ? सलिमको कुरा गर्दा मसित काव्यमय भाषाको सङ्कट हुन्छ । जब म सलिमको कुरा भन्छु, जीवनका कलाविहीन खस्रा र धमिला सम्झनाहरूको सपाट शब्दचित्रमात्र भन्न सक्छु । सलिमसितको मेरो सम्झना कलाभन्दा धेरै पर तर जीवनभन्दा साह्रै निकटको कुरो हो ।

बादल पनि त हुन् नि स्मृति । त्यसैले दिमागमा थुप्रिएका स्मृति, विषय, प्रसङ्ग, परिवेश र वातावरण अनुसार बादलझैं बत्तिँदै आउँछन् र मनलाई ह्वात्त एउटा अनौठो खालको संवेगले निथ्रुक्क बनाउँछन् । वर्षातमा रूझेको लुगालाई जसरी निचोरेर टकटक्याउँछौं नि, हो त्यसरी नै स्मृतिहरू

निचोरिन्छन् र तपतप चुहिन्छन् हाम्रै अस्तित्वको आँगनमा । यो त्यही आँगन हो, जहाँ सलिम र म गुल्लीडन्डा खेल्छौं । खोप्पीढुस खेल्छौं । कटिया समातेर माछा मार्छौं । गुलेन चलाएर भँगेरा मार्छौं ।

हो, त्यसैले सलिम मेरा लागि महत्त्वपूर्ण छ । हेर्दा कति साधारण, कति असहाय देखिन्छ सलिम । तर, कति जब्बर भएर आउँछ ऊ मेरो स्मृतिमा । उतिबेला मेराअगाडि आउँदा कि उसको खल्तीमा विभिन्न रङका गुच्चा हुन्थे कि माछा मार्ने बल्छी अर्थात् कटिया । चानचुन पैसाका ढ्याक पनि लिएर आउँथ्यो ऊ कहिलेकाहीँ र भन्थ्यो, 'आइज यार, खोप्पीढुस खेलौं ।'

तर, जब ऊ स्मृतिमा आउँछ, ऊ कटिया, गुच्चा या चानचुन पैसामात्र लिएर आउँदैन । त्यससँगै लिएर आउँछ, म हुर्किंदै गरेको समयको तातोपन पनि । सँगै लिएर आउँछ, मैले खोप्पीढुस खेल्नका निम्ति जमिनमा सानो खोपिल्टो बनाउन कोट्याउँदै गरेको माटोको गन्ध र कटियामा अल्झेका चिप्ला न चिप्ला गिरही माछाको ताजा गन्ध पनि । हामी पराल बालेर माछा पोल्थ्यौं । माछा र परालको धूवाँको त्यो बास्ना पनि लिएर आउँछ ऊ । अनि, त मलाई लाग्छ- मेरो अतीतमा या मेरो स्मृतिमा सलिम जति पावरफुल मान्छे अरू कोही छैन । हो यार, मान्नूस् न ! ऊ पावरफुल मान्छे हो । ऊ लेख्न जान्दैनथ्यो, पढ्न पनि जान्दैनथ्यो । तर, उसले मेरो हात समातेर मलाई आफू बाँचेको परिवेशको कथा लेख्न सिकाएको छ । त्यसैले त मैले लेखेका अक्षरहरूबाट पनि अजीब खालको बास्ना आउँछ । सलिमको शरीरबाट बगिरहेको पसिनाको बास्ना त हो नि त्यो ।

०००

गल्ती गरेछु मैले । सदरलाइन गएर एकपल्ट भए पनि रस्तोगी फोटो स्टुडियोमा मैले सलिमसित उभिएर एउटा फोटो खिच्नुपर्थ्यो । त्यो फोटो भइदिएको भए आज म भन्न सक्थें, उसको हुलिया कस्तो थियो ! कसरी जोडिएका थिए उसका आँखीभौं एकआपसमा । आँखीभौं जोडिएकाहरू रिसाहा हुन्छन् रे ! सुनेको थिएँ मैले । तर, सलिम किन कहिल्यै पनि रिसाएन मसित ? त्यसबेला पनि किन रिसाएन ऊ, जब उसले र मैले सुर्खेत रोडको गड्ढामा सँगै कटिया थापेका थियौं । दुई-तीन घन्टामै सलिमले आठ-दसवटा टेंगना र गिरही माछा मारिसकेको थियो । मैले भने पटक-पटक कटियामा गड्यौंलामात्र उनिरहेको थिएँ । एउटा पनि माछा मार्न सकेको थिइनँ ।

यार | ४१

अन्तिममा परेको एउटा माछा पनि कटियाबाट निकाल्ने क्रममा फुत्किएर फेरि गडाहामै खसेको थियो । त्यतिबेला मेरो ताल देखेर मज्जाले हाँसेको थियो सलिम र मैले आवेशमा सलिमको कटिया भाँचिदिएको थिएँ । हो, त्यतिबेला पनि रिसाएन मसित सलिम ।

मेरो स्मृतिमा त्यसैले सधैं सलिमको हँसिलो अनुहार आइरहन्छ । हँसिलो र सुकिलो । हो, उसका लुगा भने कहिल्यै पनि सुकिला भएनन् । उसले एउटाबाहेक अर्को कमिज फेरेको सम्झना छैन मलाई । कमिजको कलरमा जमेको कालो र चिल्लो मयलले पनि उसको सुकिलो व्यक्तित्वलाई मैल्याएको थिएन । मान्छे लुगाले मात्र सफा कहाँ देखिँदो रहेछ र ? लुगाले मात्र मान्छेको नग्नता छोपिने भए सधैं ठाउँठाउँमा प्वाल परेको र घरिघरि गुप्ताङ्ग देखिइरहने कट्टु लगाउने सलिम मेरो स्मृतिमा किन नाङ्गो भएर आउँदैन ? किन अश्लील देखिन्न सलिम ? गरिबीले उसलाई कागतीलाई झैं निचोरे पनि उसको स्मृतिले किन मलाई कहिल्यै पनि अम्लीय अनुभूति गराउँदैन ?

सलिमको कथा लेखिसकेको छु मैले । निकै वर्षअघि । *उलार* र लूमा सलिमको उपस्थिति छैन । तर, मलाई थाहा छ– त्यहाँ सलिम नै सलिम छ जताततै । ऊ अलिकति प्रेमललवामा मिसिएको छ र अलिकति कलुवामा पसेको छ । ऊ लूको इलैयामा पनि मिसिएको छ र करिममा पनि घोलिएको छ । ऊ *उलार* र लूका पानापानामा फेड इन र फेड आउट हुँदै आउँदै जाँदै गरिरहेको छ । *उलार* र लूका पानाहरू जबजब पल्टाउँछु, एउटा पानाबाट फुत्त निस्कन्छ र अर्को पानामा फुत्त पसिहाल्छ सलिम । माछाझैं नदीको एउटा धारबाट उफ्रन्छ र तुरुन्तै अर्को धारमा मिसिन्छ ऊ । कहिलेकाहीं त लाग्छ, सलिम नै त्यो सियो हो, जसले *उलार* र लूका पानापानालाई गाँसेको छ । आधा अधुरो वस्त्र लगाउने सलिम मेरा लागि जाडोको सुइटर बुन्दै आउँछ । सम्झनाको न्यानो सुइटर, जसलाई सलिमले अतीतको सलाइमा सम्झनाको गोल्छा या वर्धमान ऊनले फटाफट बुनेको छ ।

यो पुस-माघ कसरी काट्यो होला सलिमले ? उसलाई जाडो भयो कि भएन ? मलाई दिक्क लाग्छ । म किन उसलाई न्यानो सुइटर दिन सक्दिनँ ? किन म उसलाई सधैं कठ्याँग्रिरहेकै स्थितिमा छाडिदिन्छु ? सलिम मेरो अस्तित्वको त्यो हिस्सा हो, जसलाई ढुसी परेर कुहिन दिनुहुन्न भन्ने के थाहा छैन मलाई ?

सलिम नै त हो, मलाई नेपालगन्जका गल्लीगल्ली घुमाउने । करमोहना र परसपुर लैजाने उही त हो मलाई । जोगागाउँको मेला मैले ऊसितै हेरेको होइन र ? मैले आफ्नो उमेरसँगै हुर्कंदै गरेको नेपालगन्जलाई सलिमकै आँखाबाट हेरेको त हुँ नि ! ल भैगो, सलिम मेरो आँखा होइन रे ! तर, मैले मेरो आँखामा लगाएको दूरबिन त सलिम नै हो । त्यही दूरबिनको सहायताले त मैले देख्न सकेको हुँ नेपालगन्जका दुःखी-गरिबहरूको अनौठो समाज । कति स्वार्थी छु म, जसको कारणले मैले त्यो समाजको कथा लेख्न सकें, त्यो सलिमको नाम मैले आजसम्म सहलेखकका रूपमा पनि उल्लेख गर्न सकिनँ । कति पाखण्डी छु म !

मलाई लाग्छ- हरेक लेखकले लेख्ने उत्कृष्ट किताब उसको पाखण्डको अति उत्तम सिर्जना हो । हरेक सिर्जनासँगै लेखकले एउटा अपराध पनि गर्छ । किनभने, उसले आफ्ना सिर्जनाका लागि प्रयोग गर्ने स्मृति र त्यो स्मृतिका बाहकलाई अलिकति पनि जस पाउने मौका दिँदैन । हरेक श्रेय, हरेक पुरस्कार र हरेक वाहवाही ऊ एक्लैले लुट्छ । ऊ आफ्ना सिर्जनाहरूको कपिराइटका लागि मरिहत्ते गर्छ । तर, सलिम र सलिमजस्ताहरू कहिल्यै पनि त्यो सिर्जनामा आफ्नो हिस्सेदारीको दाबी गर्न आउँदैनन् । गरिबीको राजमार्गमा कुद्ने उनीहरूको पाइला सिर्जनाको आकर्षक महलको नक्कासीदार ढोकासम्म आएर फेरि त्यही राजमार्गतिर फर्किन्छ । सिर्जना र डकैतीमा त्यसैले अलिकति भए पनि कतै न कतै समानता त छ नि ! हरेक लेखक सिर्जनाको जङ्गलमा हालीमुहाली गर्ने औतारी डाँका नै हो क्या ! मान्नूस् न !

मैले आफ्नै स्मृति र त्यससँग जोडिएको एउटा कालखण्डलाई फेरि *घामकिरी*मा उतारें । *उलार* र लूमा लुकेर बसेको सलिम यसमा जागा भएर आएको छ । दृश्यमा उपस्थित भएको छ ऊ यस पटक । उपन्यासभरि सलिम छ । सलिमको स्मृति छ । सलिमले उब्जाइदिएको सपनाको फसलको कटाइ र छटाइँ त छ नि *घामकिरी*मा ।

तर, सलिमलाई *उलार* र लूमा आफू कहाँ छु भन्ने पनि थाहा छैन । *घामकिरी*का पानाहरूमा कहाँकहाँ उसको कथा भनेको छु भन्ने पनि थाहा छैन उसलाई । यतिबेला पनि ऊ के एकलैनीको त्यही मोडमा जुत्ता पालिस गर्दै बसेको होला कि नेपालगन्ज छाडेर कतै अन्तै बसाइ सरिसक्यो ?

निकै वर्षअघि एकलैनीको त्यही मोडमा देखेको थिएँ मैले । मलाई चिनेन उसले । मैले आफ्नो घरेलु नाम भनें । त्यसपछि उसको अनुहारका त्वचा र नसा धेरै पटक खुम्चिने र फैलिने गरिरहे । निकैबेरपछि मात्र उसले चिनेको थियो र भनेको थियो, 'अच्छा, तो वही राजु बाबु होव तुम ?'

साथी नै त थिएँ, म उसको । त्यसैले 'राजु' भनेर बोलाउँथ्यो सानोमा ऊ मलाई । तर, धेरै वर्षको अन्तरालमा म उसका लागि 'राजु बाबु' पो भइसकेको रहेछु । मैले त्यतिखेर बुझिनँ, त्यो मेरो हैसियत बढेको सूचना थियो या मित्रताको आदिम किताबमा धमिरा लागेको सङ्केत थियो ? के सलिमसितको मेरो सम्बन्ध बिस्तारै बिस्तारै मक्किँदै गइरहेको हो ?

त्यसपछि फेरि केही वर्षको अन्तरालमा नेपालगन्ज जाँदा मैले सलिमलाई देखिनँ । सलिमहरूको बस्ती पनि देखिनँ । मानौं एउटा बालकले पेन्सिलले बनाएको चित्र थियो उसको त्यो बस्ती, जसलाई उसको कुनै साथीले इरेजरले मेटिदिएको थियो । जसरी हराएको थियो प्रेमललवाको घर र टाँगा *उलार*मा, त्यसरी नै सर्लक्क हराएको थियो यस पटक सलिमको बस्ती । म किन रून सकिनँ त्यतिबेला ? के समयले परिपक्व बनाएको थियो मलाई ? या मेरा आँखाभित्र सुकिसकेका थिए नुनिला र ताता आँसुहरू ? आफ्नो आँखाको पानी सुकाएर के आफ्ना रचनामार्फत म मेरा पाठकलाई रूवाउने नौटङ्की गरिरहेको छु ? यदि यो विडम्बना हो भने म, यो पङ्क्तिको लेखक हजारहजार विडम्बनाको चलायमान दस्तावेज हुँ । नपढ्नूस् मलाई । इग्नोर मि !

तर, म सलिमलाई 'इग्नोर' गर्न सक्दिनँ । ऊ आइरहन्छ मेरो स्मृतिमा । ऊ आउँदा उसले आफ्नो काखीमै च्यापेर ल्याउँछ, मैले लेख्नैपर्ने कथाहरूको पाण्डुलिपि । त्यही पाण्डुलिपि म टाइप गर्छु र आफ्नो नामको आख्यान बनाएर छाप्छु । सलिमले फेरि पनि माग्दैन मसित सहलेखकको हैसियत । उसले रोयल्टी पनि माग्दैन । कपिराइटको दाबी पनि गर्दैन । ऊ उसरी नै हाँसिरहन्छ, जसरी हाँसेको थियो मेरो कटियाबाट फुत्केको माछालाई देखेर ।

म आज पनि अलमलिन्छु, सलिम मेरो साथी हो या मसम्म कथाका पाण्डुलिपि बोकेर आउने हुलाकी ? म अलमलमै छु, यो सलिमको पहिचानको सङ्कट हो या म आफैं गुमाउँदै छु आफ्नो पहिचान ? कि, म क्रमशः 'राजु'बाट बन्दै गइरहेको छु 'राजु बाबु' ?

आममान्छेहरूको बीचबाट निस्किएर खास मान्छे बन्नु जति खतरनाक कुरा एउटा लेखकका लागि के नै हुन सक्छ ?

ए मेरो समयका प्रिय लेखकहरू, के हामी सबै त्यही खतरामा त छैनौं ?

प्रश्न छ, ठूलो प्रश्न । प्रश्न एकचोटि उभिएपछि उभियो, उभियो । यो धरहराजस्तो ढल्दैन कहिल्यै । मलाई डर लाग्छ कहिलेकाहीँ, हामी कतै आफैंले सिर्जना गरेका प्रश्नको पर्खालभित्र कैदमा त परिरहेका छैनौं ?

ooo

सलिमको अनौठो बानी थियो । ऊ कहिलेकाहीँ जनावरसित बोल्थ्यो । जनावरसित दोहोरो संवाद भएझैं गर्थ्यो । म उसको टोलमा पुग्दा ऊ कहिलेकाहीँ वरिपरि भुस्याहा कुकुर भेला पारेर बसिरहेको हुन्थ्यो । उसले ती सबै कुकुरको नाम राखेको थियो । कसैको अभिताभ बच्चन, कसैको धर्मेन्द्र, कसैको हेमामालिनी, कसैको जीनत अमान र परवीन बाबी । ऊ तिनीहरूसित सिनेमाका कुरा गर्थ्यो, सिनेमामा तिनीहरूको भूमिका र अभिनयको कुरा गर्थ्यो । मैले सोध्दा भन्थ्यो, 'मजाक गरेको यार !'

तर, नियति, समय अनि परिस्थिति सबैसबै कुराले सलिम र सलिमजस्ता बस्तीबाट हराउँदै गरेका मान्छे आफैं एउटा 'मजाक' अर्थात् एउटा क्रूर ठट्टा बनिरहेका छन् अझै पनि । र म, लेखक भइटोपलेको एउटा पाखण्डी पुरूष, सलिमकै कथा लेखेर उसको भागको रोयल्टी पचाइरहेछु । यो भन्दा भद्दा 'मजाक' अरू के होला ?

स्मृतिमै सही । जबजब सलिम र मेरो जम्काभेट हुन्छ । मजाक भइरहन्छ । म उसको हातमा कहिले *उलार*, कहिले *लू* र कहिले *घामकिरी*का पुस्तक राखिदिन्छु ।

ऊ सोध्छ, 'कहानी लेखेको बे ?'

म जवाफ दिन्छु, 'यार ! लेखेको हैन । बस्, मजाक गरेको ।'

सलिम फेरि पनि हाँसिरहन्छ । ठीक त्यसरी नै, जसरी ऊ हाँसेको थियो भर्खर समातेको माछा मेरो हातबाट फुत्कँदा ।

एयरगन

केही स्मृतिहरू जोडिएका छन् ऊसित । केही धमिला छन् ती स्मृतिचित्रहरू । तर, चित्रअगाडिको बाफलाई मनका नरम हत्केलाले पुछ्दा ती चित्र सफा भएर आउँदा रहेछन् । मनको किताबमा थुनिएका गुलाबका सुकेका फूल फेरि फक्रिन थाल्दा रहेछन् ।

स्मृतिबाट पनि ताता बाफ उड्छन् र मनको ऐनामा धमिलो भएर बस्छन् । त्यही बाफमा लेख्न सकिन्छ स्मृतिचित्रका लागि एउटा सुन्दर शीर्षक । तर, मलाई यतिबेला शीर्षक होइन, सिङ्गै स्मृतिलाई ऐनामा दुरूस्त हेर्नुछ ।

ooo

गर्मी बिदा भएकाले स्कुल बन्द थियो । मेरो साथी विजय हमालले अघिल्लै दिन भनेको थियो, 'तँ र म भोलि कोहलपुर जानुपर्छ । सिकार खेल्न ।'

उसले कतैबाट एउटा एयरगनको व्यवस्था गरेको थियो । उतिबेला एयरगनका लागि लाइसेन्स लिनुपर्दैनथ्यो क्यारे ! त्यसैले सिकारीहरूको घरमा सजिलै भेटिन्थ्यो । हामीले त्रिभुवन चोकको एउटा पसलबाट छर्रा किन्यौं । पसलको नाम त बिर्सिएँ । तर, साइनबोर्डमा 'यहाँ केप, सिसा र बारूद पनि पाइन्छ' लेखिएको थियो । अहिले अचम्म लाग्छ, बारूद पनि साइनबोर्ड राखेर बेचिने जमाना थियो त्यो । त्यतिबेला बारूद केका लागि प्रयोग हुन्थ्यो, मलाई थाहा थिएन । पछि भनेको सुनें, पहाडतिर बाटो बनाउने क्रममा ठूलठूला ढुङ्गा फुटाउनका लागि बारूद प्रयोग गरिन्थ्यो ।

भोलिपल्ट एक बट्टा छर्रा र एयरगनसहित म र विजय आ-आफ्नो साइकल चढेर नेपालगन्जबाट चौध-पन्ध्र किलोमिटर उत्तर कोहलपुरतिर

लाग्यौं । बाटोमा हामीले पालैपालो एयरगन ढाडमा झुन्ड्याउँथ्यौं । यसो गर्दा हामीलाई गर्वको आभास हुन्थ्यो । त्यसैले चरम घाममा पनि हामीलाई गर्मीको आभास भइरहेको थिएन । त्यसो त घाममा लू लाग्छ भनेर बिहान भातसित निकै प्याज पनि खाएका थियौं हामीले । सबैले भन्थे- प्याज खायो भने लू लाग्दैन ।

यसअघि कोहलपुरनिरको चटारतिर केही पटक पिकनिक पनि आइसकेका थियौं । चटारमा रहेको बन्धा नहरको झोलुङ्गे पुलमा कतिपल्ट ओहरदोहर गरिसकेका थियौं हामीले । यसै पनि त्यतिबेला कोहलपुर आवाद भइसकेको थिएन । टाढाटाढा छरिएर बनेका दस-बीस घर पनि थिए कि थिएनन् ! त्यसमाथि जेठको गर्मी । पूरै इलाका सुनसान थियो । (त्यतिबेला कोहलपुर अहिलेजस्तो गुल्जार भइजाला भनेर कल्पना पनि गर्न सकिँदैनथ्यो । हामीले जीवनमा कति कुरा कल्पना गर्छौं तर ती साकार हुँदैनन् । कति कुराको भने कल्पना गर्ने जाँगरै गर्दैनौं । तर, तिनै कुरा जब वर्तमानमा यथार्थ भइदिन्छन्, त्यसले चकित बनाउँछ ।)

कोहलपुरको पूर्व-पश्चिम राजमार्गको चोकबाट उत्तर लाग्दै हामी सुर्खेत जाने बाटोबाट केही अगाडि बढेका थियौं । दायाँबायाँ बाक्लै जङ्गल थियो । साइकल एक ठाउँमा अड्याएर हामी त्यहीं कतैबाट हातमा एयरगन र खल्तीमा एयरगनका लागि चाँदीका दानाजस्ता छर्रा बोकेर जङ्गलभित्र पस्यौं । हातमा बन्दुक भएकाले आफूलाई संसारकै शक्तिशाली ठानिरहेका थियौं । मैले सलाई पनि बोकेको थिएँ । चरा मारियो भने जङ्गलमै पोलेर खाने उद्देश्य थियो हाम्रो ।

जङ्गलको अलिक भित्र पुगेपछि थरीथरीका चरा देखिन थाले । हामीले पालैपालो एयरगनमा छर्रा हालेर निसाना लगाउन थाल्यौं । तर, हाम्रो निसाना सही लागिरहेको थिएन । मेरो निसाना त यसै पनि ठीक थिएन । विजयचाहिँ यस मामिलामा मभन्दा बढ्ता सिपालु थियो । तर, उसकै निसाना पनि ठाउँमा लागिरहेको थिएन । दर्जनौं छर्रा सकिए । तर, एउटै चरा पनि मरेन । कति पटक त चराको तीन-चार हात नजिकै पुगेर निसाना लगाउँदा पनि लागेन । विजय आफैंसित रिसाउन थाल्यो । करिब चार-पाँच घन्टाको जङ्गल भ्रमणमा हामीले एउटा भँगेरो पनि मार्न सकेनौं । हामी निराश भएर फर्कियौं ।

कोहलपुर आएर एउटा छाप्रोको चिया पसलमा पस्यौं । छाप्रो बाटोछेउमै थियो । तर, वरिपरि अरू घर थिएनन् । सुर्खेत र दाङ जाने ट्रकका ड्राइभरहरूले चिया खाने ठाउँ रहेछ त्यो । माटो र अरहरको सुकेको डाँठ

प्रयोग गरेर बनाएको अस्थायी छाप्रो थियो त्यो । एक लात हान्यो भने भ्वाङ्ग पर्ने खालको । छाप्रोको एक कुनामा माटोको चुलो थियो । त्यहीमाथि पिँध कालो भएको आल्मुनियमको डेक्चीमा चिया पकाउँथ्यो साहूजीले । ऊ पहाडी महिला बिहे गरेको दाङतिरको कुनै चौधरी थियो । मीठो नेपाली बोल्थ्यो ।

छाप्रोमाथि भँगेरा बसेको थियो । मैले नजिकै गएर निसाना लगाएँ । लागेन । उसले पनि प्रयास गऱ्यो । लागेन । सारा निसाना खेर गएकाले सिकार खेल्ने हाम्रो रहर लगभग समाप्त भएको थियो । त्यसपछि हामीले बाँकी छर्रा निर्जीव वस्तुलाई निसाना बनाएर सिध्याउने निश्चय गऱ्यौं । बल्ल पो हामीले चाल पायौं, एयरगनको नाल नै हल्का बाङ्गो भएको रहेछ । त्यसैले त एकातिर ताक्यो, अर्कोतिर लाग्दो रहेछ ।

छाप्रोभित्र काठको बेन्चमा बसेर हामी चिया र पाउरोटी खाँदै थियौं । मैले ख्यालख्यालमा एयरगनमा छर्रा हालें । चुलोमा चिया पाकिरहेको थियो । चुलोसँगै एउटा सानो दुधियाको रित्तो बोतल थियो । लगभग चार हात परबाट मैले त्यही बोतललाई निसाना लगाएँ । लाग्यो । हो, लाग्यो । तर, बोतलमा होइन, भकभक उम्लिरहेको चियाको भाँडोमा । भाँडो उछिट्टियो र चियाजति भुइँमा पोखियो । चौधरी रिसाइहाल्यो । रिसाउनु स्वाभाविक थियो । उसको दस कप चिया खेर गएको थियो । उसले त्यसको पैसा माग्यो । हामीसित त्यति पैसा थिएन । चौधरीले ज्यान गए नछोड्ने भएपछि हामीसित एउटै उपाय थियो, कि साइकल धितो राख्ने कि एयरगन ।

एयरगन धितो राख्यो विजयले ।

'पैसा लिएर आयौ भनेमात्र यो एयरगन फिर्ता गर्छु ।'

चौधरीले धम्क्यायो हामीलाई । हामी लुरूक्क परेर नेपालगन्ज फर्कियौं ।

ooo

केही दिनपछि म र विजय फेरि कोहलपुर आयौं- एयरगन फिर्ता लिन । चिया पसल बन्द थियो । हामीले कसोकसो अनेक व्यक्तिसित सोधेर साहूजीको घर पत्ता लगायौं । तर, साहूजी घरमा पनि फेला परेनन् । उनकी जहान भेटिइन् । उनैबाट थाहा भयो, खोइ के लहड चलेर चौधरीले घरको आँगनको माटोमा दाना टिपिरहेका चरालाई ताकेर एयरगन चलाएछन् । उनको पनि निसाना चुकेछ । त्यहीँ छेउमै खेलिरहेकी छिमेकीकी सानी छोरीको खुट्टामा छर्रा लागेछ । छिमेकीसित पहिला पनि कुनै विषयमा विवाद रहेछ उनीहरूको । छिमेकीले त्यसैको बदला लिन छोरीको हत्या गर्न खोजेको भनेर पुलिसमा रिपोर्ट लेखाएछ ।

छिमेकीकी छोरीको उपचार भने नेपालगन्जको भेरी अञ्चल अस्पतालमा भइरहेको रहेछ । उपचारमा साहूजीको एक–दुई हजार रूपैयाँ नै खर्च भइसकेको रहेछ । उनीसित भएको विजयको एयरगन पनि पुलिसले जफत गरेछ । साहूजी पनि अझै चौकीमा थुनिएका रहेछन् । हामीलाई चौकीसम्म जाने आँट भएन । त्यसैले अब एयरगन फिर्ता पाउने कुनै सम्भावना थिएन ।

हामीलाई रिस उठ्यो । तर, हामीले गर्न सक्ने केही थिएन । बस्, उनको दस कप चियाको पैसा दिँदै दिएनौं र निराश भएर नेपालगन्ज फर्कियौं । फर्किने बेलामा विजयले त्यही चिया पसलअगाडि साइकल रोक्यो । ऊ रोकिएपछि म पनि रोकिएँ । छाप्रोको ढोकामा ताल्चा लागेको थियो । पूरै इलाका सुनसान थियो । सडकमा मुसो पनि हिँडेको थिएन । उत्ताउलो तातो हावाले सडकमा बुङ्बुङ्ती धूलो उडाइरहेको थियो ।

'बदला लिनुपर्छ सालेसित,' विजयले भन्यो र छाप्रोपछाडि गयो । म पनि उसको पछिपछि गएँ ।

अरहर र कपासको सुकेका डाँठको टाटीमा गोबर र माटो मिसाएर बनाएको गारोमा सानो प्वाल पहिले नै थियो । यसो बल गरेपछि त्यो च्यातिएर निकै ठूलो भयो । त्यही प्वालबाट पहिला विजय भित्र पस्यो, त्यसपछि म भित्र पसें । भित्र चिया पकाउने सामान असरल्ल थिए । एउटा बट्टामा चियापत्ती र एउटामा चिनी थियो । विजयले चियापत्ती पोखिदियो । सक्नेजति चिनी खायौं । बाँकी भुइँमै पोखिदियौं । पाउरोटी पनि रहेछ । मैले यसो टोकें र तत्काल थुकिहालें । पाउरोटी कुहिसकेको रहेछ । लात हानेर माटाको चुलो भत्काइदियो विजयले । मैले पनि चुलोमा लात हानेर विजयलाई सघाएँ ।

त्यसपछि विजयले पाइन्टको फस्नर खोल्यो र चुलोमा पिसाब फेर्‍यो ।

'तैंले पनि फेर् ।'

उसले आदेश दियो । मैले पनि फस्नर खोलें ।

०००

बाटोमा त्यही पसलबाट चोरेका चकलेट खाँदै हामी नेपालगन्ज फर्कियौं । घरमा बुबाको खल्तीबाट थुप्रैपल्ट पैसा चोरेको बाहेक बाहिर अर्काको पसलैमा पसेर चोरी गरेको यो मेरो पहिलो घटना थियो । र, अन्तिम पनि ।

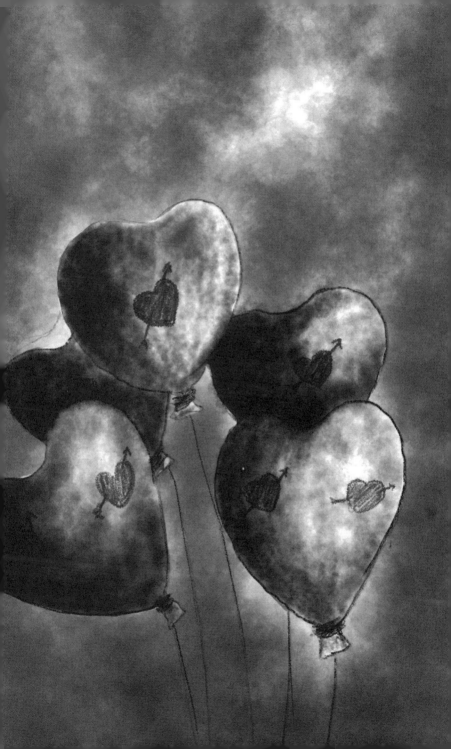

सुखद

बाटोमा जब देख्छ्यौ मलाई किन हिँड्छ्यौ तर्की तर्की
अलिक टाढा पुगी फेरि किन हेर्छ्यौं फर्की फर्की ?

यो गतिलो गीत होइन । मोतीरामले मायाप्रीतिका यस्ता गीत-गजल जमानामै लेखिसकेका थिए । तर, मेरा लागि यो गीत स्मरणीय छ । चाहेर पनि बिर्सन सक्दिनँ । यसपछिको पङ्क्ति भने याद छैन ।

यो गीत कसैले गुनगुनाएको छैन । कसैको सुमधुर आवाजमा बसेर यो कर्णप्रिय बनेको छैन । कुनै सङ्गीतमा घोलिएर यो पवित्र भएको छैन । तर पनि यो गीत मेरा लागि सुमधुर, कर्णप्रिय र सङ्गीतमय छ । किनभने, यी पङ्क्ति सम्झिनासाथ मेरा आँखाअगाडि केही दृश्य चलमलाउन थाल्छन् ।

एउटा युवक आफ्नी प्रेमिकालाई पर्खिरहेछ । प्रेमिका आउँछिन् र उसकै छेउबाट तर्केर जान्छिन् । ऊ प्रेमका केही थान संवाद बोल्न चाहन्छ । तर, आवाज उसको ओठसम्म आउँदैन । मनमै कतै अलमलिइरहन्छ । बोल्नै नसकेकामा ऊ निराश पनि हुन्छ । तर, अलिक अगाडि पुगिसकेपछि प्रेमिकाले बिस्तारै उसलाई फर्किएर हेर्छिन् । बस्, यही र यस्तै दृश्य स्पष्ट भएर आउँछन् मेरा यादका धूमिल ऐनाहरूमा ।

ooo

यो गीत मैले उनैलाई सम्झिएर लेखेको थिएँ । स्थानीय *किरण* साप्ताहिकमा छापिएको पनि थियो । सायद नौ कक्षामा पढ्थें म त्यतिखेर । रानी तलाउबाट गगनगन्ज जाने मोडमै रहेको महेन्द्र माध्यमिक विद्यालयमा । उनी आठ कक्षामा पढ्थिन् । घर पनि गगनगन्जतिरै थियो । आँखा साह्रै

बोल्थे उनका । गोरी थिइन् । अलिक चुच्चो परेको ओठ । त्यो ओठ पनि राम्रो लाग्थ्यो । तर, ती प्रायः मुस्कुराउँदैनथे । उनलाई हाँसेको कमै देखें मैले । ठीक्कको उचाइ । शरीर पनि मिलेकै हुँदो हो । त्यतिबेलाको मेरो सौन्दर्य शास्त्रमा उनी अब्बल सुन्दरी थिइन् ।

उनीसितै मेरो प्रीति बस्यो । मायाको ज्वाला बल्यो मेरो मनमा । तर, यो ज्वाला मेरो मनमा मात्र सल्किएको थियो सायद । किनभने, मैले कहिल्यै पनि उनलाई माया गर्छु भन्न सकिनँ र उनले पनि भन्दै भनिनन् । बस्, मायालु पाराले हेर्थिन् । त्यतिखेर उनका आँखा उज्यालो र चलायमान भइदिन्थे । म भुतुक्कै हुन्थें । उनका ओठहरू मुस्कुराउनका निम्ति उनीसित अनुमति माग्थे र निराश भएर ओठबाटै फर्किन्थे ।

मायाप्रीतिका अनेकानेक जायज-नाजायज सपना देख्ने तर तिनलाई अभिव्यक्त गर्न नसक्ने अन्तर्मुखी थिएँ म । कल्पनामै म उनलाई आफ्नो सामु उपस्थित गर्थें र कल्पनामै उनीसित असीमित प्रेम गर्थें । कल्पनामै उनीसित बोल्थें र कल्पनामै म उनीसित आलिङ्गनबद्ध हुन्थें । कल्पना गर्न मलाई कुनै रोकटोक थिएन । कल्पनामा म अराजक पनि भइदिन्थें र अश्लील पनि ।

सुर्खेत रोडमा मेरै घर छेउछाउको एक जना साथीको घरमा उनी आइरहन्थिन् । सायद केही पारिवारिक साइनो थियो उनीहरूबीच । त्यहाँ आएका बेला साँझपख उनी बार्दलीमा आउँथिन् र निकैबेर मेरो घरतिर हेरिरहन्थिन् । म जतिन्जेल बार्दलीमा हुन्थें, त्यतिन्जेल नै उनी पनि उभिइरहन्थिन् । मलाई लाग्थ्यो, यही नै प्रेम हो ।

स्कुलमा हाफटाइम हुँदा म जुन धारामा पानी खान जान्थें, उनी पनि त्यहीँ आउँथिन् । उनी नआउँदासम्म म पानी खाँदिनथें । उनी पनि म पुगेपछि मात्र पानी खान्थिन् । सायद एकअर्काको तिर्खा मेटिएपछि हाम्रो मनको धीत पनि मर्थ्यो । मलाई लाग्थ्यो, यही नै माया हो ।

स्कुलबाहिर पकौडा बेच्ने बूढो आउँथ्यो । पित्तलको नाङ्लोजत्रो परात र त्यसलाई अड्याउने बाँसको डमरूजस्तो स्ट्यान्ड । परातमा विभिन्न किसिमका पकौडा र अरू परिकार टन्नै राखिएको हुन्थ्यो । ससाना भगौनामा दहीबडा र छोला पनि हुन्थ्यो । सानो बोतलमा कागतीको रस, एउटा बट्टामा धूलो बिरेनुन, अर्कोमा धूलो खुर्सानी, अझ अर्कोमा जिरा-धनियाको धूलो । कति थोक अटाएको हुन्थ्यो उसको खोमचामा । साह्रै स्वादिलो हुन्थ्यो उसले बेच्न ल्याएका खानेकुरा । पार्किन्सनले गर्दा उसका दुवै हात र टाउको लगातार हल्लिन्थे । उसले निकै कष्टसाथ हल्लिरहेको हातले सालको पातमा पकौडा दिन्थ्यो हामीलाई । यति हुँदा पनि ऊ स्वरोजगारमा लागेको थियो । त्यतिखेर

उसको हिम्मतलाई सलाम गर्ने सोमत थिएन । आज अलि अलि सोमत त छ । तर, उतिबेलै त त्यति बूढो थियो, मेरो सलाम पाउन आजसम्म ऊ के पर्खिरहन्थ्यो !

स्कुलको हाफटाइम हुने समयमा ऊ खोमचासहित आइपुग्थ्यो । उनी नियमित त्यही बूढोको खोमचानिर पुग्थिन् । उनी पुगेपछि म पनि पुग्थें । उनी कहिले पकौडा, कहिले मटर, कहिले आलुचना, कहिले दहीबडा र कहिले गुलियो गुलगुला खान्थिन् । उनी जे खान्थिन्, म पनि त्यही खान्थें । मलाई लाग्थ्यो, त्यसो गर्नु नै प्यार गर्नु हो ।

पढाइ नभएका बेला उनी आफ्ना साथीहरूसित भलिबल खेलिरहेकी हुन्थिन् । म स्कुलको कौसीबाट हेर्थें । मलाई देख्नासाथ उनी खेल्न छाडेर उभिन्थिन् र मतिर एकनाशले हेर्न थाल्थिन् । मलाई लाग्थ्यो, यही नै लभ हो ।

यी सबै ती बेलाका कुरा हुन्, जब सडकमा कुनै केटाकेटी सँगै हिँड्यो भने सहरभरि उनीहरूको प्रेमको हल्ला हुन्थ्यो । त्यो हल्लामा अरू हल्ला थपिन्थे । कोही भन्न थाल्थे, 'मैले यी दुई जनालाई अजिजको मिलपछाडि चुम्मा खाइरहेको देखेको थिएँ ।'

अर्कोले थप्थ्यो, 'मैले यी लौन्डा र लौन्डियालाई कबर्डहलको स्टोरमा नाङ्गै देखेको थिएँ । एकअर्कासित गुत्थमगुत्था भइरहेका थिए ।'

अर्कोले अझ नयाँ कुरा थप्थ्यो, 'त्यो लडकाले त्यो लड्कीलाई पेट बोकाइदिएछ । एक महिनाअगाडि बहराइच गएर पेट गिराएर आएकी हो त्यो लौन्डिया ।'

जे होस्, जमाना प्रेमप्रति सहिष्णु थिएन । तर पनि मनमा प्रेमका बेलुन उड्न कहाँ छाड्थ्यो र ! प्रेमको जति खिल्ली उडाए पनि संसारलाई सुन्दर र मान्छेको लायक बनाउने यो एकमात्र माध्यम हो । विकासले सुन्दर हुँदैन संसार । निर्माणले पनि सुन्दर हुँदैन । संसार प्रेमले नै सुन्दर हुन्छ । नत्र प्रेम नभएको मनले केही पनि सुन्दर देख्दैन ।

त्यो जटिल परिस्थितिमा म एकसाथ दुई जनासितको प्रेममा परेको थिएँ । एक जना हामीलाई पढाउने मिस र एक जना उनी । एकतर्फी नै सही, दुवै जनासित मेरो गहिरो प्रेम परेको थियो । एक दिन मिसले गाह्रो प्रश्न सोधिन् । मैले जवाफ दिन सकिनँ । हत्केलामा लट्ठीले पिटिन् । त्यही क्षण मेरो पुरुष ईगो जागृत भयो र मैले उनीसित प्रेम गर्न छाडिदिएँ ।

तर, उनीसित त्यस्तो दुर्घटना भएन । किनभने, उनी पनि मजस्तै विद्यार्थी थिइन् र उनको हातमा छडी थिएन । कसोकसो हिम्मत गरेर एक दिन मैले आफूसँगै पढ्ने र उनको छिमेकतिर बस्ने एक जना साथीलाई भनें, 'यार ! मलाई ऊ मन पर्छ ।'

साथीले हिम्मत दियो, 'चिट्ठी लेख् । म हातैमा राखिदिन्छु ।'

मैले चिट्ठी लेखें । मेरो जीवनको पहिलो प्रेमपत्र थियो त्यो । राम्रो अक्षर पारेर लेखें । चिट्ठीको अरू बेहोरा याद छैन । तर, त्यो कविता पनि त्यसमा लेखेको थिएँ । मानौं, प्रेमको पाठ्यपुस्तकमा मैले एउटा रोमान्टिक अध्याय समावेश गरेको थिएँ । मैले प्रेमपत्र साथीलाई दिएँ । उसले हातैमा राखिदिन्छु भनेकै थियो । म ढुक्क थिएँ । उसले हातैमा राखिदियो । तर, उसको हातमा होइन, मिसको हातमा । तिनै मिसको हातमा, जोसित मैले मेरो एकतर्फी प्रेमलाई केही महिनाअघि मेरो मनभित्र तीव्र वेगमा बगिरहेको प्रेमकै गङ्गामा विसर्जन गरेको थिएँ ।

चिट्ठी त सायद मिसले च्यातिदिइन् । तर, चिट्ठीको बेहोरा भने मेरो घरसम्मै पुग्यो । घरमा पनि प्रेम वर्जित कुरा थियो । त्यसैले बुबाबाट तृप्त हुने गरी कुटाइ खाइयो ।

यतिन्जेल स्कुलभरि मेरो प्रेमपत्रको हल्ला भइसकेको थियो । त्यसपछि मैले उनको अनुहारतिर हेर्न पनि सकिनँ । लाजले मरिगएँ । उनले पनि मलाई देखेर शिर निहुराउन थालिन् । अब हामीहरूले स्कुलमा पानी र पकौडा खाने समय फेरियो । उनी मेरो साथीको घरमा पनि आउन छाडिन् । त्यो बार्दली मेरा लागि सौन्दर्यविहीन भयो । कहिलेकाहीँ जम्काभेट हुँदा उनी तर्किएर हिँड्न थालिन् । म पनि तर्किन थालें ।

सिर्जनामा शक्ति हुन्छ भन्थे । हो रहेछ । मैले लेखेको एउटा सामान्य गीत अन्ततः मेरै जीवनमा अर्थपूर्ण बनेको थियो । गीतमा भनेझैं उनी तर्की तर्की हिँड्न थालिन् । बस्, गीतको एउटै कुरा मिलेन । उनले फर्की फर्की त्यसपछि कहिल्यै पनि हेरिनन् ।

रूखमा पात पलाए, झरे र फेरि पलाए । शीतलहर चल्यो । त्यसपछि लू चल्यो । फेरि शीतलहर र फेरि लू । यसरी समय दौडिरह्यो । यामहरू फेरिँदै रहे ।

एसएलसी पास भएँ । स्कुल छुट्यो । स्कुलका धेरै साथी छुटे । उनी पनि छुटिन् । बस्, यादहरू बाँकी रहे । म अचेल पनि यादको द्रूत गतिको रेलमा बिनाटिकट यात्रा गरिरहन्छु ।

ooo

कथा यत्ति हो । उफ् ! कति बेअर्थको कथा सुनाएँ ।

तर, कथाका केही बीचका हिस्सा बाँकी छन् । सायद ती पनि लेखिए भने कथा केही रूचिकर हुन सक्छ । कथामा म देखिएँ, उनी देखिइन् । तर, यो कथामा म र उनीमात्र पनि थिएनौं । अर्को कोही पनि थियो । तेस्रो

मान्छे । सायद त्यही तेस्रोको उपस्थितिले एउटा सामान्य कथामा बनेको थियो प्रेमको त्रिकोण । त्यो अर्को कोही थिएन, मेरै कक्षामा पढ्ने मेरो साथी नै थियो ।

ऊ पढाइमा खासै राम्रो थिएन । पढाइमा ध्यान पनि दिँदैनथ्यो । विद्यार्थी त म पनि औसत नै थिएँ । तर, ऊ मभन्दा पनि लद्दू थियो । म कक्षाबाट खुब भाग्थें । ऊ मभन्दा बढी भाग्थ्यो । म हाफ टाइममा पानी खान जाँदा मसँगै ऊ पनि जान्थ्यो । म पकौडा खान जाँदा मसित ऊ पनि जान्थ्यो । मैले भलिबल हेर्दा ऊ पनि हेर्न जान्थ्यो । मैले अर्को साथीसँग प्रेमपत्रको कुरा गरिरहँदा उसले पनि सुनिरहेको थियो । त्यसैले दुवैले सल्लाह गरेछन् । मेरो प्रेमपत्र मिसको हातमा राखिदिएछन् ।

कुरा यत्ति थियो । तर, यसमा प्रेम त्रिकोण कहाँ छ ?

रहेछ । त्यो त्रिकोण रहेछ । मैले पनि त्यो त्रिकोण निकैपछि देखें । केही वर्षपछि । अनि पो मैले थाहा पाएँ, मैले जसलाई उतिबेला मन पराएँ, उनको बिहे त उसैसँग भएको रहेछ । मेरै साथीसँग ।

त्यतिबेलै मभित्र प्रश्नहरू जन्मिए र ती नवजात प्रश्न मेराअगाडि उपस्थित भए ।

के स्कुलको हाफ टाइममा पानी खाने निहुँले उनले मलाई होइन, मेरो साथीलाई हेर्न आउँथिन् ? के पकौडा खान जाँदा पनि उनले मलाई होइन, उसैलाई पर्खन्थिन् ? अनि, भलिबल खेल्दाखेल्दै मलाई होइन, के उसैलाई देखेर रोकिन्थिन् ? अनि, साथीको बार्दलीमा आएर मलाई नभएर के सडकतिर साइकल चलाएर यताउता गरिरहेको मेरो त्यही साथीलाई हेरिरहन्थिन् ?

प्रश्नहरू यथावत् रहे । मैले उत्तर खोज्ने प्रयास पनि गरिनँ । प्रयास गर्नु आवश्यक पनि त थिएन । त्यो त किशोरावस्थाको एउटा आकर्षण थियो, समयसँगै सकियो । आकर्षणले उत्पन्न गरेको एउटा भ्रम थियो त्यो ।

जतिबेला उनी दुईबीचको बिहेको कुरा थाहा पाएँ । एउटा मसिनो खालको गुनासो मनभित्र पलायो । यदि दुवैबीच प्रेम थियो भने मलाई कुनै बेला, कुनै मौकामा उनले जानकारी दिएको भए पनि त हुन्थ्यो र भनिदिएको भए पनि त हुन्थ्यो, 'तिमीलाई म आफ्नो साथीमात्र ठान्छु । मिल्ने साथी ।'

त्यति भनिदिएको भए पनि मेरो मन कति शीतल हुने थियो !

ooo

वर्षौंपछि ।

एक दिन अचानक काठमाडौंको असनमा जम्काभेट भयो उनीसित । चिनिहालें । किशोरवयको त्यो सङ्कोच फेरि मेरो मनमा जागृत भइहाल्यो । उनीसित बोलिहाल्ने आँट आएन । तर्किन खोजें । तर, उनैले आवाज दिइन्, 'नमस्ते ।'

'नमस्ते । के छ हालचाल ?' मैले नमस्तेको जवाफ पनि दिएँ र प्रश्न पनि सोधें ।

'एकदम राम्रो छ । तिम्रो नि ?' उनले पनि जवाफ दिइन् । प्रश्न पनि सोधिन् ।

त्यसपछि नयाँ घरका ठेगाना सोधियो एकअर्कासित । एकअर्काका सन्तानको सङ्ख्या र उमेर सोधियो । को कतिमा पढ्दैछ भन्ने पनि सोधियो । केही अरू फुटकर कुरा भए ।

उनी आफन्तको बिहेमा काठमाडौं आएकी रहिछन् । उनीसँग एक किशोरी उभिएकी थिइन् । मैले उनीतिर हेरें । म जिल्ल परें । उनी तिनै थिइन्, जोसित मेरो स्कुले जीवनमा एकोहोरो प्रेम परेको थियो, जसलाई पानी खाने बहानामा म हेर्न जान्थें । जसलाई पकौडा खाएको ठाउँमा हेर्न जान्थें । जसले भलिबल खेलिरहेको हेरिरहन्थें । उही थिइन् । यतिका वर्षपछि पनि उस्तै ।

म अलमलिएँ । के यो मेरो भ्रम थियो ? के समयले उल्टो घुमेर मलाई फेरि उही कालखण्डमा पुऱ्याएको थियो ?

तर होइन, त्यो मेरो भ्रम थियो । सुखद भ्रम ।

'मेरी कान्छी छोरी हो । नाइनमा पढ्छे ।'

उनैले मेरो भ्रमको अन्त्य गरिदिएकी थिइन् । लगत्तै उनले छोरीसित मेरो परिचय गराइन्, 'नानु ! ऊ मेरो साथी हो । स्कुल बेलाको साथी । मिल्ने साथी थियौं हामी ।'

बस्, त्यतिबेलै एउटा शीतल हावा बगेर आयो र मेरो मनलाई शीतल बनाएर गयो । यतिका वर्षपछि भए पनि उनले कम्तीमा साथी त भनिन् । किशोरावस्थादेखि यो बेलासम्म कायम रहेको एउटा भ्रम त मेटियो । तर, यसले पीडा दिएन मलाई । बरू, आनन्द दियो । यो क्षण सुखद भएको थियो मेरा लागि ।

हामीबीचको सङ्क्षिप्त भेट थियो त्यो । तर, उनको त्यो वाक्य आज पनि मनमा गुन्जिन्छ ।

'मिल्ने साथी थियौं हामी ।'

र, साथीको रूपमा अचेल म सधैं उनको सुखी जीवनको कामना गर्छु ।

यार

खासमा मैले ऊसित क्षमा माग्नुपर्थ्यो । तर, मैले मागिनँ । 'यही' र 'यहीँ' गल्ती भयो । महान् आत्माहरू आफ्ना गल्तीबाट सिक्नुपर्छ भन्छन् । गालिबको गजल पनि त सुनेकै थिएँ :

जीवनभरि नै गालिब यही गल्ती गरिरहें
मैलो मुहारमै थियो तर ऐना सफा गरिरहें ।

तर, सुनेको कामै लागेन । विवेकले धोका दिइहाल्यो । चेतनामा पर्दा लागिहाल्यो । त्यसैले मैले आफ्ना गल्तीबाट केही सिक्नै सकिनँ । बस्, पटक-पटक गल्ती दोहोऱ्याइरहें । यो मामिलामा पनि त्यस्तै भयो ।

ooo

जीवन सहज किसिमले चलायमान बनाउनका निम्ति सम्बन्धहरू एकदमै आवश्यक हुँदा रहेछन् । यो कुरा कतिले बुझ्दैनौं पनि होला र कतिले बुझेर पनि बुझपचाउँछौं होला । यसै पनि हाम्रो धेरै समय सुतेरै बित्छ या सुतेको अभिनय गरेर । त्यसैले जाग्न अबेर गर्छौं हामी । जब जाग्छौं, पश्चात्तापसहित जाग्छौं ।

हामीलाई सम्बन्धको महत्ता त थाहा होला । तर, यसको गरिमा र यसभित्र अटाउने आत्मीयताको आयामबारे कति थाहा होला र कतिलाई थाहा होला ? सम्बन्ध ऊर्जाको स्रोत पनि हो । जीवनको यात्रामा यही ऊर्जाबाट विद्युत् उत्पादन हुन्छ र त्यसबाट बलेको बत्तीले हामीले हिँड्ने बाटो उज्यालो भइरहन्छ ।

सम्बन्धहरू बन्छन् पनि र भत्कन्छन् पनि । हामीले निर्माण गर्ने घरजस्तै त हो नि सम्बन्ध पनि ! बनाउन समय लाग्छ । तर, असमझदारीको हम्मरले हिर्काउन थालेपछि भत्काउन कत्ति पनि बेर लाग्दैन । हामीले जीवनकालमा बनाउने र भत्काउने सम्बन्धहरूबाटै हाम्रो चेतनाको निर्माण हुन्छ र क्षय पनि । निर्माणले आनन्द दिन्छ, क्षयले पीडा ।

सम्बन्ध तोडिएर आनन्दित हुनेहरू पनि होलान् । तिनलाई यो पढिरहन आवश्यक छैन । तर, त्यसरी आनन्दित हुनेहरूसित भने मलाई केही थान प्रश्न सोध्न मन छ । के त्यो साँच्चिकै सम्बन्ध तोडिएपछिको आनन्द हो ? अथवा, सम्बन्धको सहज निर्वाहमा असफल भएपछि उत्पन्न थकानबाट मुक्त हुन सकेकामा केही बेरलाई प्राप्त आरामको स्थिति हो ? आरामको स्थिति सकिएपछि क्षतविक्षत भएका सम्बन्धले थाहा दिएर या नदिएरै मनको ज्ञात-अज्ञात सतहलाई छुचुन्द्रोले झैं कुटुकुटु टोकिरहलान् कि नाइ ?

मैले यी पङ्क्तिमा जे लेखिरहेछु, यो आरामको व्याख्यान भने हुँदै होइन । यो सरासरी पीडाको वृत्तान्त हो । यस्तो पीडा, जसले मलाई आजपर्यन्त कुटुकुटु खाइरहन्छ । बाल्यावस्थामा निर्माण भएको मित्रताको त्यो अद्भुत सम्बन्ध कालान्तरमा कसरी नमीठो स्मृतिमा परिणत भयो ? म आफैं पनि छक्क पर्छु । तर, यही कुराबाट मैले बुझें, सम्बन्ध बनाउनुमात्र ठूलो कुरो होइन रहेछ । ठूलो कुरो त बनेको सम्बन्धलाई कायम राख्नु रहेछ । हामी धेरै जसो चुक्ने यहीँ नै हो । हामीलाई सम्बन्धको महत्त्व त थाहा छ । तर, सम्बन्ध कायम राख्ने काइदा थाहा छैन । सम्बन्ध बनाउन हतार गर्छौं, उत्साह पनि देखाउँछौं । तर, सम्बन्धको व्यवस्थापनमा थोरैले मात्र जाँगर चलाउँछौं । मेरो दुर्भाग्य ! म ती थोरैमा सामेल हुन सकिनँ ।

उफ् ! जबजब म ऊसितको मेरो सम्बन्धको आयामलाई सम्झन्छु, आत्तिन्छु । विरक्तिन्छु । निबुवाको पुरानो चूकझैं ग्लानिले मन अमिलो न अमिलो हुन्छ । छेउछाउको कुनै पहाडसित ठोक्किएर च्यात्तिएपछि धुनधान बर्सिन तम्तयार बाक्लो र कालो बादल मेरै अनुहारमा लागेको अनुभूति हुन्छ । खुम्बुतिरको चिसो हिउँ मेरो मनमा थपक्क आएर जम्छ ।

कहाँ म मित्रताको सगरमाथा चढ्न चाहन्थें, पुगें खराब पौडीबाजझैं निसास्सिँदै र सिक्काझैं बत्तिँदै राराको लेउ लागेको पिँधमा । हो, हरेक

सम्बन्धहरू सगरमाथाजत्रै अग्ला हुँदा रहेछन् । यसलाई छिचोल्न भने कला चाहिँदो रहेछ । चाहिँदो रहेछ आरोहीहरूले पाउमा लगाउने काँडादार जुत्ताजस्तै मनको सतहलाई दरिलो गरी समात्ने विश्वासको क्र्याम्पोन । हिउँका चट्टानहरूमा कहिलेकाहीँ धर्मराउन लाग्दा समात्नका लागि एङ्कुरेजमा अल्झाएको डोरी चाहिएझैं सम्बन्धहरू धर्मरमा पर्दा पनि चाहिँदो रहेछ आत्मीयताको बलियो डोरी । हिउँका कठोर चट्टानहरू फुटालेर बाटो बनाउन फलामे आइस एक्स चाहिएझैं बाटो नपाएर अलमलिएको सम्बन्धलाई सही बाटोमा ल्याउन चाहिने रहेछ सहिष्णुताको उपयोगी ज्यावल । नत्र, सम्बन्धलाई जतन गरेर राख्न नसकेरै हिमालका डरलाग्दा खर्पसहरूमा खसेको आरोहीझैं हामी पनि खस्दा रहेछौं आफ्नै मनभित्र बनेका कहालीलाग्दा खोंचहरूमा । कति अप्रिय हुन्छन् आफ्नै मनभित्र निर्माण भएका खर्पसहरूमा खस्दाका ती अत्यासलाग्दा क्षणहरू । त्यस्तै आतेसलाग्दो र अप्रिय क्षणसित बेला कुबेला जम्काभेट भइरहन्छ मेरो । त्यो जम्काभेटमा ऊ आउँछ । मसित हात मिलाउँछ र भन्छ अत्यन्त आत्मीयतासहित, 'यार !'

०००

हो, यार नै थियौं हामी । नेपालगन्जमा । बाल्यकालदेखिका लँगोटिया यार । एउटै कक्षामा पढ्थ्यौं । एउटै बेन्चमा बस्थ्यौं । एउटै केटीलाई जिस्काउँथ्यौं । उसले किनेको *चन्दामामा* मैले र मैले किनेको *लोटपोट* उसले पढ्थ्यो । मोटु, पतलु, साबु, डाक्टर घसिटाराम र चाचा चौधरीहरू हाम्रा प्रिय पात्र थिए । उसैले दिएको *चन्दामामा* पढेर मेरो मनमा 'विक्रम र बेताल'को कथा गाडिएर बसेको थियो र तिनै पात्रलाई निम्त्याएर मैले २०४४ सालतिरै *विक्रमादित्य एउटा कथा सुन* (लघु उपन्यास) लेखेको थिएँ । खल्तीमा अलिकति पैसा हुँदा उसले एकलैनीको मुसाफिर खानानिरको हल्वाईकहाँ लगेर छोला-समोसा ख्वाउँथ्यो । मसित पैसा हुँदा त्रिभुवन चोकनेरका चाटका ठेलाअगाडि उभिएर मगमगाउँदो देसी घिउ हालेर बनाएको चाट ख्वाउँथें । बिदामा सँगै खोपी खेल्थ्यौं । कहिले नौ पत्तीको किट्टी र कहिले सात पत्तीवाला साइटिङ्ग पनि खेल्थ्यौं । तीन पत्तीको फलाँस खेल्दा कतिपल्ट

मेरो पैसा सकिन्थ्यो, उसैसित सापट माग्थें र भोलिपल्ट बुबाको खल्तीबाट केही रकम उडाएर उसको ऋण तिर्थें ।

कति चल्थ्यो एकअर्काको घरमा आउजाउ ! कति माया गर्नुहुन्थ्यो उसका आमाबुबाले मलाई पनि ! उसकी आमाले पकाएको अमलेट पो अमलेट ! त्यहाँ खाएको सुजीको हलुवा पो हलुवा ! मैले त्यहाँ जेजे खाएँ, त्यसमा खानेकुराको स्वादमात्र कहाँ थियो र ? त्यसमा उसको आमाको स्नेह पनि मिसिएको हुन्थ्यो । कति आदरणीय र आत्मीय हुनुहुन्थ्यो उसका दाजुहरू । गुमाएँ मैले । ती सबै गुमाएँ । गल्ती मेरै हो । क्षमा मागिनँ मैले । नत्र आजपर्यन्त त्यो सम्बन्धको मिठास रहिरहन्थ्यो । मित्रताको बलियो गाँठो आजपर्यन्त कस्सिइनै रहेको हुन्थ्यो ।

'रहिमन धागा प्रेमका, मत तोडो चट्काय......' रहिमले भनेकै थिए नि आफ्ना दोहाहरूमा । स्नेहको डोरी चुँडिनै दिनुहुन्न । चुँडियो भने जोड्नै गाह्रो । तर, प्रेमको त्यो धागोलाई चुँडिनबाट कसै गरी पनि जोगाउन सकिनँ मैले ।

'यार ! मलाई माफ गर ल ।'

मैले यति मात्र पनि भनिदिएको भए त्यो धागो चुँडिने थिएन । प्रेमको धागो अझै बलियो हुने थियो ।

ooo

अचानक बम्बई भाग्ने सनक चढेको थियो मलाई । एक दिन उसको हातमा एउटा चिट्ठी राखिदिएँ र भनें, 'भरे म रूपैडिहा क्रस भइसकेपछि मात्र यो चिट्ठी मेरो बुबाआमालाई दिनू ।'

ऊ अलमलमा परेको थियो । त्यतिबेला उसको अनुहार कति रातो भएको थियो । कानका लोतीबाट तपतप रगत चुहिएलाजस्तो थियो । सही र गलत छुट्याउने प्रखर विवेक कहाँ थियो र त्यतिबेला हामीसित ! मैले त आफूभित्रको विवेकलाई टाटा/बाइबाइ गरिसकेको थिएँ, उसले पनि एकछिनलाई विवेक गुमायो । म भागेपछि मैले लेखेको चिट्ठी मेरो घरमा लगेर पुऱ्याइदियो ।

जस्तो कि निश्चित थियो, उसले धन्यवाद पाएन । गाली पायो ।

'यो चिट्ठी समयमै ल्याइदिएको भए उसलाई समातेर ल्याउन सकिन्थ्यो। तिमी असल मित्र होइनौ। नत्र साथीलाई यसरी भाग्न दिने थिएनौ।'

सायद यस्तै केही भन्नुभयो मेरो बुबाआमाले उसलाई। ऊ पक्कै ग्लानिले भरियो। आफूले ठूलो गल्ती गरेको आभास भयो होला उसलाई त्यतिबेला। अथवा, मित्रताका नाममा मैले सेन्टिमेन्टल ब्ल्याकमेल गरेको ठान्यो होला उसले। सायद ऊ दिक्दार भएर केही दिन स्कुल पनि गएन। गएको भए पनि स्कुलमा पनि शिक्षकहरूले गाली गर्नुभयो उसलाई। वास्तवमै मैले उसको सोझोपनको फाइदा उठाएकै हो। नमीठो स्थितिमा फसाएकै हो मैले उसलाई।

केके न पाइन्छ भनेर गएको थिएँ बम्बई। तर, त्यहाँ झोपडपट्टीमा बास भयो मेरो। पैसा सकिएर दिल्लीको फुटपाथमा रात बिताउनुपर्‍यो। चिया दुकानमा 'चाय' पकाएर पनि बस्नुपर्‍यो मैले। अजीबअजीबका मान्छे देखिए, भेटिए। कालान्तरमा उपन्यास लेख्न मलाई कामै लाग्यो त्यहाँको अनुभव। कामै लागे त्यहाँ भेटेका पात्रहरू। तर, उसले अपमान र आरोपबाहेक के पायो ?

अनेक हन्डर खाएर म एक/डेढ महिनामा जसोतसो फेरि नेपालगंन्ज त फर्किएँ। तर, केही दिन उसले मतिर राम्ररी हेर्दा पनि हेरेन। मलाई देख्दा उसको अनुहारमा बादल लाग्थ्यो। सायद मन पनि अमिलो हुन्थ्यो। मलाई पनि लज्जाबोध भएको थियो। घरमा आमाबुबाले 'त्यस्ता खराब साथीहरूको सङ्गतै नगर्नू' भनेर कठोर निर्देशन दिनुभएको थियो। म पनि चरम आत्मग्लानिले भरिएको थिएँ र उहाँहरूले भनेको कुरा मान्न विवश थिएँ। म बोलिनँ ऊसित। ऊ पनि बोलेन मसित। किशोरावस्थामा र साउन/भदौताका बन्द भएको बोलचाल वर्षौंसम्म अनेक यामहरूको आउजाउ चलिरहँदा पनि खुलेन।

एसएलसी उत्तीर्ण गरेपछि क्याम्पस पढ्न थाल्यौं। तर, हाम्रो बोलचाल फेरि भएन। क्याम्पसको पढाइ सकेर ऊ इन्जिनियर बन्न भारततिर गयो। म साहित्यकार बन्न काठमाडौंतिर आएँ। ऊ इन्जिनियर भयो। म पनि सानोतिनो नै सही, साहित्यकारमा दरिएँ।

ऊ फर्केर काठमाडौं आयो । साथीहरूको जमघटमा यदाकदा ऊसित भेट हुन्थ्यो । तर, हामी एकअर्कासित छलिइरहन्थ्यौं । किशोरावस्थामा बन्द भएको बोलचाललाई आजीवन कायम राख्नु मूर्खता नै त थियो नि ! यो बोध हामी दुवैलाई थियो क्यारे ! यो बोधले काम गर्‍यो । झन्डैझन्डै बोलचाल बन्द भएको डेढ-दुई दशकपछि खोइ कुन परिस्थितिमा कसरी हाम्रो बोलचाल खुल्यो । हामीले सहजताका साथ एकअर्कासित हात मिलायौं र सोध्यौं, 'यार ! के छ हालचाल ?'

ग्लानि त थियो नि मनभित्र । सायद उसको मनभित्र पनि केही त्यस्तै भाव थियो । त्यसैले जब टुटेको सम्बन्ध फेरि गाँसियो, हामीले यो सम्बन्धलाई बलियो गराउन कुनै कसर बाँकी राखेनौं । हामी फेरि आत्मीय भयौं । एउटै कक्षाकोठा थिएन, एउटै बेन्च पनि थिएन । हामीले जिस्काउनलाई एउटै कुनै केटी पनि थिइन । मसित उसलाई दिनका लागि *लोटपोट* या *चम्पक*को नयाँ संस्करण थिएन । ऊसित मलाई दिनका निम्ति *चन्दामामा*को नयाँ अङ्क पनि थिएन । किट्टी, फलाँस, चल सत्र या साइटिङ्ग खेल्ने तासका पत्तीहरू पनि थिएनन् हामीसित । भए पनि ती मनभित्रै कतै थिए । जसरी एउटा जोकरलाई बीचतिर लुकाएर मज्जाले फेट्थ्यौं तासका पत्तीहरू, त्यसरी नै हामीले हामीबीचको असमझदारीलाई स्मृतिको गड्डीमा हुलेर मज्जाले फेटिदिएका थियौं । अब कहाँनेर हरायो त्यो असमझदारीको जोकर पत्ती, हामीलाई पनि थाहा भएन । तर, अब भने मनभित्र नयाँ संस्करणको मित्रताको आभास थियो । त्यसले निर्माण गरिदिएको उत्साह पनि थियो । त्यसैले हामी फेरि भेटघाट गर्न थाल्यौं । सँगै खाने र पिउने क्रम सुरू भयो ।

हामी विगतका कुरा गर्दैनथ्यौं । त्यो तीतोपनलाई हामीले पटक्कै सम्झिन चाहेनौं । हामी बस्, अझै आत्मीय हुन चाहन्थ्यौं । विगतमा हाम्रो सम्बन्धमा उत्पन्न भएको खाल्टोलाई हामी छोटो समयमै पुर्न चाहन्थ्यौं सायद । त्यसैले हामी फेरि सुखदुःखका साथी भयौं । उसको उपलब्धिमा म खुसी भएँ, मेरो प्राप्तिमा ऊ आनन्दित भयो । कमजोर भएर लथालिङ्ग भइसकेको हाम्रो मित्रताले अब नयाँ उचाइ र आयाम प्राप्त गरेको थियो ।

एमपी स्कुलमा निम्न माध्यमिक तहमा पढ्दाताका अङ्ग्रेजी पढाउने डीपी गुप्ता सरले बेसर्माले हत्केलामा हिर्काईहिर्काई घोकाउनुहुन्थ्यो यस्ता वाक्य । उमेर नै त्यस्तो । अभिभावक र शिक्षकहरू यो गर्, त्यो नगर् भनेर सिकाउँथे । तर, हामीलाई त्यही गर्न मन लाग्थ्यो । हरेक वर्जित कुराप्रति घोर आकर्षण पैदा हुने उमेर थियो नि त्यो । त्यसैले मित्रताको सन्दर्भमा डीपी गुप्ता सरले घोकाएको त्यो नीति वाक्यप्रति हामीलाई कुनै आकर्षण थिएन । तर, अब आएर यसको अर्थ र गरिमा स्पष्ट भएको थियो । हो, अब ऊ मेरा लागि सच्चा साथी भएको थियो । किनभने, उसले मलाई दुःखमा पनि साथ दिएको थियो ।

२०५६ सालमा मेरो बुबा सिकिस्त बिरामी पर्नुभयो । केही दिनदेखि उहाँलाई लगातार बाडुली लागिरहेको थियो । त्यही तनावले बिस्तारै उहाँलाई गलाउँदै लग्यो र अन्ततः अस्पतालको शय्यामै पुऱ्यायो । त्यो बाडुली उहाँको साससँगै रोकियो ।

मेरो बुबा बित्दा कति सहयोग गऱ्यो उसले ! म किरियामा बसेको थिएँ । उसले मेरो समस्या बुझ्यो र भन्यो, 'यतिबेला तिमीलाई पैसाको खाँचो परेको होला । चिन्ता नगर !'

सापटी नै सही । उसले दियो । वरिपरि थिए अरू तमाम मित्र र थुप्रै आफन्त । तर, कसैले त्यसो भनेनन् । उसैले भन्यो । दुःखमा पनि गजबले साथ दियो उसले । मेरो मित्रता नयाँ उचाइमा पुग्यो त्यस दिन । किशोरावस्थाका गल्तीहरूबाट उत्पन्न सबै खालका तुष मेटिएका थिए अब । म बुबाको मृत्युको पीडामा त थिएँ । तर, मित्रतामार्फत पाएको आनन्दमा पनि थिएँ अब । असल मित्रहरूको उपस्थितिले जीवन कति सहज हुन्छ ! सुनेको थिएँ, अब आभास भएको थियो ।

मेरै गल्ती हो । त्यो आनन्दलाई चिरस्थायी बनाउने कला आएन मलाई । सम्बन्धहरू सुमधुर कविताहरू नै हुन् । तर, तिनलाई अभिव्यक्ति दिने कला चाहिन्छ । जीवन्त आख्यान पनि हो सम्बन्ध । तर, त्यसलाई प्रभावकारी बनाउने शिल्प पनि चाहिन्छ । यही कलामा त माथ खाएँ । यही शिल्पमा कमजोर भएँ म । नत्र मेरो त्यो बालसखा, मेरो त्यो साथी आजपर्यन्त पनि मेरो यार नै भइरहन्थ्यो ।

गल्ती मेरै हो ।

ooo

बुबाको मृत्युको केही दिनपछि मैले भर्खर खुलेको *स्पेसटाइम* दैनिक पत्रिकामा शनिवासरीय पृष्ठको संयोजक भएर काम थालेको थिएँ । सिनेमाको पटकथा पनि लेखिरहेको थिएँ । तर पनि तिनताक पैसा पर्याप्त थिएन मसित । स्वाभिमानी खालको जीवनयापन त गरिरहेको थिएँ । तर, नियमित आम्दानीको अभावमा मन फराकिलो बनाएर खर्च गर्ने मेरो ल्याकत भइसकेको थिएन । अर्काको अदबमा बस्नुपर्ने जागिर खाँदै खान्नँ भन्ने अडबाङ्गो आदर्शले अब मलाई नै पिरोलिरहेको थियो । पारिवारिक जिम्मेवारीमा त सायद असफलै भइहालेको थिइनँ । तर, आफ्ना र परिवारका सबै खालका रहरहरू पूरा गर्न सजिलो भइरहेको थिएन मलाई ।

मैले उसलाई भनें, 'दुःखमा साथ दियौ । तिम्रो यो गुन कहिल्यै पनि बिर्सने छैन । पैसा फिर्ता गर्नु छ तिम्रो । तत्काल गाह्रो छ मलाई । तर, तिमीलाई खाँचै पऱ्यो भने कम्तीमा एक महिनाको समय दिनू । म जसरी पनि फिर्ता दिन्छु ।'

ऊ देश उज्यालो बनाउने जिम्मेवारी पाएको प्राधिकरणमा इन्जिनियर थियो । उसलाई पैसाको खाँचो थिएन । उसले आफैंले भन्यो, 'त्यति जाबो पैसाले मेरो केही हुँदैन । चाहियो भने मागुँला । तर, अहिले चिन्ता नलेऊ यार ।'

मैले उसको कुरा मानें । मैले चिन्ता लिइनँ । हाम्रो मित्रता बलियो भएको थियो । बीस-तीस हजार रूपैयाँमा यो कमजोर हुनेवाला थिएन ।

तर, कमजोर भयो । गर्व गर्ने हैसियतमा पुगेको हाम्रो सम्बन्ध अचानक कमजोर भयो । यसमा उसको कुनै दोष छैन । मेरै दोष हो । मेरै कमजोरी हो । मलाई मित्रता निर्वाह गर्न आउँदो रहेनछ । मैले त्यो सम्बन्धलाई जोगाउन सक्थें । तर, अब धेरै ढिलो भइसक्यो । त्यो सम्बन्ध तहसनहस भइसकेको छ अब ।

रहिमले भनेकै थिए :

रहिमन धागा प्रेम का, मत तोडो चटकाय ।
टूटे से फिर ना जुडे, जुडे गाँठ परि जाय ॥

ठीकै भनेका रहेछन् उनले । प्रेमको धागो कसै गरी पनि टुटाउनुहुँदैन रहेछ । यो टुट्यो भने जोडिन गाह्रो हुन्छ र जोडियो भने पनि गाँठो त यथावत् रहिरहन्छ ।

०००

'यार, शनिबार अफिसको बाइक चलाउन पाइँदैन । आजै कीर्तिपुर जाने जरूरी काम पर्‍यो । तिम्रो बाइक देऊ न !'

उसले बिहानै फोन गर्‍यो । शनिबार भएकाले मलाई पनि बाइकको खासै आवश्यकता थिएन । मैले नाइँ भन्ने कुरै भएन ।

'साँझसम्ममा ल्याइदिन्छु ल ?'

यति भनेर उसले मेरो बाइक लिएर गयो । तर, साँझ ऊ बाइक लिएर आएन । मैले फोन गरिनँ । केही पर्‍यो होला भनेर सोचें । भोलिपल्ट आइतबार थियो । मैले काम गर्ने पत्रिकाको अफिस पानीपोखरीमा थियो । त्यो दिन पनि उसले बाइक ल्याइदिएन र मैले फोन पनि गरिनँ । गर्न आवश्यक पनि ठानिनँ । तेस्रो दिन भने मैले फोन गरें । उसले भन्यो, 'यार ! मेरो बाइक बिग्रियो । तिम्रै चलाइरहेको छु । तिमीलाई गाह्रो त भाको छैन ?'

त्यो मित्र, जसले मलाई दुःखमा साथ दिएको थियो । मैले उसको सानो अप्ठ्यारोमा साथ नदिने ? मैले बाइक मागिनँ ऊसित ।

एक हप्तापछि मैले फेरि फोन गरें । तर, बाइकको कुरै गरिनँ । बरू, ऊ आफैंले भन्यो, 'हेर न यार ! एउटा साथीले क्या धोका दियो । तिम्रो बाइक त उसले पो लग्यो । त्रिशूलीतिर काम गर्ने साथी हो । बाइक उतै लगेछ । चिन्ता नगर । दुई-चार दिनमा ल्याइदिन्छ ।'

मलाई केही असुविधा पक्कै भएको थियो । तर, चिन्ता भने गरेको थिइनँ । श्रीमतीले भने बाइकका बारेमा सोधिरहन्थिन् । मैले यसोउसो केही भनेर टारिरहेको थिएँ । छोराहरू सानै थिए । कहिलेकाहीँ बाइकमा राखेर यताउता गइरहनुपर्थ्यो । स्कुल छुट्टी हुँदा साँझ स्कुल गेटमा बाइक लिएर पुग्दा छोराहरू दङ्ग पर्थे । त्यो काम रोकिएको थियो । त्यसैले पन्ध्रौं या सोह्रौं दिन म बाध्य भएँ । मैले फोनै गरेर भनें, 'यार ! मलाई बाइक चाहिएको थियो ।'

अचानक ऊ रिसायो, 'मेरो त्यो साथी पनि इन्जिनियर हो । तिम्रो बाइक खाएर भाग्दैन ।'

म भित्रैदेखि हल्लिएँ । बाइकको कारणले होइन । पटक्कै होइन । तर, उसले जुन लबजले मलाई जवाफ दिएको थियो, त्यसले मेरो आत्माको भित्री सतहलाई पनि हल्लाइदिएको थियो । म चरम अलमलमा परें । के भयो मेरो यारलाई ? किन यति कठोर भएर जवाफ दियो उसले ? के गल्ती भयो मबाट ?

कुनै अप्रिय सपना देखिरहेको स्थितिमा पो छु कि भन्ने भ्रम पनि भयो । एक-दुई दिन मलाई फेरि फोन गर्ने आँटै भएन । तर, त्रिशूली पुगेको मेरो बाइक भने फिर्ता आएन । मनमा चिसो पस्यो । मैले फेरि फोन गरें र सोधें, 'मबाट केही गल्ती भएको हो ?'

उसले कठोर स्वरमा जवाफ दियो, 'मेरो पैसा फिर्ता दिनुपर्दैन ? पचाउने विचार गरेको ? यतिका महिना भइसक्यो ।'

अब मैले बढ्ता बोल्नुको अर्थ थिएन । कुनै तर्क गर्नुको पनि अर्थ थिएन । अचानकै धेरै कुरा अर्थहीन भइदिएका थिए । म तत्काल मौन भएँ । तर, मुख पो मौन थियो । छातीमा त आँधी चलिसकेको थियो । चेतनामा त पहिरो गइसकेको थियो । भावनामा बाढी आइसकेको थियो । मनको तल्लो सतहमै भूकम्प गइदिएको थियो ।

कसोकसो पैसाको जोहो भयो । घरमा रहेको दस डिजिटको पुरानो क्याल्कुलेटरमा छत्तीस प्रतिशत ब्याजको हिसाब निकालें । म भोलिपल्टै उसको रत्नपार्कनिरको अफिस गएँ । ब्याज र सावाँ दुवै उसको हातमा राखिदिएँ । उसले ब्याज लिन्न भनेन । नभनेकै ठीक भो । नत्र फेरि एउटा उपकारको बोझले आजीवन थकाउने थियो मलाई । उसले पैसा गन्यो । बीचमा उसको कुनै स्टाफ आयो र अफिसको कुनै कागजमा हस्ताक्षर गर्नुपऱ्यो उसले । उसको गन्ती बिग्रियो । फेरि गन्यो । त्यसपछि एकदमै सहज किसिमले पैसा खल्तीमा राख्यो र अर्को खल्तीबाट बाइकको साँचो झिकेर मेरो हातमा राखिदिंदै भन्यो, 'बाहिर पार्किङमा छ तिम्रो बाइक । लिएर जाऊ ।'

म प्राधिकरणको पार्किङमा गएँ । केही दिनअघिमात्र मेरो बाइक त्रिशूली पुगेको भनेर मलाई सानोतिनो कथा नै बनाएर सुनाएको थियो उसले ।

पत्याएको पनि थिएँ मैले । तर, त्यो बाइक त्रिशूली पुगेकै रहेनछ । करिब महिना दिनदेखि नचलाएर धूलो जमेको मेरो बाइक दिक्दार भएर पार्किङमा उभिएको थियो । हेलमेटमा पनि धूलो जमेको थियो । मैले बाइक पुछें । हेलमेट पनि पुछें । आँसु पुछ्न सकिनँ ।

'किन आँसु झारेको यार ?'

उसले सोधेन । मैले जवाफ दिइनँ । बाइकमा चढें र उसको अफिसबाट निस्किएँ । बागबजारको मोडमा पुग्दासम्म आँखाअगाडि बाक्लो बादल लागिसकेको थियो । बाइक नरोकी भएन । आँसु नपुछी भएन । सुटुक्क आँसु पुछें । आँसुसँगै ऊसितको मेरो सम्बन्धका धेरै कुरा बगे । मित्रताप्रतिको गर्व पनि बग्यो ।

ooo

एउटा आत्मीय सम्बन्ध कसरी धरापमा पर्छ ? म सोच्न बाध्य भएँ । अझै पनि सोच्छु । मैले एक शब्द पनि नभन्दै मेरो दुःखमा साथ दिने त्यति आत्मीय मित्रले किन यति कठोर व्यवहार गऱ्यो ? के उसलाई मैले पैसा फिर्ता गर्दिनँ भन्ने लाग्यो ? तर, मैले त उसलाई भनेकै थिएँ नि, 'चाहिएका बेला केही दिनअघि जानकारी दिनू । म जहाँबाट, जसरी पनि व्यवस्था गरिहाल्छु ।'

अहँ, यो त्यो पैसाको कुरा थिएन । त्यो आर्थिक लेनदेनको कुरा छँदै थिएन । मलाई उसले जति पैसा सापट दिएको थियो, उसले एक दिनको पार्टीमा रक्सी र स्न्याक्सका लागि त्यति नै पैसा पनि खर्च गरेको देखेको थिएँ मैले । भन्थ्यो उसैले, 'पैसा त हातको मैला हो ।' तर, उसको हात होइन, मन मैलिएको थियो यस पटक ।

पैसा त एउटा बहानामात्र थियो । त्यो वर्षौंअघि किशोरावस्थामा मैले उसलाई दिएको त्यही चोटको कुरा थियो । त्यही चोटले उत्पन्न गरेको तुष थियो त्यो । सम्बन्ध त हामीले फेरि जोड्यौं । तर, रहिमले भनेझैं जोडेको ठाउँमा गाँठो त परी नै रहेको रहेछ ।

पश्चात्ताप हुन्छ आज पनि मलाई । दिक्दार हुन्छु म आफैंसित अहिले पनि । मैले बम्बईबाट फर्केर आएपछि ऊसित माफी माग्नुपर्थ्यो । भन्नुपर्थ्यो

मैले ऊसित, 'मेरो कारणले तिमीले अपजस भोग्नुपर्‍यो । सरहरूले गाली गर्नुभयो तिमीलाई । मेरो बुबाआमाले पनि हकार्नुभयो तिमीलाई । मलाई माफ गर मेरो मित्र ।'

भन्न सकिनँ मैले उतिबेला । आज ऊ नेपालमा छैन । वर्षौं भइसक्यो ऊसित भेट नभएको । अब सायद भेट पनि नहोला । मसित भेट्ने उसलाई चाहना नहोला । ऊसित भेटने मेरो आँट नहोला । एउटा सुमधुर भइसकेको सम्बन्ध यसरी हिउँको गहिरो र चिसो ओडारमा खस्यो र त्यहीँ पुरियो । मित्रतारूपी सगरमाथाको त्यो आरोहणमा हामी दुवै मित्र असफल भएका थियौं । हामी त आधार शिविरमै थला परेका थियौं ।

ooo

यो त मैले मेरातर्फबाट सुनाएको कथा हो । यसको सिक्वेल त बाँकी नै छ । ऊसित पनि त यही कथाको अर्को पाटो होला । हामीबीचको सम्बन्ध र यसभित्र उत्पन्न भएको असमझदारीपछाडिका उसका पनि आफ्नै खालका कारण र तर्क होलान् । मसित लेख्ने कला थियो र त मैले फूलबुट्टा भरेर यतिका शब्द लेखें । सक्ने भए उसले पनि त केही लेख्थ्यो होला । उसले पनि आफ्नो पक्ष राख्थ्यो होला ।

उसले लेखोस्-नलेखोस् । ऊसित भेट होस्-नहोस् । अब सम्बन्ध सुमधुर होस्-नहोस् । तर, ऊसित क्षमा माग्ने मन भने छ मलाई । ऊसित हृदयदेखि नै भन्ने मन छ, 'यार ! सरी ल ।'

किनभने, गल्ती मेरै हो । हो यार ! गल्ती मेरै हो ।

वर्जित

फेवातालमा डुङ्गा चलाउँदै गर्दा के तपाईंले पानीमा हेर्नुभएको छ ? हेर्नुभएको छ भने पक्कै फेवाको पानीमा तैरिरहेको आफ्नो मुहार देख्नुभएको होला ।

मैले पनि हेरेको छु । तर, मैले फेवाको पानीमा मेरो होइन प्रकाशको अनुहार देख्छु । मुस्कुराउँदै तैरिरहेको उसको अनुहार । तर, हेर्दाहेर्दै बिस्तारै हराउँछ मुस्कान उसको अनुहारबाट । उसका आँखाबाट बिस्तारै खस्छन् आँसुका केही थोपा र फेवाकै पानीमा मिसिन्छन् ।

फेवाको पानीमा मेरो साथीको आँसु मिसिएको छ ।

०००

एसएलसी द्वितीय श्रेणीमा उत्तीर्ण गरें । बुबाले भन्नुभो, 'साइन्स पढ्नुपर्छ । डाक्टर बन्नुपर्छ ।'

म त्यतिबेलै बुबाको सपनासित डराएको थिएँ । तर, त्यो सपना पूरा गर्ने एउटा असफल प्रयास भने गरें । त्यही क्रममा आफ्ना सर्टिफिकेट लिएर काठमाडौं आएको थिएँ ।

तर, साइन्स पढ्न सक्छु भन्ने आत्मविश्वास भने मभित्र पटक्कै थिएन । किनभने, मभित्र लेखक हुने लक्षण देखा परिसकेको थियो र म किताब पढ्दापढ्दै आकाशतिर टोलाउन थालिसकेको थिएँ । आकाश, तारा र भित्ताहरू हेरेर जीव विज्ञानका रहस्यहरू थाहा पाउन सम्भव थिएन ।

त्रि-चन्द्र र अस्कलको सर्ट लिस्ट पर्खने क्रममा करिब दुई महिना म काठमाडौंमा बसेको थिएँ । चाबहिलमा मामाघर थियो । मैजुबहालमा सानिमाको । कहिले मामाघर बस्थें, कहिले सानिमाकहाँ । केही महिनामात्र भएको थियो सानोबुबा बित्नुभएको । सानिमाका आँखामा सधैं पीडाका बादल लागेका हुन्थे । तर, छोरीहरूका लागि उहाँ हाँस्नुहुन्थ्यो । बैनीहरू पनि हाँस्थे । सानै थिए, त्यसैले दुःखलाई चाँडै बिर्सेका थिए ।

ooo

सानिमाकहाँ आउँथ्यो प्रकाश । बैनीहरूले दाइ भन्थे । त्यहीं मैजुबहालमै बस्थ्यो । कालो घुम्रेको कपाल । चिम्सा आँखा । मङ्गोलियन नाक । सोह्र-सत्रको उमेर । साढे पाँच फिटजतिको उचाइ । हँसिलो । रिसाउँदा पनि हाँसेकै देखिने । अनुहारै त्यस्तै । काठमाडौंको खाँटी नेवार थियो । त्यसैले बोलीमा नेवारी लबज मिसिन्थ्यो । तर, मीठो लाग्थ्यो । मेरो बोलीमा पनि देहाती पारा झल्किन्थ्यो । तर, उसलाई पनि मेरो बोलीसित गुनासो थिएन । हामी दुवैले एकअर्काका कमजोरी र विशेषतालाई स्वीकारेर साथी भएका थियौं । साथी बन्ने नै यसरी हो । साथीले नै हो साथीका कमजोरीलाई पनि सहर्ष स्वीकार्ने । गुनासो त आफन्तहरूले पो गरिरहन्छन् ।

लुगा एकदमै चिटिक्क पारेर लगाउँथ्यो उसले । एक दिन लगाएको लुगा अर्को दिन लगाएको प्रायः देखिनँ मैले । सफा स्पोर्ट्स सुज लगाउँथ्यो । महँगो खालको । त्यसैले पनि मलाई ऊ समृद्ध परिवारको छोरो हो भन्ने विश्वास भएको थियो । तर, समृद्धिको दम्भ अलिकति पनि थिएन उसमा । मैले काठमाडौं आएपछि एउटा जिन्स पाइन्ट किनेको थिएँ । त्यो मेरो पहिलो जिन्स पाइन्ट थियो । न्युरोडको कुनै पसलमा उसैसित गएर किनेको थिएँ त्यो पाइन्ट ।

साँझ हामी कहिले बौद्ध, कहिले पशुपतिनाथ र कहिले चाबहिल गणेशथानतिर घुम्न जान्थ्यौं । उसैसित पहिलोपल्ट मित्रपार्कको फुटपाथ पसलमा मःम खाएको हुँ मैले । जाडोको कुनै दिन थियो त्यो । पातको खोरीमा तात्तातो मःम लिएको अहिले पनि सम्झिन्छु । मःमबाट बाफ उडिरहेको थियो । तातो मःम क्वाप्प मुखमा हाल्दा रन्थनिएको र तालुको छाला गएको पनि सम्झिन्छु । तर, जीवनमा पहिलोपल्ट अभूतपूर्व परिकार खाएको अनुभूति भएको थियो । त्यसबेलादेखि मःम मीठो लाग्न थालेको हो मलाई । आज पनि

कहिलेकाहीँ ज्यादै भोक लाग्दा, के के न खाउँला भनेर रेस्टुराँमा पस्छु । मेन्यु हेर्छु र अन्त्यमा मःम नै मगाउँछु । काठमाडौंमा धेरैले यस्तै गर्छन् ।

एक दिन प्रकाशले भन्यो, 'आज हामी काठमाडौं घुम्न जाने ल !'

प्रकाशले यस्तो भनेपछि म छक्क परेको थिएँ । अलमलिएको थिएँ । पछिमात्र थाहा पाएँ, यताका रैथानेले न्युरोड, वसन्तपुरलाई काठमाडौं भन्दा रहेछन् । यसअघि उसले 'आज सहर घुम्न जाऊँ' भन्दा पनि म यसरी नै अलमलिएको थिएँ । नेपालगन्जजस्तो ठाउँबाट आएको म । मेरा लागि त पूरै काठमाडौं सहरजस्तै थियो । तर, यहाँका रैथानेहरू असन, इन्द्रचोकलाई सहर भन्दा रहेछन् ।

त्यतिबेला प्रकाशसितै चहारेको थिएँ काठमाडौंका गल्लीगल्ली । महाबौद्ध, असन, इन्द्रचोक, वसन्तपुर, ढोकाटोल, क्षेत्रपाटी, किलागल, ज्याठा, ठमेल । काठमाडौंसित आत्मीय साइनो गाँसिएको त्यतिबेलै हो । त्यो साइनो गाँसिदिएकै प्रकाशले हो ।

एक दिन प्रकाशले एउटी केटीसित परिचय गराएको थियो । वसन्तपुरमा । के भनेर परिचय गराएको थियो, सम्झना छैन । तर, एकछिन उनीहरू अलिक कुनातिर गएका थिए । केके कुरा गरेका थिए । केटीले सलले आँसु पुछेको अझै याद छ । केटी गएपछि ऊ फेरि मनिर आएको थियो । अनुहार हँसिलै थियो । तर, त्यसमाथि हल्का बादल लागेको थियो । मैले सोधें, 'लभर हो ?'

गर्लफ्रेन्ड या प्रेमिका भन्ने सोमत पनि थिएन त्यतिबेला ।

'हो । बच्चा बेलादेखिको लभर ।' उसले मुस्कुराउँदै जवाफ दिएको थियो ।

एकचोटि रन्जनामा सिनेमा हेर्न पनि गयौं हामी । उसकी लभर पनि आएकी थिई । मैले त सिनेमा हेरें । तर, उनीहरूले हेरे कि हेरेनन्, थाहा भएन । किनभने, सिनेमाको अवधिभरि केटीले प्रकाशको काँधमा शिर राखेर सुँक्कसुँक्क गरिरहेकी थिई । सिनेमा हेरिसकेर प्रकाश र म चाबहिल आउने साझा बस चढ्यौं, उसले कुन बस चढी, सम्झना भएन ।

एक दिन पाटन दरबार स्क्वायरतिर घुमाउन लग्यो उसले । त्यहाँ पनि ऊ केटीसँगै थियो । म बस्, उनीहरूको हिँडाइमा साथ दिइरहेको थिएँ । केटी र ऊ नेवारीमा केके कुरा गर्थे अनि केही बेरमै केटी रून थालिहाल्थी । मैले पछि सोधें पनि, 'तिम्री लभर त साह्रै रून्चे रै'छ । भेट्यो कि रोइहाल्छे । सन्चो नभएर हो ?'

'हाम्रो लभमा अलिक प्रब्लम आएको छ । त्यसैले भेट्यो कि रून्छे ।'

तर, मैले त्यो प्रब्लमका बारेमा खासै सोधखोज गरिनँ । मायाप्रेममा यस्तै हुन्छ भन्ठान्थें, चुप लाग्थें ।

ooo

अस्कलको सर्ट लिस्ट निस्कियो भन्ने खबर आयो । प्रकाशलाई सँगै जाऊँ भनें । उसले मान्यो । हामी लैनचौर गयौं । तर, मेरो नाम पुछारसम्म पनि थिएन । म बरू सामान्य थिएँ, ऊ भने निराश भएको थियो । अनुहार अँध्यारो पारेर भन्यो, 'कस्तो बोर भयो । नाम निस्केको भए क्या मज्जा हुन्थ्यो ।'

त्रि-चन्द्रको लिस्ट पनि प्रकाशित भयो । तर, त्यसमा पनि मेरो नाम थिएन । ऊ फेरि निराश भयो । त्यो दिन पनि त्यही भन्यो, 'कस्तो बोर भयो । नाम निस्केको भए क्या मज्जा हुन्थ्यो ।'

काठमाडौंमा पढ्न नपाइने भयो भन्ने दुःखमात्र लागेको थियो मलाई । नत्र त साइन्स पढ्नु नपर्ने भएकामा म खुसी नै भएको थिएँ । एक दिन उसलाई भनें, 'यार ! अब केही दिनपछि म नेपालगन्ज फर्किन्छु ।'

सुन्धारा या बागबजार । त्यतै कतै बसपार्क थियो । नेपालगन्ज फर्किने दिन ऊ मलाई छाड्न बसपार्कसम्म आएको थियो । उसको रून्चे लभर पनि आएकी थिई । साथीको लभर भएकाले मलाई पनि ऊ आत्मीय लाग्न थालेकी थिई । सोधेको थिएँ, 'कहिले बिहे गर्छौ ? बिहेमा बोलाऊ ल ? म आउँछु ।'

नमीठो किसिमले मुसुक्क हाँसेकी थिई र फेरि आँखाभरि आँसु पारेकी थिई । प्रकाशले भने कुरा मोड्दै भनेको थियो, 'हुन्छ । बिहेमा बोलाउँछु । मेरो बिहेमा नाच्नुपर्छ तिमी ।'

साथीको बिहेमा म कहिले पो नाचिनँ र ?

बस हिंड्यो । याद छ अझैं मलाई, आँखाबाट ओझेल नहुँदासम्म उसले मलाई र मैले उसलाई हेरेर हात हल्लाइरहेकै थियौं । उसकी प्रेमिकाले पनि हेरिरहेकी थिई । के मसित छुट्टिएपछि ऊ फेरि रोई ? पक्कै रोई । प्रकाशले भनेकै थियो, 'हाम्रो लभमा प्रब्लम आएको छ ।'

ooo

नेपालगन्ज पुगें । बुबा आफ्नो सपना छाड्न तयार हुनुभएन । म साइन्स पढ्न बाध्य भएँ । क्याम्पसमा भर्ना भएँ । केही दिनपछि मैले प्रकाशलाई

चिट्ठी लेखें र सानिमालाई लेखेकै चिट्ठीभित्र अर्को खाममा हालेर पठाएँ । एक-डेढ महिनापछि सानिमाको चिट्ठी आयो । त्यही चिट्ठीभित्र अर्को खाममा प्रकाशको पनि चिट्ठी थियो । मित्रता र आत्मीयताका सामान्य कुरा थिए चिट्ठीमा । सङ्केतमा आफ्नी प्रेमिकाको प्रसङ्ग झिकेर उसले लेखेको थियो, 'उसले पनि तिमीलाई सम्झिरहेकी छ ।'

केही महिनापछि मैले उसलाई दोस्रो चिट्ठी पठाएँ । सोधें, 'बिहे कहिले गर्छौ ? मलाई खबर गर्नू । म नाच्न आउँछु ।'

चिट्ठीको जवाफको तीव्र प्रतीक्षा गर्न थालें मैले । तर, कति महिना बित्दा पनि प्रकाशको चिट्ठी आएन । मैले सानिमामार्फत उसको सोधखोज गरेको भए पनि हुन्थ्यो । खोइ, त्यसो गरिनँ । कुनै दिन उसको चिट्ठी आउला भनेर पर्खीमात्र रहें ।

चिट्ठी आएन । आउँदै आएन । बिर्सेछ प्रकाशले भन्ने ठानें । चित्त बुझाएँ ।

ooo

एक दिन *सत्यकथा* टाइपको कुनै पत्रिका पढ्दै थिएँ । काठमाडौंबाट छापिएको । त्यस्तो पत्रिका घरमा ल्याउन वर्जित थियो । *सरिता, मुक्ता* र *कादम्बिनी* टाइपका हिन्दी पत्रिका आउँथे । *सत्यकथा* टाइपको त्यो पत्रिका लुकाएरै मैले घरमा ल्याएको थिएँ । लुकेरै पढिरहेको थिएँ । त्यसरी पढ्नुको रोमाञ्च नै बेग्लै । त्यसमा धेरैजसो अवैध यौन सम्बन्धका कथाहरू छापिन्थे । अपराधका कुराहरूलाई पनि बडो रोचक पाराले लेखिएको हुन्थ्यो । उमेरै त्यस्तो थियो । त्यस्ता विषयमा उत्सुकता हुन्थ्यो ।

पढ्दा पढ्दै अचानक एउटा सत्यकथामा आँखा गयो । ब्ल्याक एन्ड ह्वाइटमा तस्बिर पनि छापिएको थियो । सबैभन्दा पहिला कथाको शीर्षक र त्यसपछि तस्बिरमा ध्यान गयो । मैले चिनिहालें । प्रकाश र उसकी प्रेमिकाको तस्बिर थियो त्यो । तस्बिरमुनि उनीहरूको नाम पनि थियो । शीर्षक फेरि दोहऱ्याएर पढें, 'युगल जोडीबाट फेवातालमा आत्महत्या ।'

तस्बिर देख्दै र शीर्षक पढ्दै आँखाअगाडि बादल लागिहाले । तुरुन्तै कथा पढिहाल्न आँटै आएन । डर लाग्यो । तर, बिस्तारै आफूलाई बलियो बनाएँ र पढ्न थालें ।

प्रकाशले त भनेको थियो, 'हाम्रो प्रेममा प्रब्लम छ ।'

तर, त्यो प्रब्लम अर्थात् समस्या यति जटिल होला भन्ने मैले सोचेकै थिइनँ । प्रकाश र उसकी प्रेमिकाबीच टाढाकै भए पनि नाता पर्दो रहेछ । हाडनाता नै त होइन । तर, सामाजिक मान्यता अनुसार उनीहरूको बिहे गर्न नमिल्ने नाता । उनीहरूले परिवारलाई सम्झाउन पनि सकेनन् । आफ्नो प्रेमलाई बिर्सन पनि सकेनन् ।

आफ्नो प्रेमले सामाजिक स्वीकृति पाउन सक्ने सम्भावना देखेनन् र समाजसित विद्रोह गर्ने हिम्मत पनि थिएन उनीहरूसित । सँगै बस्न पनि सक्दैनथे र छुट्टिएर टाढा जान पनि सक्दैनथे । त्यसैले जीवनसितै विश्राम लिने निर्णय गरेछन् । पोखरा आएछन् । फेवामा डुङ्गा चढेछन् । बीचतिर कतै पुगेपछि बेरेछन् एउटै डोरीले आफूलाई । गह्रुँगो ढुङ्गा पनि बेरेछन् र समाहित भएछन् फेवाको पानीमा ।

त्यो घटना लगभग त्यही बेला भएको थियो, जुन बेला मैले उसलाई दोस्रो चिट्ठी पठाएको थिएँ । सायद उसले मेरो चिट्ठी नै पाएन । या, लेख्नलाई कुनै जवाफ नै थिएन ऊसित । किनभने, मैले उसको बिहेका बारेमा सोधेको थिएँ । उसको वरिपरिको समाजले सोधेका प्रश्नको जवाफ त दिन सकिरहेको थिएन उसले, नेपालगन्जबाट मैले पठाएको प्रश्नको जवाफ दिन के सक्थ्यो ?

त्यसपछि मैले बल्ल बुझेको थिएँ, किन रोइरहन्थी सधैं उसकी प्रेमिका !

म फेरि पनि काठमाडौं आएँ । फेरि पनि चाबहिलतिर बसें । तर, मैले कसैसित पनि सोधिनँ, 'उनीहरूको सम्बन्ध वर्जित थियो कि प्रेम ?'

मलाई त एउटै पिर थियो । मैले एउटा त्यस्तो असल साथी गुमाएको थिएँ, जसलाई पठाएको मेरो चिट्ठीको कुनै जवाफ नै आएन ।

ooo

धेरै पटक पोखरा पुगेको छु । धेरै पटक फेवामा डुङ्गा चढेको छु र धेरैचोटि पानीमा हेरेको छु । तैपनि, जबजब फेवाको पानीमा हेर्छु, म पानीमा आफ्नो होइन, प्रकाशको अनुहार तैरिरहेको देख्छु । आज पनि । यतिका वर्षपछि पनि । त्यसरी नै ऊ मुस्कुराउँछ । त्यसरी नै उसको अनुहार अँध्यारो हुन्छ । त्यसरी नै देखिन्छ उसको आँखामा आँसु र त्यसरी नै बग्छ ।

फेवाको पानीमा मेरो साथीको आँसु मिसिएको छ ।

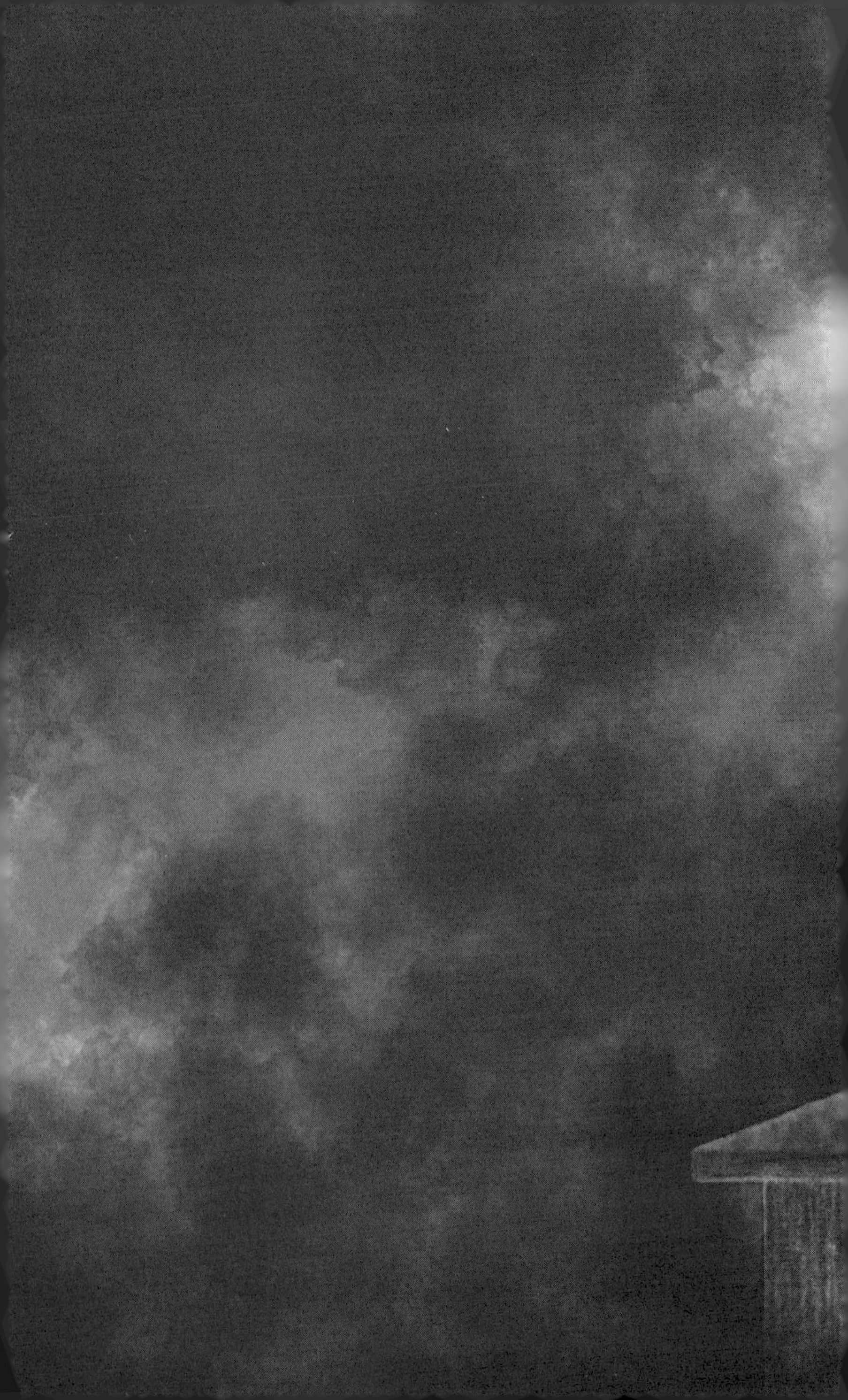

गुप्त

'रहस्यमय हत्या !'

यस्तैयस्तै कुनै शीर्षकमा छापिएको थियो मेरो तेस्रो उपन्यास *अतिरिक्त*का मुख्य पात्रको मृत्युको समाचार । पात्रहरू न हुन्, अक्षरहरूमा जन्मिन्छन् र अक्षरहरूमै मर्छन् । आफ्ना पात्रहरूको जन्म र मृत्युले लेखकलाई सधैं दुःखी बनाइराख्दैन । ऊ अर्को पात्रलाई जन्माउनतिर अग्रसर हुन्छ ।

तर, उनी मेरो मनोगत संसारबाट निर्मित काल्पनिक पात्रमात्र थिएनन् । यही वास्तविक दुनियाँका सजीव प्राणी थिए उनी । आफ्नै खालका सपना, रहर र इच्छाहरू भएको साधारण मानिस, जो असाधारण किसिमले यो संसारबाट बिदा भएका थिए । उपन्यासमा मैले पूरै उनको जीवनकथालाई उतारेको थिइनँ । उनी उपन्यासमा धमिलो खालले उपस्थित भएका थिए । उपन्यासमा घटेका घटना उनको जीवनमा घटेका होइनन् । तर, मैले मुख्य पात्रको जुन स्वरूप र आकारप्रकारको कल्पना गरेको थिएँ, त्यो मैले उनकै व्यक्तित्वबाट उधारो लिएको थिएँ । तर, विडम्बना ! आफू कुनै उपन्यासभित्र अक्षर बनेर पसेको उनलाई थाहै थिएन । मैले भन्ने हिम्मत पनि गरिनँ ।

उनको मृत्युको समाचार पढिसकेर म एकछिन मुढोझैं मौन भएको थिएँ । दिगमिग लाग्ने कालो न कालो अँध्यारो तत्काल मेरा आँखाअगाडि

लमतन्न फैलिएको थियो । त्यही कालोमा सिनेमाको पर्दामा जस्तै प्रकट भएका थिए केही अक्षर । ती सबै अक्षर मिलेर शब्द बने । शब्दहरू वाक्यमा परिणत भए । वाक्यहरू प्रश्नमा बदलिए र बिस्तारै पहाडजत्रै अग्ला भए ।

– कसले गऱ्यो होला त्यति सुधो प्राणीको हत्या ?

– किन गऱ्यो होला ?

– के उनलाई मार्दा हत्याराको अन्तरात्मा अलिकति पनि काँपेन ?

०००

यो अप्रिय घटना भएको पनि केही वर्ष भइसक्यो । अब कतिको स्मृतिमा बाँकी होलान् र उनी ! पुरानो नेमप्लेट या बासी क्यालेन्डरझैं उनको अनुहार पनि सर्लक्क हटिसकेको होला धेरैको मनको भित्ताबाट । यो भित्तामा मैले पनि उनको तस्बिर झुन्ड्याएर राखेको छैन । जीवनको भागदौडमा उनलाई सम्झी बस्ने फुर्सद मलाई पनि कहाँ भयो र !

फेरि पनि कहिलेकाहीँ अचानक म उनलाई सम्झिन पुगिहाल्छु । उनको सम्झनामात्रले पनि झस्काउँछ मलाई । मैले मृत्युको क्षणमा उनको अनुहारमा कस्तो खालको छटपटी व्याप्त भएको थियो भन्ने त देखिनँ । तर, ती क्षणहरूको नाट्य रूपान्तर मेरो चेतनामा हस्तक्षेप गर्न आइपुग्छन् । म देख्छु, उनको धपक्क बलेको अनुहार तीव्रगतिमा कालो र त्यसपछि नीलो हुँदै गयो । उनका ससाना मायालु आँखा विस्मयले च्यातिन थाले । उनका आँखाका कुनाकुनाबाट तात्ताता आँसु निस्किए र कन्चटको बाटो हुँदै जमिनमा कतै खसे । उनका ओठको कापबाट रगतको एउटा पातलो धारा सलल्ल बग्न थाल्यो र मेरो मुटुमै सुइरो बनेर पस्यो । त्यसपछि तनक्क तन्कियो उनको शरीर । केही पटक झट्का खायो । त्यसपछि पीडालाई सहँदै कस्सेर बन्द भएका उनका मुट्ठी बिस्तारै खुकुलो भए र उनको शरीरसँगै शिथिल भए ।

यस्तो कल्पनामात्रले पनि मेरो मनमा व्यथाको एउटा बाक्लो र कहालीलाग्दो छाल उत्पन्न गर्छ । त्यो छाल उर्लेर मनिर आउँछ र निथ्रुक्क भिजाउँछ । म आत्तिएर उनलाई बोलाउन थाल्छु, 'दाइ ! ए, दाइ !'

हो, 'दाइ' भन्थ्यौं हामी उनलाई ।

तर, उनी भने हामीलाई 'दिदी'झैं स्नेह गर्थे ।

०००

पातलो, गोरो र सुकुमार शरीर थियो उनको । त्यो सुकुमार व्यक्तित्व उनले लगाउने पाइन्ट-सर्टले छोपिन्नथ्यो । कसोकसो प्रकट भइहाल्थ्यो । उनको अनुहारको सतहमा सधैं नारीसुलभ भावहरू तैरिरहेका हुन्थे । हातगोडा नौनीझैं नरम थिए । लजालु पाराले बोल्थे । उनको आवाज साह्रै भद्र र कोमल थियो । हिँड्दा कम्मरमुनिको भागमा कुमारी लचकता देखिन्थ्यो । ओठ पातला थिए, जसबाट प्रायः स्त्री हाँसो नै प्रकट भइरहेको हुन्थ्यो ।

तर पनि उनी हाम्रा लागि 'दाइ' नै थिए । दाइमात्र होइन, साथी पनि थिए । एक या दुई वर्ष सिनियर त थिए उनी । त्यसैले हामी कहिलेकाहीँ उनकै अगाडि कुनै अश्लील कुरा पनि गरिदिन्थ्यौं । अझ कतिपल्ट त उनलाई जिस्काउनकै लागि पनि छिल्लिएर बोल्थ्यौं । हाम्रो कुरा सुनेर उनी लाजले भुतुक्कै हुन्थे । उनको गोरो अनुहार स्वाट्टै रातै भइदिन्थ्यो । कानका लोती तपतप रगत चुहिएलान्जस्ता हुन्थे । लज्जा, क्रोध, हाँसो र गुनासो सबै एकसाथ प्रकट हुन्थ्यो उनको अनुहारमा । अनि, हकार्थे हामीलाई, 'हेर् न जे पायो, त्यही भनेको । छिः । लाज नभएका नकच्चराहरू ।'

क्याम्पसमा प्रायः केटी साथीहरूसितै बात मारिरहेका हुन्थे उनी । महिलाहरूको हूलभित्र उनी सजिलो अनुभव गर्थे सायद । त्यहाँ निर्धक्कले केटी साथीहरूको नेलपोलिसको क्वालिटी, लिपिस्टिकको रङ, चोलोको साइज, साडीको मुजा र निधारको टीकाका बारेमा कुरा गर्न सक्थे उनी । केटीहरूलाई पनि उनको उपस्थिति अस्वाभाविक लाग्दैन्थ्यो । उनी क्यान्टिनमा हामीहरूसित भन्दा केटीहरूसितै जान बढ्ता रूचाउँथे ।

क्याम्पसले स्थानीय कबर्ड हलमा सांस्कृतिक कार्यक्रमको आयोजना गरेको थियो । म एउटा नाटकमा मुख्य भूमिकामा अभिनय गरिरहेको थिएँ । स्टेजको दायाँतिर लुगा फेर्ने र मेकअप गर्ने कोठा थियो । उनले दाङ-सल्यानतिर प्रचलित कुनै लोकनृत्य प्रस्तुत गर्ने भएका थिए । नृत्यमा उनी महिला भएका थिए । सिसा जडिएको रङ्गीचङ्गी लेहँगा, गोरो ढाड देखिने सितारा जडिएको चोली, कपास हालेर अग्लो बनाइएको छाती, ओठमा लिपिस्टिक, गालामा लाली, आँखामा गाजल, निधारमा टिकुली, पाउमा पाउजु र हातमा छमछम बज्ने राता-हरिया चुराहरू । रातो धागोले बेरेर लामो चुल्ठो

बनाएको नक्कली कपाल । उनी पूरै स्त्री देखिएका थिए । उनको नृत्यमा खुब सिटी बजेको थियो ।

आफ्नो नृत्य सकिएपछि त केटीका लुगा फुकालेको भए पनि त हुन्थ्यो । तर, उनले कार्यक्रमको अन्त्यसम्मै त्यही लुगा लगाइरहे । मानौं पाइन्ट-सर्टभन्दा त्यही पोसाकमा सजिलो अनुभव गरिरहेका छन् । नाटकमा अभिनय गरिरहेका महिला कलाकारको शृङ्गारको जिम्मा पनि उनकै थियो । कपाल बाटेर सुन्दर चुल्ठो र थरीथरीका जुरो बनाइदिन सिपालु थिए उनी । उनी यसरी केटी साथीहरूसित नजिक भएको र तिनीहरूलाई निःसङ्कोच स्पर्श गरेको देखेर हामीलाई उनीसित डाहा पनि लाग्थ्यो । किनभने, त्यस्तो खालको निकटता हाम्रा लागि सहज थिएन । अझ वर्जित पनि थियो । त्यो वर्जना हामी कल्पना या सपनामा मात्र तोड्न सक्थ्यौं ।

ooo

क्याम्पसले आयोजना गरेको पिकनिक थियो त्यो । सायद चटारतिर गएका थियौं हामी । पिकनिकमा भान्सा समूहको नेतृत्व गर्ने उनै भएका थिए । यसरी खाना पकाउँदा खुब खुसी भएका थिए उनी । खाना पाकिसकेपछि उनी एउटा कुनामा बसेर आराम गर्दै थिए । उनी एक्लै भएको मौका छोपेर हामीहरूले जिस्कायौं, 'आज दाइको माल हेर्नु पर्छ ।'

हाम्रो कुरा सुनेर आत्तिए उनी ।

हामी यसो उनको नजिकमात्र के पुगेका थियौं, उनी बेतोडले भागिहाले । हामीले लेखेट्यौं र समातिछाड्यौं । उनले हत्तपत्त आफ्नो पाइन्टको अघिल्तिरको भागलाई जिपरसहित चपक्कै समाते र थचक्कै बसे । त्यसपछि हाम्रो केही लागेन । लछारपछारै त कसरी गर्नू ! तर, खुब मनोरञ्जन भएको थियो हाम्रो । उनी भने हामीसित पिकनिक अवधिभरि ठुस्स परेर बसेका थिए । अनुहार साह्रै अँध्यारो भएको थियो उनको ।

आज त्यो घटनालाई दोहऱ्याएर सम्झिँदा लाग्छ- उनी जतिखेर आफूलाई जोगाउँदै थचक्क भुइँमा बसेका थिए, त्यतिखेर आफ्नो अनुहार छोपेर रोएका पनि थिए । मानौं, उनको जीवनको कुनै ठूलै रहस्यको पर्दाफास गरिदिँदै छौं हामीले । हामीले सोच्यौं, लखेट्दा या च्याप्प समात्दा उनलाई शरीरमा

कतै चोट लाग्यो । तर, सायद त्यो दिन चोट उनको शरीरमा होइन, मनमा लागेको थियो । अथवा, मनमै खाटा बसेको कुनै घाउ फेरि बल्झिएको थियो । अथवा, त्यो दिन नै उनले बुझिसकेका थिए, हामीले जस्तै उनी बाँचिरहेको समाजले पनि कुनै दिन उनको वस्त्र उतारेर खोज्नेछ उनको जननेन्द्रिय । एक दिन, दुई दिन होइन, सधैं र पाइलैपिच्छे खोज्नेछ उनको पहिचानको प्रमाण । त्यसबेला आफ्नो कृत्यमा हामीलाई कति ग्लानि भएको थियो, थाहा छैन । तर, आज सम्झिँदा पनि मन बटारिएर आउँछ र भन्न मन लाग्छ, 'दाइ ! हामीलाई माफ गरिदिनूस् ल ?'

तर, दाइ अब यो दुनियाँमा कहाँ छन् र ?

ooo

म काठमाडौं आएपछि उनीसितको साथ र सङ्गत छुट्यो । तर, दसैं-तिहारमा नेपालगन्ज गएका बेला उनीसित भेट भइहाल्थ्यो । पछि उनले भेरी अञ्चल अस्पतालनिर डेरी खोलेछन् । उनको पसलबाट कतिपल्ट दही र घ्यु किनेको पनि थिएँ मैले । किनमेल त बहानामात्र थियो । म खासमा उनलाई भेट्नै उनको पसलमा जान्थें । निकैबेर बस्थें । आफ्ना धेरैजसो समकालीन साथीहरू अध्ययन र जागिरका क्रममा नेपालगन्जबाट कताकता लाखापाखा लागिसकेका थिए । कसैकसैसित मात्र भेट हुन्थ्यो । यस्तोमा पुराना साथीहरूमा सहज रूपमा भेट हुने उनीमात्रै थिए । हामीबीच निकै कुराकानी हुन्थ्यो । हरेकपल्ट उनको पसलमा तीन-चार कप चिया खाएर फर्किन्थें ।

पछि थाहा भो उनले विवाह गरे । मलाई उनको विवाहको कुरा केही असहज पनि लागेको थियो । के साँच्चै उनकै राजीखुसीले भएको थियो उनको विवाह ? के विवाह गरेपछि उनी खुसी भए ? त्यतिबेला यस्ता धेरै प्रश्न मेरो मथिङ्गलमा गड्यौंलाझैं सलबलाएका थिए र फेरि मनको कुनै अँध्यारो सतहमा सुलुत्त पसेर बेपत्ता भएका थिए ।

बिहेपछि पनि एक-दुई पटक उनको र मेरो भेट भएको थियो । उनकै पसलमा । तर, अब उनको अनुहारमा पहिलाजस्तो ताजापन थिएन । अनुहारको गोरो रोगन पनि बिस्तारै मैलिँदै थियो । बोल्दा सधैं स्थायी मुस्कान

झल्किन्थ्यो पहिला । अब भने त्यसको सीमित अवशेषमात्र बाँकी थियो, जसले अनुहारको सतहमा झुल्किन निकै अल्छी मानिरहेको हुन्थ्यो । आँखामा पहिला कति आत्मीय भाव हुन्थ्यो ! तर, अब उनको आँखामा अनौठो खालीपन झल्किन्थ्यो । कुरा गर्दागर्दै कताकता हराइहाल्थे र दूर क्षितिजको अज्ञात बिन्दुतिर लगातार हेरिरहन्थे । मानौं त्यतै कतै फुत्किएर गएको छ उनीभित्रको हंस । उनको पूरै व्यक्तित्वमा अजीबको निस्सारता झल्किन थालेको थियो । उनी आत्मीय कम, औपचारिक बढी हुन थालेका थिए ।

'भाउजूसित परिचय गराउनुहुन्न ?'

सोधेको थिएँ एक-दुई पटक उनीसित । तर, उनले के के भनेर टारिरहे । मलाई लाग्थ्यो, उनी यस्ता प्रश्नहरूबाट जोगिन खोजिरहेका छन् । उनको पसलमा निकै अबेरसम्म बस्दा पनि उनले भाउजूसितका कुनै प्रसङ्ग उक्काउँदैनथे । उनमा आफ्नो गृहस्थीको कुरा सेयर गर्ने कुनै रहर छैन भन्ने कुरा मलाई उतिबेलै अनुभूत भइसकेको थियो । त्यसो भए के आफन्त या समाजको करबलले उनले विवाह गरेका थिए ? के उनलाई आफ्नो विवाहमा कुनै उत्साह थिएन ? के उनलाई आफ्नो गृहस्थी र आफूले गाँसेको सम्बन्ध नै यातना भइरहेको थियो ?

यस्ता प्रश्न त थिए नि मसित । तर, सोध्ने कोसित ? त्यसैले उनीसित जोडिएका यावत् प्रश्न मेरै मनभित्र हराए कतै । पछि मलाई पनि ती प्रश्नलाई खोतल्ने र त्यसको उत्तर खोज्ने फुर्सद भएन । नत्र म पक्कै फेरि भेट्ने थिएँ उनीसित । त्यो भेटमा म उनको नरम हात समातेर सोध्ने थिएँ, 'दाइ, के तपाईं साँच्चै दाइ हो ? कि दिदी हो तपाईं ? भन्नूस् न, मैले दाइ भन्दा तपाईंलाई बढ्ता खुसी हुन्छ कि दिदी भनिदिंदा ? अथवा, कुनै तेस्रो खालको व्यक्तित्व लुकेको छ तपाईंभित्र, जसलाई समाजको अगाडि प्रकट गर्ने हिम्मत गर्नुभएको छैन तपाईंले ? प्लिज, भन्नूस् न मलाई । म तपाईंलाई बुझ्ने प्रयास गर्छु । म हेप्ने छैन तपाईंलाई । जिस्काउने छैन तपाईंलाई । तपाईंको पाइन्ट फुकालिदिएर हैरान पार्ने छैन अब तपाईंलाई ।'

तर, मैले यस्तो भन्ने मौका नै पाइनँ । दाइले हामी सबैसित आफ्नो परिचय र पहिचान गुप्त राखेरै बिदा भएका थिए ।

०००

समयक्रममा उनको र मेरो भौतिक भेटघाट शून्यप्रायः भयो । स्मृतिकै डिफ्रिजमा राखेर मात्र सम्बन्धलाई ताजा र सुरक्षित कहाँ राख्न सकिँदो रहेछ र ? सम्बन्धलाई त ड्राइभिङ लाइसेन्सझैं नवीकरण गरिरहनुपर्दो रहेछ । नत्र अत्यन्त आत्मीय अनुहार पनि ब्ल्याक एन्ड ह्वाइटका युगौं पुराना तस्बिरझैं धुमिल भएर जाँदा रहेछन् । त्यस्तै भयो उनका र मेराबीचमा पनि । समयको बडेमानको अन्तरालमा उनको स्मृतिबाट सायद म धुमिल हुँदै गएँ र मेरो स्मृतिबाट उनी मेटिँदै गए ।

यस्तो स्थितिमा अचानक झस्काइदिएको थियो उनको मृत्युको समाचारले । समाचार अनौठो खालको थियो । विरोधाभासपूर्ण । समाचार अनुसार लामो समयदेखि भूमिगत आपराधिक समूहले उनीसित पैसा माग्दै फोन गरिरहन्थ्यो । उनी त्यसैको तनावमा थिए । एक दिन फोन गर्ने त्यही अज्ञात व्यक्तिलाई भेट्न उनी घरबाट निस्किए र नेपालगन्जदेखि टाढाको कुनै जङ्गलमा गए । जङ्गलमा भूमिगत समूहका मानिसहरूले उनलाई विष सेवन गराएर मर्नका लागि छाडिदिए । त्यसपछि उनी आत्तिँदै, लड्दैपड्दै जङ्गलबाट सडकमा आए । त्यहाँ कसैको फोन मागेर घरमा भाउजूलाई फोन गरे र आफूलाई विष ख्वाइएको जानकारी दिए । तर, अस्पतालसम्म उनले आफ्नो सासलाई जोगाउन सकेनन् । अस्पताल नपुग्दै बाटैमा उनको मृत्यु भयो ।

उनको मृत्युबारेमा पछि पुलिसले के अनुसन्धान गर्‍यो ? अनुसन्धानबाट के निष्कर्ष निस्कियो ? अहँ, मलाई जानकारी भएन । मैले त्यसका बारेमा चासो पनि राखिनँ । समाचार सही हो या गलत हो भन्ने निर्क्योल गर्नतिर लाग्दै लागिनँ । तर, मेरो मनको तलाउमा भने निकै दिनसम्मै समाचारभित्र कतै पनि उल्लेख नभएका केही कुरा तैरिरहे ।

स्थानीय व्यापारीसित पैसा उठाउने आपराधिक भूमिगत समूह त एकताका नेपालगन्जमा निकै सक्रिय थिए । तिनले प्रायः सीमापारि भारतीय भूमिबाट आफ्ना आपराधिक क्रियाकलाप चलाइरहेका थिए । नेपालगन्जबाट कसैलाई अपहरण गरेर सीमापारि लैजान्थे र उतैतिर पैसा असुलउपर गर्थे । क्याम्पसका प्राध्यापकसमेतको अपहरण गरेर फिरौती असूल गरिसकेका थिए उनीहरूले । तर, उनको मामिलामा यस्तो भएको थिएन । उनको अपहरण

भएको थिएन । उनी त आफैं नेपालगन्जको कुनै जङ्गलमा गएका थिए । भूमिगत समूहले उनीसित पैसा लियो या लिएन, त्यो पनि थाहा भएन मलाई । पैसा लिए पनि, नलिए पनि त्यस्तो समूहले कसैलाई विष ख्वाएर छोडिदिएको कहिल्यै सुनिएको थिएन । यो अलिक पत्यारलायक कुरो पनि थिएन । त्यस्ताले प्रायः कि पैसा लिएर छाडिदिन्थे कि गोली हानी या धारिलो हतियार प्रहार गरी मारिदिन्थे ।

के त्यसो भए उनको हत्याको यस्तो समाचार पूर्णतः झूटो थियो ?

मेरो मनले भन्छ, 'झूटो थियो ।'

ooo

आज सोच्छु, कतै उनी आफ्नो दोधारको जीवनबाट आजित भएर त्यसलाई सधैंका लागि टुंग्याइदिने निर्णयमा त पुगेका थिएनन् ? आफ्नो पहिचानसित जोडिएको कथाव्यथा कसैसित स्पष्ट भन्न नसकेर उनी विवाह गर्न बाध्य भएका त थिएनन् ? कतै विवाहपछिको आत्मग्लानिले उनलाई कुटुकुटु खाइरहेको त थिएन ? कतै उनी आफैंले त तयार पारेका थिएनन् आफ्नो मृत्युको यस्तो शङ्कास्पद आख्यान ?

प्रश्न त छ । उत्तर छैन । यी सबै प्रश्नको जवाफ उनी आफैं थिए । तर, उनले सधैं आफूलाई गुप्त राखे । र, एक दिन आफ्नो मृत्युको झूटो कथा फैलाएर यो संसारबाट बिदा भए ।

टिकट

अब त उसको नाम पनि याद छैन मलाई । तर, थर सिलवाल थियो । काभ्रे या सिन्धुपाल्चोकबाट काठमाडौं झरेको थियो ऊ । गौरीघाटमा डेरा लिएर बस्थ्यो । कालो न कालो थियो । धेरै दुब्लो पनि थिएन र मोटो भन्न मिल्ने खालको पनि थिएन । अग्लो भने थियो । एक-दुई वर्ष तलमाथि होला तर समकालीन थियौं हामी ।

उसको समग्र व्यक्तित्वमा सबैभन्दा आकर्षक कुरो उसको हाँसो नै थियो । मानौं अनुहारसित मुस्कान फ्रिमा उपहार पाएको थियो उसले । बाइ वान गेट वान फ्रि भनेजस्तै । उसले बोल्दा त्यो मुस्कान टुथपेस्टको विज्ञापनझैं लगातार प्रकट भइरहन्थ्यो । मैले उसलाई नमुस्कुराएको देखेकै थिइनँ । कपाल घुम्रेको थियो । आँखीभौं केही बाक्ला अवश्य थिए । तर, त्यसले उसको अनुहारलाई असुन्दर बनाएको थिएन । दाह्री-जुँगा ऊ पाल्दैनथ्यो । सुकिलो र आफूलाई सुहाउँदो लुगा लगाउँथ्यो ।

टेलिफिल्म र केही नेपाली सिनेमाहरूमा खलनायकका रूपमा चिनिन पुगेको जयन्तमार्फत सिलवालसित मेरो चिनजान भएको थियो । त्यतिबेला जयन्त र ऊ दुवै टेलिफिल्म र रङ्गमञ्चमा स्थापित हुने सपना बोकेर हिंडेका थिए । मैले पनि त्यस्तै खालको सपना देखिरहेको थिएँ । त्यही सपनाले हामीलाई एकअर्काको नजिक बनाएको थियो ।

ऊ अलिक फरक स्वभावको थियो । साहित्यमा पनि ऊ रूचि राख्थ्यो । त्यसैले पनि जयन्तमार्फत हाम्रो चिनजान भए पनि जयन्तभन्दा ऊ नै मेरो बढ्ता नजिक भएको थियो । निकटता मित्रतामा परिणत भयो । हामी छोटो समयमै यार भइसकेका थियौं । ऊ त्यतिबेलै अङ्ग्रेजीका उपन्यास बोकेर हिँड्थ्यो । उपन्यासको विषयका बारेमा मसित छलफल गर्थ्यो । अमेरिकन लाइब्रेरीको सदस्य थियो ऊ । किताब पढ्नकै लागि ऊ घन्टौं इन्डियन लाइब्रेरीमा पनि बस्थ्यो । एक पटक उसले गौरीघाटको आफ्नो कोठामा पनि लग्यो मलाई । उसको कोठामा किताबैकिताब थिए । भित्तामा एल्बिस प्रिस्ले, माइकल ज्याक्सन, म्याडोना र बिटल्सका पोस्टरहरू थिए । एउटा कुनामा फोबी क्याट्स उत्तेजक भएर बसेकी थिई ।

०००

काठमाडौंको झोंछे र बौद्धमा त्यतिबेला भीसीआरमार्फत भिडियो देखाउने निकै चलन थियो । त्यस्तोमा हिन्दी र ब्लु फिल्महरू बढ्ता देखाइन्थे । ब्रुसलीका सिनेमाहरू पनि खुब चल्थे । भीएचएस क्यासेटमार्फत त्यस्ता सिनेमा देखाइन्थे । झोंछेको कुनै गल्लीमा आर्ट फिल्म देखाउने एउटा ठाउँ थियो ।

उसले 'आर्ट फिल्म हेर्ने बानी बस्यो भने अरू खालका सिनेमा त मनै पर्दैन' भन्थ्यो ।

उसले नै मलाई त्यहाँ लगेको थियो । आर्ट फिल्म भनेर चिनिने ओम पुरी, स्मिता पाटिल, नसिरूद्दिन शाह, शबाना आजमीजस्ता कलाकारका सिनेमा त्यतिबेला खुब हेरियो ।

साह्रै सिर्जनात्मक सोचको साथी थियो ऊ । चित्रकला, सङ्गीत, सिनेमा र रङ्गमञ्चका बारेमा समान रूपले गहिरो जानकारी राख्थ्यो ।

उसको सुरूचिपूर्ण व्यक्तित्व, उसको कलात्मक अभिरूचि र मिलनसार बानीले ऊ मेरो एकदम मिल्ने साथी भइसकेको थियो । उसलाई मित्रका रूपमा पाएर म खुसी थिएँ । काठमाडौंमा हामी दुवै एक्लाएक्लै थियौं । त्यसैले कहिलेकाहीँ म उसको डेरामा गएर बस्थें । कहिलेकाहीँ ऊ मेरो डेरामा रात बिताउँथ्यो ।

०००

एक दिन जयन्तसित ऊ बागबजारको मेरो डेरामा आयो र प्रस्ताव गर्‍यो, 'यसरी हात बाँधेर बसेर भएन । अब हामीले केही सार्थक र सिर्जनात्मक काम गर्नुपर्‍यो । अब हामीले एउटा राम्रो नाटक बनाएर मञ्चन गरौं ।'

मेरै मनको कुरा गरेका थिए तिनीहरूले । म काठमाडौं आएदेखि एउटा नाटकको निर्देशन गर्ने सोचिरहेको थिएँ । *नेपाल टेलिभिजन*मा धमाधम टेलिफिल्महरू बन्न थालेका थिए । रङ्गमञ्चका राम्रा निर्देशक र कलाकारहरू रङ्गमञ्च चटक्कै छाडेर त्यतातिर स्थापित हुने प्रयत्न गरिरहेका थिए । टेलिभिजनकै कारण रङ्गमञ्चका गतिविधिहरू कम हुँदै गएका थिए ।

तर, नाटककै माध्यमबाट भए पनि कलाक्षेत्रमा प्रवेश गर्ने उसको तरिका उपयोगी थियो । त्यसैले मैले उसको कुरामा सहमति जनाएँ । कुरा अघि बढ्यो । मैले मञ्चनका लागि ध्रुवचन्द्र गौतमको *त्यो एउटा कुरा* भन्ने नाटक चयन गरें । ध्रुव दाइसित राम्रै चिनजान भइसकेको थियो । त्यसैले उहाँले नाटकमा अभिनय गरिदिनका लागि हरिहर शर्मासित कुरा पनि गरिदिनु भयो । हरिहर शर्मा तयार हुनुभयो । हरिहर शर्माजस्तो हस्तीलाई अभिनय गराउन पाउनु मेरो सौभाग्य नै थियो । लक्ष्मी श्रेष्ठसित त एक दिनको मञ्चनको एक हजार पारिश्रमिक दिने सहमति नै भयो । तर, उसले सचेत गराउँदै भन्यो, 'नाटक अलिक क्लिष्ट छ । सामान्य दर्शकले बुझ्लान् जस्तो लाग्दैन । देखाउनका लागि देखाएजस्तो मात्र होला । त्यत्रो लगानी हुन्छ नाटकमा पनि । त्यो त डुब्नुभएन नि !'

उसले यसो भनेपछि म पनि झस्किएँ । अर्को महत्त्वपूर्ण कुरा पनि भन्यो उसले, 'हरिहर शर्मालाई अभिनय गराउनु त राम्रै हो । तर, नाटकमा उहाँको व्यक्तित्व हावी हुन्छ । सबैले हरिहर शर्माको नाटक भन्छन् । निर्देशकको रूपमा तिम्रो त चर्चा नै हुँदैन ।'

उसको कुरा सही नै लाग्यो मलाई । त्यसपछि अर्को नाटकको खोजी सुरू भयो । उसले नै मलाई एउटा किताब ल्याएर दियो । भारतीय लेखक मुद्राराक्षसको *गुफाहरू* भन्ने नाटकको किताब थियो त्यो । मैले पढें । नाटक मन पर्‍यो मलाई । मैले दुई-तीन दिन लगाएर हिन्दीबाट नेपालीमा अनुवाद गरें । अब यही नाटक मञ्चन गर्ने निश्चय गर्‍यौं हामीले ।

'नाटकको मुख्य भूमिकामा हामीले एकदम ध्यान पुऱ्याउनुपर्छ । भूमिकालाई सुहाउने मान्छे लिनुपर्छ । बरू, नयाँ भए पनि फरक पर्दैन,' उसले भनेको थियो ।

एक दिन जयन्तले मैतीदेवी चोकनिर मिठाई पसल चलाएर बसेका एक जना ह्यान्डसम युवकलाई लिएर आयो । उसले नाटकमा लगानी गर्ने रूचि देखायो । तर, त्यसका लागि नाटकमा राम्रो भूमिका पनि चाहियो उसलाई । पहिला त हुन्छ भनियो । तर, पछि मिठाई साहूले मुख्य भूमिका नै ताकेपछि कुरा मिलेन ।

अन्ततः जयन्तले नै हिम्मत गऱ्यो ।

'म हुन्छु नाटकको निर्माता । बुबासित पैसा माग्छु ।'

जे होस्, जयन्तले नाटक निर्माणमा लाग्ने खर्च बेहोर्ने भयो । टिकट छपाइ, रिहर्सल खर्च, पोस्टर र ब्यानर, सेट निर्माण, हलभाडा र कलाकारलाई एडभान्स सबै गरेर शुरूमा दस-पन्ध्र हजार लाग्ने हिसाब निकालियो । नाटक धेरै दिन चल्ने र गजब फाइदा हुने सिलवाल महोदयको अनुमान थियो । उसले पनि जयन्तलाई हौस्याएको थियो, 'यो नाटक एक महिना त कम्तीमा चल्छ ।'

नाटकको तयारीमा लागिरहेकै बेला सिलवालले एक दिन खुसुक्क मसित भनेको थियो, 'मलाई पनि अभिनय गर्ने रहर छ । यसो विचार गर्नु ल !'

तर, कसोकसो फेरि नाटकमा उतिबेलाका स्थापित कलाकारहरूलाई नै खेलाउने कुरा भयो । त्यसले गर्दा नाटकको विज्ञापन हुन्थ्यो । जयन्त पनि यही कुरामा सहमत भयो । रमेश बुढाथोकी त्यतिबेला रङ्गमञ्च र टेलिभिजनका चर्चित कलाकार थिए । हामीले उनीसत अनुरोध गऱ्यौं । दिनको एक हजार पारिश्रमिकमा उनी अभिनय गर्न राजी भए । त्यसपछि अर्को महत्त्वपूर्ण भूमिकामा जुनु शर्माले अभिनय गर्ने भइन् । जुनु शर्मा नेपालकी पहिलो महिला ट्याम्पु चालक लक्ष्मी शर्माकी छोरी थिइन् । केही टेलिफिल्ममा काम गरेर उनी पनि चर्चित भइसकेकी थिइन् । त्यतिबेला *नेपाल टेलिभिजन*बाट प्रसारित हुने टेलिफिल्मको निकै क्रेज थियो । टेलिफिल्ममा सानो भूमिकामा अभिनय गर्ने कलाकार पनि चर्चित भइहाल्थे ।

सिलवालले कताकताबाट रङ्गमञ्चबारे मोटामोटा किताब जम्मा गरेको थियो । तिनमा सेट निर्माणबारेका किताबहरू पनि थिए । उसले देखाएकै किताबका आधारमा नाटकलाई मिल्ने सेट डिजाइन गरिएको थियो । नाटकमा हामीलाई दुईथरी सेटको आवश्यकता थियो । कागजमा सेटको चित्र नै बनाएर उसले स्टेजलाई दुई भागमा बाँडेर दुईतिर भिन्दाभिन्दै सेट लगाउने आइडिया दिएको थियो । एकातिर अभिनय भइरहँदा अर्कोतिर अँध्यारो बनाउने उपाय उसैको थियो । पछि नाटकमा त्यो तरिका सजिलो र प्रभावकारी पनि भएको थियो ।

नाटकको पोस्टर बनाउने चलन थियो । पोस्टरको डिजाइन उसैले गर्‍यो । पोस्टरमा जयन्त र मेरो बाहेक व्यवस्थापक भनेर उसले आफ्नो नाम पनि राख्यो । यसरी मलाई पाइलापाइलामा सहयोग गर्‍यो उसले ।

०००

भद्रकाली मन्दिर परिसरमा रहेको एउटा कोठा भाडामा लिएर हामीले रिहर्सल थालेका थियौं । जयन्तले दुई दिनको हल भाडा तिरेर नाचघर बुक गरिसकेको थियो । नाचघरको गेटबाहिर ब्यानर झुन्ड्याइसकेका थियौं, जसमा ठूलठूला अक्षरमा लेखिएको थियो,

'शीघ्र प्रदर्शन हुँदै छ नाटक *गुफाहरू* !'

त्यसबाहेक सहरका भित्तामा टाँस्न पाँच सय थान पोस्टर पनि तयार भइसकेका थिए । एउटा पोस्टर मैले आफ्नो कोठाको भित्तामा पनि टाँसें । बेलाबेलामा पोस्टरमा आफ्नो नाम हेर्थें र मख्ख पर्थें ।

नाटकमा सिलवालको भूमिका त थिएन । तर, उसको भूमिका अझ महत्त्वपूर्ण भएको थियो । किनभने, उसले नाटकका आधाभन्दा बढी टिकट बिक्री गर्ने जिम्मा लिएको थियो । भन्थ्यो, 'मेरो एक जना दाइ हुनुहुन्छ । थुप्रै अफिसका जीएमहरूलाई चिन्नुभएको छ । हरेक शोको आधा टिकट उहाँले बेचिदिन्छु भन्नुभएको छ । तिमीहरू ढुक्क भएर नाटक तयार गर । म टिकट बेच्नतिर लाग्छु ।'

यो ठूलो योगदान थियो । म ऊप्रति अझ बढ्ता अनुगृहित भएको थिएँ ।

बाँकी आधा टिकट त रमेश बुढाथोकी र जुनु शर्माको नामले नाचघरको काउन्टरबाटै बिक्री हुन्छ भन्ने विश्वास थियो हामीलाई । आफ्नो पहिलो नाटक नै सफल हुने निश्चित भएर म उत्साहित भएको थिएँ । भविष्यमा ठूलै निर्देशक हुन्छु भन्ने भ्रम हुन थालेको थियो । सपनामा फ्यानहरूलाई अटोग्राफ दिन पनि थालेको थिएँ ।

मन कपासजस्तै हलुङ्गो भएको थियो र म आकाशमा आफ्नो विशाल महत्त्वाकाङ्क्षाको हवाईजहाज उडाउन थालेको थिएँ ।

ooo

नाटकको पहिलो शो धुनधान सफल भयो । आधाभन्दा बढी हल त्यतिबेलाका चर्चामा रहेका लेखक, कलाकार, निर्देशक र कलाकारका आफन्तले भरिएको थियो । उनीहरूलाई हामीले निःशुल्क पास दिएका थियौं । केही दर्जन टिकट काउन्टरबाटै बिक्री भएको थियो । हामी निकै उत्साहित भयौं । दर्शकले प्रशंसा पनि गरे । मेरो छाती चौडा भयो ।

दोस्रो दिनको शो पनि ठीकठाक चल्यो । अघिल्लो दिनजति बिक्री नभए पनि काउन्टरबाट उल्लेख्य सङ्ख्यामा टिकट बिक्री भयो । हल आधाजति भरिएको थियो । यो खासै निराश भइहाल्ने स्थिति थिएन । माउथ पब्लिसिटी हुन थालेपछि नाटकका आगामी शोहरू हाउसफुल हुन्छन् भन्ने हाम्रो सोच थियो ।

तर, जयन्त भने आत्तिएको थियो । नाटक सुरू भएदेखि सिलवाल भेटिएको थिएन । उसले बिक्रीका लागि भनेर टन्नै टिकट लगेको थियो । तर, ती टिकटको पैसा भने जयन्तको हातमा परेको थिएन । लगानी उठ्न कम्तीमा पनि पन्ध्र दिन नाटक चल्नु जरूरी थियो । अघिल्ला दुई दिन काउन्टरबाट बिक्री भएको टिकटको पैसा रिहर्सलका लागि लिएको भद्रकालीको कोठा भाडा, पोस्टर र ब्यानरको उधारो तिर्दैमा सकिएको थियो । तेस्रो दिनको शोका लागि हल भाडा तिर्ने पैसा उठेकै थिएन ।

मैले उसको घरबेटीलाई फोन गरें । ऊ फोनमा आयो ।

'हेर न यार, मलाई त ज्वरो पो आयो । नाटक हेर्न पनि आउन पाइनँ ।'

गुनासो गरिनँ मैले । ज्वरो नै आएको मान्छेसित के गुनासो गर्नू ! बरू, अनुरोध गरें ।

'ठीक छ । ज्वरो निको भएपछि नाटक हेर्न आऊ । तर, यार ! तिमीले बेचेको टिकटको पैसा पठाइदेऊ न । यहाँ भोलिका लागि हलभाडा तिर्न पनि गाह्रो भयो ।'

'ओहो, गाह्रो पो भएछ तिमीहरूलाई । सरी यार ! हेर न, मैले टिकट जति मेरो दाइलाई दिएको छु । उहाँले नै बेच्नुभएको हो । म आजै उहाँसित भेटेर पैसा माग्छु । तिमी ढुक्क भएर बस । म दिउँसो नाचघरमै आएर जयन्तलाई पैसा दिन्छु ।'

उसले यति भनेपछि म ढुक्क भएँ ।

तर, दिउँसो ऊ आएन । जयन्त तनावले बिरामी पर्लाजस्तो भएको थियो । यो कुरा कलाकारहरूसम्म पुग्यो । मैले लाजै पचाएर जुनु शर्मासित पाँच सय उधारो मागें । त्यसपछि रमेश बुढाथोकीबाहेक अरू कलाकारहरूले पसलपसलमा गएर टिकट बेच्ने र आजको हल भाडाको पैसा उठाउने कुरा भयो । म यस्तो गर्नु परेकामा लाजले भुतुक्कै भएको थिएँ । तर, बाध्य थिएँ । टिकट लिएर कलाकारको पछिपछि लागें । असन, इन्द्रचोक र न्युरोडतिरका पसलपसल चहार्यौं । बल्लबल्ल चालीस-पचासवटा टिकट बेच्यौं । जसोतसो हल भाडा तिर्न र नाटक सकिएपछि समोसा खान पुग्ने पैसा उठ्यो । काउन्टरबाट अठार-बीसभन्दा बढी टिकट बिक्री भएनन् ।

नाचघरका जागिरे थिए लाइटम्यान । साउन्डका उपकरण पनि उनैले चलाउँथे । तर, उनलाई प्रत्येक शोको एक-डेढ सय रूपैयाँ अतिरिक्त दिनुपर्थ्यो । त्यो पनि अग्रिम । दोस्रो दिनसम्म त दिएका पनि थियौं । तेस्रो शोमा उनलाई दिने पैसा हामीसित थिएन । उनले हाम्रो नाटकको हविगत बुझिसकेका थिए । त्यसैले हामीलाई असहयोग गर्न थालिहाले । नाटकको पार्श्व सङ्गीतका लागि प्लेयरमा क्यासेट हाल्नुपर्थ्यो । त्यो काम पनि उनी आफैं गर्थे । तर, त्यो दिन दृश्य र सङ्गीतको तालमेल बिग्रिरहेको थियो । माइक पनि बेलाबेलामा अफ भएर कलाकारले बोलेको संवाद सुनिदैनथ्यो । त्यस्तो बेलामा दर्शक हुटिङ गर्न थालिहाल्थे । एक पटक त पिस्तोलबाट गोली चलेको आवाज पनि गोली लागेर कलाकार ढलिसकेपछि बजेको थियो । गम्भीर दृश्यमा पनि दर्शक गलल्ल हाँसिदिएका थिए । लाइट पनि

भद्रगोल भइरहेको थियो । कलाकार एकातिर, बत्ती अर्कोतिर बलिरहेको थियो । मैले गुनासो गर्दा कन्ट्रोल रूममै उनी पड्किए, 'पैसा टाइममा दिनु छैन । अनि, कहाँबाट टाइममा लाइट बल्छ त ?'

दिउँसो पैसा लिएर नाचघरमै आउँछु भनेको साथी नाटक सकिएपछि पनि आएन । अब हामीलाई चौथो दिनको शोको समस्या थियो । कलाकारहरूले साथ दिए । सबै बिहानै भेला भयौं र पुतलीसडक र बागबजारका पसलपसलमा पसेर टिकट बेच्न थाल्यौं । पचासवटा पसलमा पसेपछि बल्ल एउटाले टिकट किनिदिन्थ्यो । त्यो पनि दया गरेजस्तो गरेर । महिला कलाकार नहिँडिदिएको भए त्यति टिकट पनि बिक्री गर्न गाह्रो हुन्थ्यो । महिला कलाकारलाई देखेर कुनै कुनै पसले मख्ख पर्थे, मस्किन्थे र टिकट किनिदिन्थे ।

त्यो दिन पनि मैले फोन गरें । उसले फोनमै भन्यो, 'हेर न यार ! हिजो दाइसित भेटै भएन । आज त जसरी पनि ल्याइदिन्छु । तिमी चिन्ता नगर ।'

तर, चौथो दिन पनि ऊ आएन । एक जना महिला कलाकारले कोठा भाडाबापत घरबेटीलाई दिन ठीक पारेको पैसा सापट दिइन् हामीलाई । जसोतसो हल भाडा तिर्‍यौं । नाटक मञ्चन गर्‍यौं । दर्शक खासै भएनन् । हामी सबै निराश भयौं । जयन्त त स्टेजपछाडि गएर पन्ध्र हजार डुब्यो भनेर रून पनि थाल्यो । रून त मलाई पनि मन थियो । तर, नाटकको निर्देशक थिएँ, रोइहाल्नु पनि भएन ।

नाटक सुपरहिट भएर कम्तीमा एक महिना त चल्छ भने कति आत्मविश्वास थियो मलाई । तर, त्यो विश्वासले नाचघर परिसरमै आत्महत्या गरिसकेको थियो । चौथो दिनको शो सकिएर बाहिर आउँदा मेरो अनुहार अँध्यारो थियो । जयन्त त कलाकारहरूलाई पैसा दिनुपर्ला भनेर शो सकिएलगत्तै कतै बेपत्ता भइसकेको थियो ।

मेरो वरिपरि सबै कलाकार उपस्थित भए । लाग्यो, अब पारिश्रमिक मागेर हत्तु बनाउँछन् । म झन् आत्तिएँ । तर, अनुमानविपरीत कलाकारहरू सहिष्णु भइदिए । सम्झाए मलाई र भने, 'हामीलाई हाम्रो पारिश्रमिक चाहिँदैन ।'

मेकअप आर्टिस्टले पनि पैसा मागेन । उनीहरू सबैले गर्न सक्ने सहयोग यही थियो । अब पाँचौं दिनदेखि नाटक चलाउन सक्ने स्थिति थिएन । सबै कलाकार आ-आफ्नो घर गइसकेपछि म चुपचाप उठें र नाचघरका भित्ताहरूमा टाँसिएका पोस्टरहरू उप्काएँ । गेटमा झुन्डिएको ब्यानर पनि

फुकालें । कोठामा आएँ । कोठाको भित्तामा टाँसिएको पोस्टर देखेर लाजै लाग्यो । त्यो पनि उप्काएँ ।

यसरी नाटक र रङ्गमञ्चमा स्थापित हुने मेरो सपनामा एकसाथ पर्दा लागेको थियो ।

ooo

मलाई सिर्जनात्मक काममा त्यति धेरै प्रेरित गरेको थियो सिलवालले । यो नाटकमा पनि उसको कम योगदान थिएन । उही साथीले अन्तिममा आएर यसरी धोका देला भन्ने त मैले चिताएको पनि थिइनँ । तर, मेरो दिमागमा एउटै प्रश्न घुमिरहेको थियो, 'उसले यस्तो किन गऱ्यो ?'

नाटक त असफल भइसकेको थियो । तर, मलाई आफ्नो प्रश्नको जवाफ पाउनु थियो । म भोलिपल्टै करिब दस बजेतिर उसको डेरामा गएँ । ऊ त्यतिबेला पनि सुतिरहेको थियो । म पुगेपछि ऊ उठ्यो । बाथरूम गयो । हातमुख धोयो र ताजा भएर आयो ।

'चिया खाने ?' सोध्यो उसले ।

'खान्नँ,' मैले सङ्क्षिप्त जवाफ दिएँ ।

त्यसपछि उसले दराज खोल्यो । उसले बिक्रीका लागि जिम्मा लिएका टिकटका सबै गड्डी दराजबाट झिक्यो र मेराअगाडि राखिदियो । म जिल्ल परें । उसले भनेको थियो, 'टिकटहरू बिक्रीका लागि दाइलाई दिएको छु ।'

तर, सबै टिकट जस्ताको तस्तै थियो । उसले या उसको दाइले एउटा टिकट पनि बेचेका रहेनछन् । गफमात्र लगाएको रहेछ उसले । झुक्याएको रहेछ हामीलाई । मैले सोधें, 'यी सबै टिकट दाइलाई बेच्न दिएको भनेका थियौ तिमीले ।'

'त्यत्तिकै भनिदिएको । दिएकै थिइनँ ।'

म चकित भएँ । उसको अनुहारमा ट्वाल्ल परेर हेरिरहें । बोल्नै सकिनँ केही । उसैले बोल्यो, 'मलाई यो नाटकमा मुख्य पात्र भएर खेल्ने कत्रो रहर थियो । मैले त्यो रहर तिमीलाई भनेको पनि थिएँ । तर, तिमीले सुनेको नसुन्यै

गऱ्यौ । अरूलाई पो लियौ । सहयोग भनेको एकतर्फी हुँदैन साथी । दोहोरो हुन्छ । मैले तिमीलाई कति सहयोग गरें । तर, तिमीले खोइ, के सहयोग गऱ्यौ मलाई ? धोका त तिमीले पनि दियौ । त्यसैले मैले पनि धोका दिएँ । टिकट बेच्दै बेचिनँ । हिसाबकिताब बराबर भयो ।'

ooo

मेरो नाटक त पूरै असफल भएको थियो । तर, मैले विश्वास गरेको मेरो साथीले मलाई धोका दिन भने गजबले सफल भएको थियो । मैले त्यतिबेलै बुझें, ऊ मैले सोचेजस्तो, बुझेजस्तो सहज र सरल मान्छे रहेनछ । अनेक अनावश्यक कुण्ठाले भरिएको अति कमजोर मान्छे रहेछ ।

त्यसपछि उसको र मेरो कहिल्यै पनि भेट भएन । भेट्ने आवश्यकता पनि रहेन । हामी दुवै एकअर्काका लागि प्रयोजनहीन भइसकेका थियौं ।

उसको नाम नसम्झे पनि कहिलेकाहीँ मौकाबेमौका म उसलाई सम्झिन्छु । त्यस्तो बेलामा उसको विम्बसित म केही पनि सोध्दिनँ । गुनासो पनि गर्दिनँ । बरू, जवाफ नआउने एउटा प्रश्न आफूसितै सोध्ने गर्छु– कसले कसलाई गुमायो ? मैले उसलाई कि उसले मलाई ?

पेटीकोट

तिनताक मेरो स्वर ठीकठाक थियो । गायकै हुने सम्भावना त थिएन । तर, साथीहरूको सानोतिनो जमघटमा गीत गाएरै उनीहरूको ध्यान आफूतिर आकृष्ट गर्न सक्थें । नेपालगन्जको मधेसी परिवेशमा हुर्किएकाले नै हुनुपर्छ, हिन्दी सिनेमा हेर्ने र रेडियोमा हिन्दी गीत सुन्ने बानी परेको थियो । हिन्दी भाषाका गीत गुनगुनाउन सहज पनि लाग्थ्यो मलाई । कुरा किन लुकाउनु, किशोरकुमार, मुकेश र मोहम्मद रफीको मृत्युमा मन दुखेको थियो मेरो । ती मेरा प्रिय गायक थिए । लाग्थ्यो, मेरै मनको र मेरै भावनालाई आफ्नो आवाज दिएका महान् आत्मा हुन् तिनीहरू । सिर्जनामा भूगोल र सिमानाका छेकबारहरू हुनुहुँदैन भन्ने मान्यता मभित्र त्यतिबेला पनि थियो । अहिले पनि छ ।

ऊ मैले गाएको ध्यान दिएर सुन्थ्यो । ऊ अर्थात् मेरो साथी । मेरो यार ।

०००

पोखराबाट बसाइँ सरेर आफ्नी आमासित नेपालगन्ज आएको थियो ऊ । क्याम्पसमा मसँगै कानुनको कक्षामा भर्ना भएको थियो । शिक्षकहरूको ध्यानाकृष्ट हुने खालको विद्यार्थी थिएन । दिनहुँजसो पहिलो र दोस्रो पिरियडमा अनुपस्थित हुन्थ्यो ऊ र लगभग पछिल्लो सिटमा बस्थ्यो । शिक्षकहरूले केही प्रश्न सोधिहाल्छन् कि भन्ने डरले हुनुपर्छ सायद, ऊ

कक्षामा निहुरिएको निहुरियै हुन्थ्यो । निहुरिएर कपीमा केही लेखेको लेख्यै गर्थ्यो । तर, ऊ नोट्स बनाउन यसरी निहुरिएको हुन्थेन । ऊ अनौठा र अमूर्त आकृति बनाइरहेको हुन्थ्यो कागजमा । अनुहार कलिलै देखिन्थ्यो तर गालामा बाक्लो दाह्री हुन्थ्यो र त्यसैले पनि ऊ मलाई कम्युनिस्ट हो भन्ने विश्वास थियो । तर, क्याम्पसको स्ववियु निर्वाचनका दिन भोट हालिसकेर ऊ मनेर आयो र भन्यो, 'मैले तपाईंलाई भोट हालें ।'

त्यसपछि नै हो ऊ र म नजिक भएको । मलाई ऊ आत्मीय लाग्न थाल्यो ।

मेरो घरनजिकै डेरा लिएर बसेका थिए ऊ र उसकी आमा । आमाको घरबारी टोलमा सानो पसल थियो । महिलाका शृङ्गारका सामानको पसल ।

पोखराबाट आमाछोरा किन नेपालगन्ज आए भनेर मैले कहिल्यै चासो राखिनँ । बस्, एक दिन मैले ऊसित सोधें, 'तिम्रो बुबाचाहिँ के गर्नुहुन्छ ?'

उसले बडो सपाट भावमा जवाफ दिएको थियो, 'कान्छी आमाको पेटीकोट धोएर बस्नुहुन्छ । उतै पोखरामा ।'

अलिक ढिलो बुझें मैले उसको कुरा । उसको बुबाले दोस्रो विवाह गरेका रहेछन् । त्यसपछि उसको बुबाका बारेमा धेरै कुरा सोध्न सकिनँ । मलाई उतिबेलै अनुभव भइसकेको थियो, ऊसित उसको बुबाको कुरा गर्नु भनेको उसको मनभित्र निको हुन लागेको कुनै घाउलाई फेरि कोट्याएर ताजा बनाइदिनु हो ।

बिदाका दिनमा साँझ हामी भेट्थ्यौं र अबेरसम्म सुर्खेत रोडका सडकमा गफ गरेर हिँड्थ्यौं । सँगै मुम्फली किनेर खान्थ्यौं । कुनै चिया दोकानमा बसेर चिया पिउँदै गफ गर्थ्यौं । क्याम्पसमा हुने साहित्यिक कार्यक्रममा म कविता सुनाउँथें, पुरस्कृत पनि हुन्थें । उसले पनि भाग लिन्थ्यो र गजल सुनाउँथ्यो । तर, ऊ पुरस्कृत भएको थाहा छैन मलाई । उसलाई हिन्दीका थुप्रै गजल कण्ठस्थ थिए । साँझ सडक यात्रामा ऊ खुब गजल सुनाउँथ्यो मलाई । इदगाहनिरको पुलमा बसेर म उसलाई हिन्दी गीत सुनाउँथें । बिस्तारै हामीबीच साहित्यका कुराकानी पनि हुन थालेका थिए । एकअर्काको घरमा आउने, घन्टौं गफ गरेर बस्ने क्रम पनि सुरू भएको थियो । हामी घनिष्ठ मित्र भइसकेका थियौं । एक दिन उसले अप्रत्याशित कुरा सुनायो, 'यार ! मेरो त बिहे हुँदै छ । सुर्खेतकी केटीसित ।'

म जन्ती गएँ । यारको बिहेमा म पनि नाचें । राति तास खेलियो । केटी पक्षका तरूनीहरूलाई निकै जिस्काइयो । केहीसित प्रेमको सुरूआत पनि भयो र दुलही अन्माउने बेलासम्म समाप्त पनि भयो । ऊ खुसी थियो । उसको अनुहार अरू बेलाभन्दा उज्यालो भएको थियो । बिहेमा उसको बुबा पनि आएका थिए । तर, उसले आफ्नो बुबालाई खासै महत्त्व दिएको थिएन । बोलेको पनि देखिनँ मैले । बुबा पनि बस् औपचारिकता निर्वाह गर्न आएजस्ता थिए । उसको बुबालाई नदेख्दासम्म मलाई उनको अनुहार कुरूप खलनायकको जस्तो होला भन्ने लाग्थ्यो । किनभने, मेरो साथीको जीवनमा उनको भूमिका खलनायक जस्तै थियो । छोरालाई स्नेह दिनुपर्ने बेला स्नेहको खोजीमा आफैंले अर्को बिहे गरेका थिए । तर, बिहेमा देख्दा उनी मलाई सरल र सहज लागे । उनको अनुहारमा दोस्रो बिहे गरेर पारिवारिक दायित्वबाट पन्छिएको हीनताबोध भने देखिन्थ्यो । त्यसैले उनी यति खुसीको बेलामा पनि निर्धक्क खुसी हुन सकेका थिएनन् । पहिलो पल्ट आफ्नो बुबाका बारेमा मलाई भन्दा उसले भनेको थियो, 'मेरो बुबा कान्छीआमाको पेटीकोट धोएर बस्छ ।' त्यतिबेला त्यो वाक्य अनौठो लागेको थियो । यसअघि यस्तो सुनेको थिइनँ । त्यसैले जबजब म उसको बुबाको व्यक्तित्वको कल्पना गर्थें, उनी पोखराको कुनै सार्वजनिक धारामा कान्छी श्रीमतीको पेटीकोट धोइरहेको देख्थें ।

सुर्खेतबाट फर्कंदा उनी कोहलपुरमै ओर्लिए । धेरै बोलेनन् छोरासित त्यतिबेला पनि । भने, 'ल बाबु, म यहीँबाट बस समातेर पोखरा लाग्छु ।'

उसले खासै वास्ता गरेन । बस्, एक शब्द भन्यो, 'हुन्छ ।'

सम्धी भेटमा एउटा सुटसहितको सुटकेस पाएका थिए उनले । कसैले सम्झायो उनलाई, 'तपाईंको सम्धी भेटको सामान छुट्यो । लैजानूस् ।'

'हैन, लैजान्नँ । छोरोसितै होस् ।'

उनी बसबाट ओर्लिंदा मलाई लाग्यो- उनी छोराको नजरबाट पनि ओर्लिंदै छन् ।

०००

बिहेपछि करिब एक-दुई महिना हाम्रो सन्ध्याकालीन भेटघाट बन्दजस्तै भयो । क्याम्पसमा भने भेट हुन्थ्यो । हामी उसलाई जिस्काउँथ्यौं । एक दिन उसले खुसुक्क मसित भन्यो, 'यार ! अरू त ठीकै छ । तर, ढाल किन्न गाह्रो भाछ । औषधि पसलमा जानै लाज लाग्छ ।'

बिस्तारैबिस्तारै बिहेका बेला उसको अनुहारमा छाएको रौनक हराउन थाल्यो र त्यसको ठाउँमा पुरानै उदासी देखिन थाल्यो । मैले यसलाई सामान्य रूपमा लिएँ । पारिवारिक जिम्मेवारीले धेरैको मनस्थितिलाई अस्थिर बनाइदिन्छ । फेरि उसले त पढ्दापढ्दै बिहे गरेको थियो । कमाइधमाइको चिन्ता पनि त भयो होला । एक दिन उसले मसित सहयोग माग्यो, 'मेरो मिसेसको यसपालि एसएलसीको जाँच छ । अङ्ग्रेजीमा कमजोर छ निकै । कोही ट्युसन पढाउने छ भने खोजिदेऊ न । तर, सकेसम्म लेडिज टिचर भयो भने वेश हुन्थ्यो ।'

तर, मैले खोज्नुपरेन । उसैले फेला पाऱ्यो । बेलासपुरमा डेरा गरेर बस्ने महिला शिक्षक । तिनी करिब पचास वर्षकी विधवा थिइन् । स्थानीय बोर्डिङ स्कुलमा अङ्ग्रेजी पढाउँथिन् । स्कुलबाहेकको समय ट्युसन पढाएर बिताउँथिन् । खजुरा रोडतिर कतै दुइटा कोठा भाडामा लिएर एक्लै बसेकी थिइन् । एउटी छोरी थिइन् । तर, छोरीको पनि बिहे भइसकेको थियो ।

मेरो यार आफैंले श्रीमतीलाई साइकलमा बसालेर उनकै घरसम्म पुऱ्याइदिन थाल्यो । ट्युसन नसकिन्जेल ऊ उनलाई डेराबाहिर कुरेर बस्थ्यो । श्रीमतीलाई साइकलमै बसालेर घर फर्किन्थ्यो । सबै कुरा सहज ढङ्गले अघि बढिरहेको थियो । मेरो र उसको मित्रता, श्रीमतीसितको उसको सम्बन्ध । सबै सहज ।

तर, सहज रहेन । श्रीमतीलाई ट्युसनमा लैजाने र ल्याउने गर्दागर्दै उसको महिला शिक्षकसित सम्बन्ध गाँसियो । त्यो सम्बन्ध गाढा हुँदै गयो र राति एकान्तमा ऊ तिनको डेरामा लुसुक्क पस्न थाल्यो । मैले पनि थाहा पाएँ । सम्झाएँ उसलाई, 'आफ्नो उमेर मिल्ने यति राम्री भाउजू हुँदाहुँदै किन त्यस्ती बूढीसित सल्केको ?'

उसले जवाफ दियो, 'उमेर मिल्ने स्वास्नी छ भन्दैमा म उसको पेटीकोट धोएर बस्न सक्दिनँ । पढाइको निहुँ पारेर घरको अलिकति पनि काम गर्दिनँ । उसको पेटीकोट पनि मैले धोइदिनुपर्छ । मैले गीत-गजल लेखेको पनि

मन पर्दैन उसलाई । तर, मभन्दा जेठी नै भए पनि मधु पढेलेखेकी छन् । साहित्यको पनि ज्ञान छ । मेरा गीत-गजल ध्यान दिएर सुन्छिन् ।'

अर्को कुनै दिन उसले भन्यो, 'यार ! मेरी स्वास्नी त क्यारेक्टरलेस छे । अस्ति आफैंले ढाल किनेर ल्याई । अब तिमी नै भन हाकाहाकी पसलबाट ढाल किनेर ल्याउने केटी चरित्रहीन हो कि होइन ?'

त्यतिबेला नेपालगन्जजस्तो ठाउँमा महिला आफैंले कन्डम किन्नु आफैंमा गजबको कुरा थियो । तर, यो कुरा महिलाको चरित्रसित सम्बन्धित कसरी भयो भन्ने मैले त्यतिबेला पटक्कै बुझेको थिइनँ । अहिले भए केही जवाफ दिन्थें होला । तर, त्यतिबेला सायद मौन रहेको थिएँ ।

ooo

एसएलसीको जाँच सकिएपछि उसले श्रीमतीलाई माइती पठाइदियो र त्यसपछि लिन जाँदै गएन । श्रीमती पनि फर्केर आइनन् ।

कानुनको प्रमाणपत्र तहको पढाइ सकेपछि म काठमाडौं आएँ । उसको र मेरो सन्ध्याकालीन सडक यात्रा रोकियो । उसको घरगृहस्थीमा के के घटनाक्रम घटे, थाहै भएन ।

तर, निकैपछि ऊ काठमाडौंमै भेटियो । राष्ट्र बैंकमा नोगजाको जागिर पाएछ । नोगजा अर्थात् नोट गन्न जान्ने । एसएलसी पासले पाउने सायद मुखियासरहको जागिर थियो त्यो । चाबहिलको शान्ति गोरेटोनिर डेरा लिएर बसेको रहेछ । दोस्रो बिहे गरेपछि ऊ पारिवारिक रूपमा एक्लिएको थियो । नातागोतासित अब ऊ आफैं पनि सम्बन्ध राख्न चाहन्न थियो । आमासित पनि उसको सम्बन्ध सुमधुर भएन । त्यसैले ऊ सबैसित एक्लिएर काठमाडौंमा बसिरहेको थियो ।

मलाई डेरामा बोलायो उसले । श्रीमतीसित परिचय पनि गरायो । दुवैको उमेरमा कम्तीमा पनि तीस वर्षको फरक थियो । समयक्रममा मैले मानवीय सम्बन्धका धेरै आयाम हुन्छन् भन्ने बुझिसकेको थिएँ । कतिपय असहज देखिने सम्बन्धका भित्री रहस्य बुझियो भने ती सम्बन्ध सहज लाग्न थाल्दा रहेछन् । मान्छेको मन र शरीरका आवश्यकताले पनि स्वाभाविक लाग्ने सम्बन्धलाई अस्वाभाविक र अस्वाभाविक देखिने सम्बन्धलाई स्वाभाविक बनाइदिंदा रहेछन् ।

तर, मित्र सुखी थिएन। एउटा अस्वाभाविक देखिने सम्बन्धलाई स्वीकार त गऱ्यो उसले। तर, ऊभित्र त्यही सम्बन्धले बनाइदिएको कुण्ठा पनि थियो। बाटोमा हिँड्दा अपरिचितहरूको नजरमा उनीहरू आमा-छोराजस्ता लाग्थे। त्यो कुराको आभास दुवैलाई थियो। सुरूआती दिनका आवेग र आसक्तिले त दुवैलाई नजिक ल्यायो। तर, समय बित्दै जाँदा ऊभित्र दिक्दारीको भाव पनि उत्पन्न भएको थियो। त्यसैले ऊ सकेसम्म मधुलाई आफूसित लिएर हिँड्दैनथ्यो। डेरामा कोही अरू साथीलाई ल्याउँदैनथ्यो।

एक पेग भोड्का स्वाट्ट पारेपछि मधुले मसित भनिन्, 'काठमाडौं आएको कति महिना भइसक्यो। तर, हाम्रो डेरामा आउनुभएको पहिलो व्यक्ति हजुर नै हो।'

यसरी मधुलाई पनि ऊसित असन्तुष्टि थियो। दुवैबीच कचल्टिएको यो असन्तुष्टि साँझ मादक पदार्थ सेवनपछि प्रकट हुन्थ्यो। दुवैबीच हिंस्रक झगडा हुन्थ्यो। उसले मधुलाई बेस्मारी भकुर्थ्यो र मधुले मेरो मित्रका अनुहारमा चिथोर्थी।

काठमाडौंमा मेरो र उसको नियमितजसो भेट हुन थाल्यो। तर, हरेक भेटमा उसको अनुहारमा चिथोरेका ताजा दाग हुन्थे। म पनि कहिलेकाहीँ सँगै पिउँथें उनीहरूसित। पिउँदा पिउँदै उनीहरूबीच झगडा भएको कति पटक देखेको छु। क्याम्पसका दिनहरूमा मेरो यो मित्र कति सोझो र भलादमी देखिन्थ्यो। तर, अलिकति दारू घाँटीबाट छिरिसकेपछि ऊ कति कठोर, कति अव्यावहारिक र कति हिंस्रक हुँदो रहेछ भन्ने कुरा मैले बुझ्दै गएको थिएँ। कुनै कुनै दिन भने दुवै एकअर्कासित अत्यन्त मायालु पनि हुन्थे। त्यस्तो बेलामा उसको कोठाको माहौल अर्कै हुन्थ्यो। ऊ मधुकै अगाडि मलाई आफ्ना कविता र गजल सुनाउँथ्यो। म पनि मूडमा आउँथें र गीत गाउन थाल्थें। त्यतिबेला मलाई लाग्थ्यो, यो बेमेल जोडीबीच अब उप्रान्त कहिल्यै झैझगडा हुने छैन र सधैं सुमधुर सम्बन्ध कायम हुनेछ।

तर, भोलिपल्टै मेरो सोच भ्रम साबित हुन्थ्यो। उसको अनुहारमा चोटका नयाँ दाग फेरि देखा पर्थे। उसले पनि मधुलाई कुटपिट गरिहाल्थ्यो। म दुवैलाई सम्झाउँथें। एकछिन सम्झिएजस्तो पनि गर्थे। तर, म आफ्नो डेरामा पुग्दासम्म उनीहरूबीच हिंस्रक युद्ध भइसकेको हुन्थ्यो।

यति हुँदाहुँदै पनि उनीहरूले मलाई आफ्नो कोठामा बोलाउने, खानपिन गराउने, उसले गजल सुनाउने र मैले गीत गाउने काम पनि समानान्तर ढङ्गले चलिरहेको थियो । काठमाडौंमा म एक्लै थिएँ । बिहान कहिले आफैं पकाएर खान्थें, कहिले होटलतिर लाग्थें । कुनै साँझ भने उनीहरूकहाँ जान मन लागिहाल्थ्यो । आफैं कहिले मदिराको बोतल र कहिले कुखुराको मासु लिएर पुग्थें । रेस्टुराँ वा बारमा खानुभन्दा कोठामै सस्तो पनि पर्थ्यो । उनीहरूका लागि काठमाडौंमा सबैभन्दा नजिकको मान्छे मै थिएँ सायद । त्यसैले मेरो आगमनमा उनीहरू खुसी नै हुन्थे ।

एक दिन अतीततिर फर्कियौं हामी । क्याम्पसका दिनका कुरा हुन थाले । सुर्खेत रोडमा मुम्फली खाँदै र गीत-गजल गाउँदै सुन्दै गरेका साँझका कुरा हुन थाले । मधुले पनि हाम्रा कुरा रूचिपूर्वक सुनिरहेकी थिइन् । भोड्काको बोतल अघि नै आधा भइसकेको थियो । अचानक उनले कर गरिन्, 'बाबुले आज गीत गाएर सुनाउनुपर्‍यो । मलाई पनि हिन्दी गीत असाध्यै मन पर्छ ।'

मलाई अप्ठ्यारो लागेन । गाउन सुरू गरें । मधुले फर्माइस गर्थिन्, म गाउन थाल्थें । धेरै गीत स्मृतिबाट उत्रिसकेका थिए । त्यसैले गीतका टुक्राटुक्री स्थायी र अन्तराहरू गाइरहेको थिएँ । बीचबीचमा मधुले पनि मेरो स्वरमा स्वर मिलाउँथिन् । ऊ भने टेबलमा तबला बजाइरहेको थियो ।

राति अबेर म आफ्नो डेरामा फर्किएँ ।

०००

मेरो बीएल तेस्रो वर्षको परीक्षा चलिरहेको थियो । त्यसैले केही दिन म साथीको डेरामा जान पाएको थिइनँ । साथी र मेरो दुवैका डेरामा टेलिफोन सुविधा थिएन । त्यसैले उसको हालचाल पनि सोध्न सकेको थिइनँ । परीक्षा सकिएको अर्को दिन सायद शनिबार थियो । उसको अफिस पनि बिदा थियो । म दिउँसै उसको डेरातिर लागें ।

ढोका मधुले खोलिन् । तर, मलाई देखेर उनी खुसी भइनन् । बरू, अनुहार अँध्यारो भयो । उनको निधारमा चोटको दाग थियो । उनी ढोकैमा ठिङ्ग उभिएकीले म पनि भित्र पस्न सकिनँ । ढोकैमा उभिइरहें । साथीका बारेमा सोधें ।

'डेरामा पानी छैन । लुगा धुन ढुङ्गेधारातिर जानुभएको छ ।'

मित्र नभएको बेलामा उसको कोठाभित्र पस्नु उचित पनि लागेन ।

'भाउजू ! म उसलाई ढुङ्गेधारामै भेट्छु । अनि, सँगै आउँला,' मैले भनें र हिँड्न लागें ।

'बाबु !' उनले मसिनो स्वरमा भनिन् । म रोकिएँ । उनीतिर फर्किएँ । शिर झुकाएर उनले भनिन्, 'अबदेखि हजुर हाम्रो डेरामा नआउनूस् । अस्ति तपाईंले गीत गाएको दिन उसले मलाई धेरै पिट्यो । झन्डै मरेकी । जीउ आजसम्म पनि दुखिरहेको छ ।'

म जिल्ल परें । आत्तिएँ पनि ।

'किन भाउजू ? किन पिटेको उसले ?'

'हजुरले गीत गाइरहँदा मैले एकनाशले हजुरको अनुहारमा हेरिरहें रे ! अनि, हजुरसित स्वर मिलाएर गीत गाएँ रे ! म हजुरप्रति आकर्षित भएँ रे ! अरू दिन पनि उसले हजुरको नाम लिएर मलाई खुब पिट्छ । त्यसैले अबदेखि हजुर हाम्रो डेरामा नआइदिनूस् । हजुरको निहुँमा मैले कति पिटाइ खाइरहनू ?'

मसित जवाफ दिन शब्दहरू कहाँ थिए र ? यतिबेला त मसित मेरो आवाज पनि थिएन । हावा चलिरहेको थियो । घाम लागिरहेको थियो । बाहिर चराचुरुङ्गी पनि गाइरहेका थिए । तर, मेरा लागि भने सारा सृष्टि यतिबेला स्थिर भइदिएको थियो ।

म ढोकैबाट फर्किएँ ।

हो, म शान्ति गोरेटोको ओरालोनेरको ढुङ्गेधाराकै बाटो फर्किएँ । ऊ त्यहीँ ढुङ्गेधारामै थियो । तर, उसले मलाई देखेन । मैले बोलाइनँ पनि । टाढैबाट हेरें उसलाई । उसको अनुहारमा नबुझिने भावहरू थिए । तर, म पनि ती भावहरू बुझ्नतिर लागिनँ । हिँडिहालें त्यहाँबाट । ऊ लुगा धोएरै बसिरह्यो ।

के उसले मधुको पेटीकोट पनि धोइरहेको थियो ? के पेटीकोट धुनेहरू सबै खराब पुरूष हुन् ? के लोग्नेलाई पेटीकोट धुन लगाउने सबै आइमाई चरित्रहीन हुन् ?

अहँ, मलाई त्यस्तो लाग्दैन । तर, उसले यसै भन्थ्यो ।

हेलमेट

उफ् ! यसअघि भोड्का र सेकुवा खाने यति तीव्र इच्छा कहिल्यै पनि भएको थिएन । उसले नै एकाएक यस्तो इच्छा प्रकट गरेको थियो । त्यसले मभित्र पनि तृष्णाको सुनामी ल्याइदिएको थियो । दिमागभित्र र मुखभित्र होहल्ला हुन थालिहाल्यो ।

तर, हाम्रो इच्छालाई हाम्रै खल्तीले भयानक व्यङ्ग्य गरिरहेको थियो । हामी यो व्यङ्ग्य सहन विवश थियौं । किनभने, हामीसित खल्तीमा दस-बीस रूपैयाँभन्दा बढी थिएन । बिहान-बेलुकाको खाना त हामी महिनावारी रूपमा बागबजारमा रहेको एउटा होटलमा खान्थ्यौं । काँकरभिट्टाकी महिलाले चलाएकी थिइन् त्यो होटल । मेची किनारकी भएकीले हामी सबै ती महिलालाई 'मेची आमा' भन्थ्यौं र त्यसैले उनको होटलको नामै 'मेची आमाको होटल' भएको थियो । हामी दुवैले मेची आमाको होटलको दुई महिनादेखिको पैसा तिर्न बाँकी थियो । त्यसबाहेक अस्ति भर्खर हामीले पाहुना बनाएर साँझको खाना ख्वाउन एक जना कविलाई होटलमा लगेका थियौं । उनले भाँडा माझ्ने एक जना लाटी केटीको छातीमा चिमोटिदिएछन् । केटीले होहल्ला गरिहाली । माझ्दा माझ्दैको पन्यूले हिर्काई पनि ।

कवि त भागिहाले, हामीलाई भने साह्रै ग्लानि भएको थियो । त्यसैले केही दिनदेखि त्यो होटलमा पनि जान सकिरहेका थिएनौं र अरू होटलमा पैसा तिरेर खान सक्ने स्थिति पनि थिएन । म दिदी-भिनाजुकहाँ जान त सक्थें । तर, खल्तीमा पैसा नहुँदा त्यहाँ जान पनि गाह्रो लाग्थ्यो । किनभने, भान्जाहरू सानै थिए र मेरो हात समातेर 'मामा, चकलेट किन्दिनू न' भनिहाल्थे ।

दिदी-भिनाजु त उसको पनि काठमाडौंमै हुनुहुन्थ्यो । तर, अलिक टाढा बस्नुभएको थियो क्यारे ! त्यसैले उसलाई पनि सधैं त्यहाँ गइरहन त्यति व्यावहारिक थिएन । फेरि ऊ साथीलाई भोकै छाडेर आफू पेटभरि खाएर आउने खालको मान्छे पनि थिएन । पक्का यार थियो । दुःखसुख दुवैमा साथ दिन्थ्यो ।

ooo

बुबाआमाको इच्छाविपरीत म कानुनमा स्नातक गर्ने बहानामा काठमाडौं आएको थिएँ । हो, बहाना नै थियो । किनभने, नेपालगन्जमै पनि कानुनको स्नातक तहसम्मको पढाइ हुन्थ्यो । त्यसैले पनि बुबाआमालाई छोरोले नेपालगन्ज नै बसेर कानुनको पढाइ पूरा गरोस् भन्ने लागेको थियो । तर, काठमाडौंको आकर्षणले मलाई हुरूक्क बनाइसकेको थियो । मलाई यहाँ अवसरहरूको कमी छैन भन्ने लाग्थ्यो । साहित्यमा स्थापित हुन पनि काठमाडौंमै जम्न जरूरी छ भन्ने लाग्थ्यो । फेरि काठमाडौंमा भर्खरै जसो *नेपाल टेलिभिजन* सुरू भएको थियो र मलाई पटकथा लेखक, कलाकार र निर्देशक बन्ने रहर पनि थियो ।

थाकका थाक रहरहरू थिए त्यतिखेर । कपासको होइन, रहरहरूको जाली बुनेर बनाइएको टिम्बा सिरक ओढ्थें र रहरकै सिरानी बनाएर सुत्थें । काठमाडौं त्यसैले मेरा सबै सपनाहरू पूरा गरिदिने मायानगरीजस्तो लाग्थ्यो उतिबेला । मलाई त्यतिबेला के थाहा– मायाले सताउँछ पनि, अत्याउँछ पनि र रूवाउँछ पनि ।

काठमाडौं नै आइसकेपछि भने धेरै भ्रम तोडिए । नयाँ भ्रम निर्माण भए, पुराना केही रहर समाप्त भए र नयाँ केही रहर उम्रिए । रहर, सपना, भ्रम र यथार्थको मायावी जङ्गल नै त रहेछ सहर । हरेक बिहान नयाँ आशा पलाउँछ सहरमा । हरेक साँझ पुराना विश्वास भत्किन्छन् सहरमा । स्थापित हुने सम्भावना सधैं रहन्छ सहरमा । विघटित भएर छताछुल्ल हुने डर पनि रहिरहन्छ सहरमा । यी सबै विशेषताले भरिएको थियो उतिबेला पनि काठमाडौं । अहिलेझैं । त्यसैले काठमाडौंको स्वरूप त लगातार बदलिरह्यो तर यसका केही स्वभावहरू शाश्वत रहिरहे । आजका मितिसम्म पनि । यसले काखमा बसाउँछ पनि र काखमै राखेर लोरी सुनाउँदै घाँटी रेट्छ पनि । सहरको चरित्र नै यही हो । तर, विडम्बना के भने यही सहरको कुनै पुलिस चौकी या यही सहरको कुनै विद्यालय र कलेजबाट हामीले आफ्नो चरित्रको सर्टिफिकेट लिनुपर्छ । सहर त नशा पनि हो । यसले धेरै मान्छेलाई शरीर

र दिमाग दुवैले एक्लै मैथुनरत रहने र त्यसैको आनन्दमा रमाउने अम्मली बनाइदिन्छ । त्यही अम्मलले गाँजेको थियो मलाई पनि ।

काठमाडौंमा ऊ नै मेरो गहिरो मित्र र बलियो सहयोगी भएको थियो । ऊ एसएलसीपछि जाजरकोटबाट काठमाडौं आएको थियो । केही समय विद्यार्थी राजनीति पनि गरेको थियो उसले । पक्का वामपन्थी थियो । कानुन विषयमा प्रमाणपत्र तहको अध्ययन सकिएलगत्तै ऊ *नेपाल टेलिभिजन*मा जागिरे पनि भएको थियो । ऊ समाचारका लागि रिपोर्टिङ गर्थ्यो र टेलिभिजनको एउटा मुखपत्रको सम्पादन पनि गर्थ्यो । *युग संवाद* साप्ताहिक पत्रिकामा पनि काम गर्थ्यो । ऊ निकै सक्रिय थियो र काठमाडौंमा उसको जनसम्पर्क गजब थियो । छोटो समयमै टेलिभिजन माध्यममा ऊ स्थापित भएको थियो ।

ooo

ऊ र म ल क्याम्पसमा सँगै अध्ययनरत थियौं । तर, हामी कलेज कम जान्थ्यौं । कलेजको पढाइलाई उति महत्त्व पनि दिन्नथ्यौं । जाँच आयो भने बल्ल हामी असन गएर कालीचरणको पसलबाट उधारोमा किताबहरू ल्याउँथ्यौं । राति ऊ समाचार पढेझैं किताब पढ्थ्यो, म सुन्थें । समाचारवाचक बन्ने रहर उसले यसै गरी पूरा गर्थ्यो । जाँचमा यसोउसो गरेर पैंतीस-चालीस नम्बर आइहाल्थ्यो । मेरो साहित्य र सिनेमामा, उसको चाहिँ साहित्य र टेलिभिजन पत्रकारितामा स्थापित हुने लक्ष्य थियो । त्यसैले पढाइ हाम्रो प्राथमिकतामा थिएन । ऊ धोबीधारामा बस्थ्यो । म पनि पुरानो बानेश्वरको डेरा छाडेर नजिकै अर्को डेरा नपाउन्जेलसम्मका लागि उसैकोमा शरण लिन आइपुगेको थिएँ ।

ऊ आँटिलो पनि थियो । चित्त नबुझेको कुरा भनिहाल्थ्यो । काठमाडौंमा उसका प्रशंसक पनि टन्नै थिए र आलोचक पनि उत्तिकै । केही दिनअघिमात्र आफ्नै एक जना डीजीएमलाई पत्रिकामा लेखै लेखेर भारतीय जासुसी संस्था 'र' को एजेन्टको आरोप लगाएर हल्लीखल्ली पनि मच्चाएको थियो । त्यसैले पनि *नेपाल टेलिभिजन*मा उसको करार नवीकरण नहुने भएको थियो । तर पनि उसले चाकरी गरेन । आफ्नो अडानमा कायम रह्यो र साँझ कोठामा करारपत्र नपाएरै फर्कियो । ऊ चिन्तित थिएन । तर, मलाई भने चिन्ता लाग्यो । काठमाडौंमा हुँदाखाँदाको जागिर जानु पक्कै पनि दुःखद कुरा थियो । त्यसैले साथीको समस्यामा म झोक्रिएँ । उसले नै भन्यो, 'के गर्नु,

खल्तीमा पैसा छैन र पो । नत्र त आज सेकुवा र भोड्का खाएर बेरोजगारीको पहिलो दिन मजाले सेलिब्रेसन गर्नुपर्ने हो ।'

मलाई उसको कुरा ठीक लाग्यो । दुःख भयो भन्दैमा त्यसै चित्त दुखाएर बस्नु बुद्धिमानी पनि त होइन । दुःख र समस्यालाई पनि सेलिब्रेसन गर्नु ठूलै हिम्मतको कुरा हो र त्यो हिम्मत थियो मेरो साथीसित । पैसा भने मसित पनि थिएन । तर, हामीले प्रण गऱ्यौं, 'आज जसरी भए पनि भोड्का र सेकुवा खाएरै छाड्नुपर्छ । यो महान् दिनलाई यादगार बनाउनुपर्छ ।'

त्यसपछि उपायहरू सोच्न थालियो । कोठाबाट निस्किएर डेराअगाडिको पसलबाट फोन गरेर केही साथीहरूसित सापट दिन अनुरोध गऱ्यौं । तर, कति जना फोनमा भेटिएनन् र कति जनाले सापटीका लागि असमर्थता जनाए । एक जनाले पैसा दिन नसक्ने तर गाँजा ख्वाएर पठाउन सक्ने जवाफ दिएको थियो ।

त्यसपछि लाचार भएर हामी फेरि कोठामा फर्कियौं । फर्कंदा प्यासेजमा स्कुटर अड्याएर लुकिङ ग्लासमाथि हेलमेट राख्दै गरेका घरबेटी भेटिए । निराशाले भुइँसम्म तुर्लङ्ग झुन्डिन लागेको हाम्रो अनुहार देखेर सोधे, 'भाइहरूको जाँच बिग्रिएजस्तो छ नि । अनुहार पनि कस्तो नुन खाएको कुखुराजस्तो भएको ।'

ooo

कोठमा आएर एकछिन झोक्रिएपछि अचानक मेरो दिमागमा बत्ती बल्यो । म जुरूक्क उठें र भने, 'तिमी बस्दै गर । म भोड्का र सेकुवा लिएरै आउँछु ।'

म कोठाबाट निस्किएँ र तीन तला ओर्लिएर तल आएँ । घरबाट लामो प्यासेज भएर निस्कनुपर्थ्यो । अघि भर्खर त्यहाँ घरबेटीले नीलो रङ्गको थोत्रो बजाज स्कुटर राखेका थिए । स्कुटरको ऐनामा युगौं पुरानोजस्तो लाग्ने हेलमेट पनि लाचार मुद्रामा झुन्डिरहेको थियो ।

घरबेटी साह्रै अव्यावहारिक खालका थिए । १ गते नै भाडाका लागि ढोका ढकढक्याउन आउँथे र त्यही बेला भाडा दिइएन भने रूखो वचनले तीन दिने म्याद दिन्थे र भन्थे, 'पर्सिसम्म भाडा दिएन भने निस्केर गए हुन्छ ।'

घरबेटीसित बदला लिने यो सुनौलो मौका पनि थियो । सुनसान थियो प्यासेज । मैले हेलमेट टिपें र हतारहतार बाहिर निस्किएँ । जाडोको बेला भएकाले साँझ सात बजे त सडक पनि सुनसान भइसकेको थियो । म तीव्र गतिमा धोबीधाराबाट पुतलीसडकतिर मोडिएँ । पुस्करको सेकुवामा टन्नै मान्छे

थिए । हामी बेलाबेलामा जाने ठाउँ पनि थियो त्यो । तर, आज भने पुस्करको पसलमा पस्न मन लागेन । पुस्करको सेकुवाको ठीक विपरीत अर्को सेकुवा पसल थियो । म त्यतै लागें । पसलमा एउटा टेबल खाली थियो । त्यहीँ थोत्रो हेलमेट राखेर बसें र भनें, 'साहूजी, मैले मेरो बाइक सँगैको गल्लीमा राखेको छु । हराउँदैन होला नि ?'

साहूजीले चुरोटको धूवाँ उडाउँदै भने, 'हराउँदैन भाइ । हराउँदैन ।'

त्यसपछि मैले हड्डीको सुप मगाएँ । एकैछिनमा वेटरले टेबलमा ल्याइदियो । जाडोमा हड्डीको सुपले न्यानो अनुभव भयो । त्यसपछि सेकुवा मगाएँ । सेकुवा आएपछि एक क्वार्टर भोड्का पनि मगाएँ । सेकुवा आधा र रक्सी पनि आधा भएपछि मैले साहूजीसित भनें, 'साहूजी, चार सिल सेकुवा प्याक पनि गरिदिनूस् न । अनि, एक प्लेट भुटुन र एक प्लेट जिब्रो फ्राइ पनि ।'

अनि, काउन्टरमा गएर फोन उठाएँ । कुनै नम्बर डायल गरें । उता कुनै पुरूषले फोन उठायो । उसले हेलो भन्न नपाउँदै मैले उसलाई पसलको ठेगाना दिएँ र भनिहालें, 'अँ रमेश, तँ यहाँ दस मिनेटमा आइहाल् त । मैले सेकुवा अर्डर दिइसकें ।'

उता फोन उठाउनेले केही बुझेन । अलमलमा पर्‍यो, को बोलेको, कसलाई खोजेको भनेर सोधखोज गर्दै थियो । मैले उसका कुनै प्रश्नको जवाफ दिइनँ र फोन राखिदिएँ ।

त्यसपछि म फेरि आफ्नै टेबलमा आएँ । सेकुवा र भोड्का खान थालें । कतैबाट कुनै चमत्कार भएर दुई-चार सय रूपैयाँ प्रकट भइहाल्छ कि भनेजस्तो गरेर मैले एकपल्ट पर्स झिकें र हेरें । दसको एउटा नोट र केही चानचुनबाहेक थिएन । कुनै चमत्कार भएन । मैले पर्स फेरि पाइन्टको पछिल्लो खल्तीमा राखें र साहूजीसित फेरि सोधें, 'साहूजी, मेरो बाइक त हराउँदैन त होला नि !'

साहूजी झर्किए,' ए भाइ, कस्तो डराएको । नडराऊ न । कति जनाले राख्छन् । आजसम्म कसैको हराएको छैन । तिम्रो पनि हराउँदैन ।'

एक चुस्की लिँदै मैले भनें, 'हराउँदैन भने त ठीक छ ।'

मैले अर्डर गरेबमोजिम चार सिल सेकुवा, एक प्लेट भुटुन र एक प्लेट जिब्रो फ्राइ प्याकिङ भएर साहूजीको टेबुलमा आइसकेको थियो । मेरो टेबलमा अब एक पेगमात्र भोड्का बाँकी थियो । दोस्रो पटक मगाएको दुई सिल सेकुवाका केही पिस पनि बाँकी थिए । म ती परिकारलाई टेबलमा यथावत् राखेर हेलमेटसहित उठें र साहुजी भएको काउन्टरमा उभिएँ ।

काउन्टरपछाडिको शोकेसमा अरू महँगा रक्सी पनि थिए । तर, मैले भोड्कामै नजर लगाएँ ।

'साहूजी, त्यो एक हाफ भोड्का पनि दिनूस् त !'

भोड्का आयो । मैले सेकुवाहरू राखेको झोलामै त्यो बोतल राखें । हातमा हेलमेट थियो । मैले हेलमेट काउन्टरमाथि राख्दै साहूजीसित भनें, 'साहूजी, म यो सामान साथीलाई दिएर एक मिनेटमा आइहाल्छु, यो हेलमेट यहीँ रहोस् है ।'

'हुन्छ,' साहूजीले भनें । मैले त्यहीँ उभिएर वेटरसित कराउँदै भनें, 'ए भाइ, टेबलमा मेरो भोड्का र सेकुवा बाँकी छ । न उठाउनू है । म एक मिनेटमा आइहाल्छु ।'

'हस् दाइ ।' उसले भन्यो ।

त्यसपछि मैले झोला बोकें र फेरि साहूजीसित भनें, 'बाइक त हराउँदैन नि !'

साहू झर्किए, 'हरे, कति डराएको ।'

'हैन, डराएको त छैन । तैपनि, यसो ढुक्क हुन खोजेको नि !'

'तिमी ढुक्क हौ । तिम्रो बाइक कतै जाँदैन ।'

म निस्किएँ । भोड्का र सेकुवाको झोला बोकेर । तर, निस्किएको निस्कियै भएँ । फेरि फर्केर गइनँ । जाँदै गइनँ । मैले छाडेको एक पेग भोड्का र केही टुक्रा सेकुवाको नियति के भयो, थाहा भएन मलाई ।

ooo

त्यो साँझ हामी खुब मात्यौं । मातेपछि म रोएँ र भनें, 'यार, यो सहरले मलाई नटवरलाल पनि बनायो । आज सोझो साहूजीलाई मजाले ठगियो ।'

करार रिन्यु नभएको झोंकमा थियो ऊ । ऊ पनि रोयो र भन्यो, 'यो निर्दयी सहरले हामीलाई हरेक दिन ठग्छ । हामीले आज एक दिन ठगेर यो सहरसित बदला लियौं ।'

उसले यसो भनिसकेपछि मलाई यो ठगी काण्डप्रति खासै ग्लानि भएन । तर, रून भने हामीले छाडेनौं । ऊ प्रेमिकाले प्रेमपत्रको जवाफ नदिएकामा रोयो । म क्लासमा सधैं देखादेख हुने तर बोलिहाल्न नसकेको एक सहपाठी युवतीलाई टाइफाइड भएकामा रोएँ । ऊ कवितासङ्ग्रह निकाल्ने पैसा जम्मा गर्न नसकेकामा रोयो । म *गोरखा एक्सप्रेस* भन्ने पत्रिकामा स्तम्भ लेखन गरेबापत पाएको चालीस रूपैयाँको चेक बैंकमा नसाटिएको कुरा सम्झेर रोएँ ।

मातेपछि लोकेन्द्र शाह र म यसरी धेरै पटक रोएका थियौं ।

OTEL

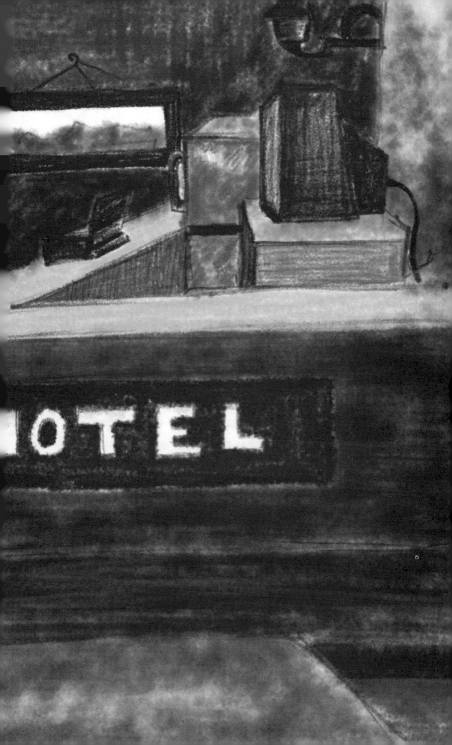

राम्री

'तपाईं कति राम्री हुनुहुन्छ ।'

'हो र ? म राम्री छु र ? हैन होला ।'

'साँच्ची, राम्री हुनुहुन्छ । हिरोइनजस्तै ।'

मैले यस्तो नभन्नुपर्थ्यो ।

०००

म *युगसन्देश* साप्ताहिक पत्रिकाको अतिथि सम्पादक भएको थिएँ । जगदीश नामका महानुभाव त्यसका प्रकाशक थिए । प्रधान सम्पादकमा पनि उनकै नाम रहन्थ्यो । यो सायद २०४५/४६ सालतिरको कुरा हो । लोकेन्द्र र जगदीशजीमा चिनजान थियो । मलाई रोजगारको खाँचो देखेर लोकेन्द्रले त्यहाँ जागिर मिलाइदिएको थियो । महिनाको एक हजार तलब पाउने पक्का भयो । त्यति भए काठमाडौंमा बाँच्न सम्भव हुने भयो । म नेपालगन्जका साथीहरूसित बानेश्वरको कात्यायनी मन्दिरनिर डेरा गरेर बसेको थिएँ । दुइटा कोठाको फ्ल्याट थियो र भाडाबापत मैले २ सय ७५ रूपैयाँ तिर्नु पर्थ्यो । अरू खर्च दामासाहीले बेहोर्नु पर्थ्यो । आठ-नौ सयमा विद्यार्थी स्तरको जीवनयापन गर्न सकिन्थ्यो । कतैबाट अतिरिक्त आम्दानी भयो भनेचाहिँ त्यो पैसा मोजमस्तीमै सिध्याउनुपर्ने नियमजस्तै बनेको थियो । त्यसैले पैसाको समस्या पनि भइरहन्थ्यो, जीवन चली पनि रहन्थ्यो ।

तर, करिब दुई महिना हुन लाग्दा पनि प्रकाशकले पैसा दिने छाँट नदेखाएपछि मलाई झोंक चल्यो र मैले जागिर छाडिदिएँ। यसै पनि प्रत्येक हप्ता आठ पेजको पत्रिका एक्लैले निकाल्नु निकै गाह्रो काम थियो। दैनिक बाह्र घन्टा मैले चिसो छिँडीमा भएको लगनटोलतिरको प्रेसमा बिताउनुपर्थ्यो। म एक्लैले सम्पादकीय र विभिन्न छद्म नाममा लेख पनि लेख्नुपर्थ्यो। कुनै संवाददाता थिएनन्। कहिलेकाहीँ सिन्धुपाल्चोकतिरका विकाश निर्माणबारेमा केही प्रायोजितजस्ता लाग्ने समाचारहरूको टिपोट ल्याएर दिन्थे प्रकाशकले। नत्र त *राससका* बुलेटिनका आधारमा समाचार लेख्दा लेख्दा हत्तु हुन्थें। त्यतिखेर त्यो पत्रिकामा पशुपतिशमशेर राणाको लगानी छ भनेर बजारमा हल्ला थियो। त्यो हल्लामा कति सत्यता थियो, मलाई थाहा थिएन। त्यसको सोधखोज पनि गरिएन।

तलब नदिने प्रकाशकलाई असल मान्छे हुन् भनेर मान्न मेरो मन तयार छैन। तर, त्यो पत्रिकामा काम गर्ने क्रममा मैले एक जना असल मान्छेलाई भेटेको थिएँ। उनी त्यो पत्रिकाको कम्पोजिटर थिए। त्यो पत्रिकाबाहेक कालिकास्थानमा रहेको आदरणीय साहित्यकार मदनमणि दीक्षितको सम्पादनमा निस्कने *समीक्षा* साप्ताहिकमा पनि कम्पोजिटरकै रूपमा काम गर्थे उनी। आर्थिक रूपले कमजोर भए पनि मान्छे मिहिनेती र सरल थिए।

उनी बागबजारतिर श्रीमती र काखे छोरीसहित डेरामा बसेका थिए। म पनि बागबजार आसपासमा डेरा खोजिरहेको थिएँ। क्याम्पस नजिकै थियो र मलाई जनसम्पर्कका लागि पनि बागबजार बढी पायक पर्ने ठाउँ थियो। अन्ततः मेरो आवश्यकताका बारेमा उनले थाहा पाए। मेरा लागि डेरा खोजिदिए। र, म बागबजार सरें।

निर्देशक रमेश बुढाथोकीसित लोकेन्द्रले परिचय गराइदिएको थियो। उनले टेलिफिल्महरूमा पटकथा लेखनको काम दिने भए मलाई। उनले खासै पैसा दिँदैन थिए। तर, त्यतिबेला पटकथा लेखकहरूको कमी थियो। मैले अरू निर्देशकहरूबाट पनि काम पाउँदै गएँ। तिनीहरूसित चाहिँ म राम्रै पैसा लिन्थें।

जीवनयापन खोजेजस्तो सजिलो नभए पनि केही सहज भने हुँदै गएको थियो। बेलाबेलामा पैसा नभएर फिटीफिटी हुन्थ्यो। त्यस्तोमा कम्पोजिटर मित्र काम लाग्थे। उनी मलाई सहर्ष दुई-चार सय रूपैयाँ सापट दिन्थे।

मप्रति त्यसरी सहिष्णुता देखाउने एउटै कारण थियो- म कथा, कविता पनि लेख्थे । मदनमणि दीक्षितजस्तो व्यक्तित्वको नजिकमा रहेर काम गर्दा उनमा पनि साहित्यप्रति आकर्षण बढेको थियो । त्यसबाहेक उनी किताबहरू छापिने अर्को कुनै प्रेसमा पनि काम गर्थे र त्यहाँ काम गरेकाले उनले थुप्रै लेखकलाई चिन्थे । उनी आफैं लेख्दैनथें । तर, लेखकको सम्मान गर्नुपर्छ भन्ने भावना थियो उनीभित्र । आफूले कम्पोज गरेर छापिएका साहित्यिक किताबहरू उनी मलाई ल्याइदिन्थे ।

बिदाको दिन उनी मलाई आफ्नो डेरामा खान पनि बोलाउँथे । कोठामा मासु पकाएको दिन त अवश्य बोलाउँथे । होटलको खाना खाँदाखाँदा दिक्क भएको म, कहिलेकाहीँ घरको खाना खान पाउँदा दङ्ग पर्थें । काठमाडौंमा यसरी आत्मीयता देखाउने मान्छे हतपती कहाँ भेटिन्छन् र ? यस मानेमा मलाई चिट्ठा नै परेको थियो । उनकी जहानले भन्थिन्, 'उहाँले जहिले पनि तपाईंको कुरा गरिरहनुहुन्छ । साह्रै भलादमी हुनुहुन्छ रे तपाईं । लौ, मीत लगाउनुपर्‍यो तपाईंहरूले ।'

एक दिन चियर्स गर्दै ग्लास ठोक्यौं । त्यसपछि एकअर्कासित टाउको ठोक्यौं र मीत लगायौं । यो एउटा ख्यालख्यालमा गरिएको व्यवहार थियो । तर, यसपछि हामीले एकअर्कालाई 'मीता' भन्न थाल्यौं । आत्मीयता न हो । यो सम्बन्धमा कसैलाई केही घाटा थिएन । खेर जाने कुरा केही थिएन ।

त्यसपछि मीताले तातोपानी गएका बेला मलाई सस्तोमा ब्ल्याङ्केट ल्याइदिए । सिन्धुपाल्चोक घर गएर काठमाडौं आउँदा मेरा लागि पनि कोसेली ल्याइदिन्थे । कहिलेकाहीँ मीताहरू मेरो कोठामा आउँथे । मेरो कोठाको दुर्दशा देखेर मीताकी जहानले तुरुन्तै कुचोले बढारेर, ओछ्यानहरू पनि मिलाएर सिनित्त पारिदिन्थिन् । मेरा मैला लुगा पोको पारेर लैजान्थिन् । भोलिपल्ट धोएर ल्याइदिन्थिन् र आत्मीय पाराले भन्थिन्, 'अब यसरी एक्लै बसेर भएन । बिहे गर्नुपर्‍यो ।'

ooo

मीताको एउटा चिया पसल पनि थियो, शङ्करदेव क्याम्पसको कम्पाउन्ड वालको आडमा जस्तापाताले बारेर बनाइएको । त्यो पसल उनकी श्रीमतीले चलाउँथिन् । टेलिभिजनमा कलाकार बन्न सङ्घर्षरत थुप्रै केटाकेटीको चिया

खाने ठाउँ थियो त्यो । उसिनेका अन्डा, पाउरोटी, पफ र दुनोटहरू पनि हुन्थे । चाउचाउ पनि पाइन्थ्यो । पसल चलेकै थियो ।

मीताकी श्रीमती सामान्य रूपरङ्गकी थिइन् । भाउजू भन्थें म उनलाई । मैलो सुतीको धोती र चोलो लगाएर छ-सात महिनाकी छोरीलाई पिठ्यूँमा बोकेर उनी आल्मुनियमले मोरेको टेबलमा स्टोभ बालेर चिया बनाउँथिन् । अन्डा उसिन्थिन् र चाउचाउ पकाउँथिन् । आफैंले गिलास, चम्चा र प्लेटहरू सफा गर्थिन् ।

शनिबार पसल बन्द हुन्थ्यो । त्यसैले प्रायः शनिबार बिहानको खाना मीताहरूकहाँ नै खान्थें । खानाको पैसा लिँदैनथे । त्यसैले म आफैंले कहिलेकाहीँ तरकारी र फलफूल लगिदिन्थें । कुनै कुनै साँझ मासु र बोतल लिएर पनि पुग्थें । भाउजूले मासु भुटिरहँदा हामी मुला या काँक्रोसित पिउन सुरू गरिसक्थ्यौं ।

एक दिन मीताले मसित भने, 'मीता, एउटा ब्ल्याक एन्ड ह्वाइट टेलिभिजन किन्नुपऱ्यो । मलाई छान्न आउँदैन । तपाईंले छानिदिनूस् न ।'

त्यसपछि उनको घरमा टेलिभिजन आयो ।

ooo

टेलिभिजन आएपछि उनकी जहानलाई त्यसको आकर्षणले च्याप्पै समात्यो । उनी अबेर पसल खोल्न थालिन् । बन्द पनि चाँडै गर्न थालिन् । दिउँसो आफूले चिया ख्वाएको कलाकारलाई साँझ टेलिभिजनको पर्दामा अभिनय गरिरहेको देख्दा उनी जिल्लै पर्थिन् । अझ त्यो टेलिफिल्म आफ्नै पसलमा चिया खान आउने निर्देशकले बनाएको भन्ने थाहा पाएर उनी गजबै मान्थिन् । टेलिभिजनको श्यामश्वेत पर्दामा एउटा रङ्गीन दुनियाँको चमकधमक देख्न थालिन् उनले ।

एक दिन हामी खाने-पिउने क्रममा थियौं । मीताकै घरमा । मीताले कुखुराको मासु मीठो पकाएका थिए । भाउजू भने एकनाशले *नेपाल टेलिभिजन*मा टेलिफिल्म हेरिरहेकी थिइन् । टेलिफिल्मकी हिरोइनलाई देखेर उनले भनिन्, 'आहा ! कति राम्री हिरोइन ।'

मैले पनि हेरें । तर, मलाई भने खासै राम्री लागिनन् । मैले भनें, 'भाउजू ! त्योभन्दा त तपाईं नै कति राम्री कति !'

'हो र ? म राम्री छु र ? हैन होला !'

भाउजूले मैले जिस्काएको ठानिन् । तर, मुस्कुराइन् । लज्जा उनको हाँसोमा प्रकट भयो ।

'साँच्ची, राम्री हुनुहुन्छ । हिरोइनजस्तै । बरू, तपाईं पनि टेलिफिल्ममा खेल्नूस् न ।'

मैले ख्यालख्यालमा यो कुरा भनेको थिएँ । मलाई के थाहा, मेरो यही सानो ठट्टाले पछि गम्भीर रूप लिनेछ ।

मेरो कुरा सुनेर भाउजू निकैबेर घोरिएकी थिइन् । कोठामा स्टिलको दराजमा टाँसिएको ठूलो ऐना थियो । दराजमाथिको शो केसबाट कप प्लेट निकाल्ने बहानामा एकछिन उनी ऐनाअगाडि उभिइन् र आफूलाई गहिरोसित नियालिन् । भाउजूलाई सायद पहिलोपल्ट आफू पनि राम्री छु भन्ने बोध भएको थियो ।

०००

फुर्सदको कुनै दिन थियो त्यो ।

बिहान अबेरसम्म सुतेर अल्छी भएको थिएँ म । उठेर हातमुख धोएर भाउजूको चिया पसलतिर लागें । शनिबार त थिएन । तर, चिया पसल बन्द थियो । फर्केर आएँ । भोलिपल्ट फेरि गएँ । त्यो दिन भने अठार-बीस वर्षकी केटीले चिया पकाइरहेकी थिई । उसलाई मैले पहिलो पटक त्यहाँ देखेको थिएँ । भाउजूले पसलमा काम गर्न राखेकी रहिछन् उसलाई । ऊसित सोधें, 'भाउजू खै त ?'

'सुटिङमा जानुभाको छ ।'

उसको जवाफ सुनेर म त जिल्लै परें । पछि थाहा भयो, भाउजू त पसलै छाडेर एउटा टेलिफिल्ममा अनुहारमात्र झुलुक्क देखिने भूमिकामा अभिनय गर्न पो गएकी रहिछन् ।

त्यसपछि भाउजू चिया पसलमा साँझतिर पैसाको हिसाबकिताब गर्नमात्र आउन थालिन् । दिनहुँजसो टेलिफिल्म बनिरहेका थिए र उनी नायिकाको पछाडि उभिने, पसलमा किनमेल गरिरहेको देखिने, पँधेरामा पानी भरिरहेका महिलाहरूबीच उभिनेजस्ता संवादविहीन भूमिकामा अभिनय गर्न थालिन् । राति टेलिभिजन हेर्न बस्दा 'आयो आयो' भन्दाभन्दै उनको भूमिका गइसक्थ्यो । श्रीमतीले चिया पसल चलाइदिएर मीतालाई घरखर्च चलाउन सहज भएको थियो । तर, अब भाउजूले चिया पसल चलाउन सक्ने स्थिति रहेन । एक

दिन साँझ खाना खाने बेलामा मुखै फोरेर भनिन्, 'अब त बाटाघाटामा पनि कलाकार भनेर मलाई चिन्न थाले । चिया पसल चलाएर त के बस्नू ! बेजत हुन्छ ।'

यसरी नाफामा चलिरहेको एउटा व्यस्त चिया पसल एकाएक बन्द भयो ।

०००

'त्यस्तो जाबो अनुहारमात्र झुलुक्क देखाउने रोलमा खेलेर के फाइदा !,' मीताले एक दिन असन्तुष्टि प्रकट गरे । मैले पनि भनें, 'कहिलेसम्म अनुहारमात्र देखाउने भाउजूले ? निर्देशकको चाकडी गरेर भए पनि डायलग भएको रोलमा खेल्नुपर्‍यो ।'

यसपछि भाउजूमा ईख जागृत भयो ।

पुतलीसडकमै एक जना निर्देशक बस्थे । उनी त्यसपछि संवादसहितको भूमिकाका लागि एकाबिहानै निर्देशककहाँ धाउन थालिन् । निकै धाएपछि एउटा टेलिफिल्ममा सानो संवादसहितको भूमिका पनि पाइन् । पछि थाहा भयो, त्यसबापत उनले निर्देशकको एक महिनाको कोठाभाडा नै तिरिदिएकी रहिछन् ।

उनको लबज, हिँडाइ र पहिरन सबै गाउँले पाराको थियो । त्यसैले उनलाई गाउँले विषयवस्तुमा आधारित टेलिफिल्ममा ससानो भूमिकामा अभिनय गर्ने मौकामात्र मिलेको थियो ।

०००

एक दिन गजब घटना भयो ।

भाउजू साँझतिर रूँदै एक्कासि मेरो कोठाको ढोका ढकढक्याउन आइपुगिन् । मैले ढोका खोलें । उनी भेस्ट र पाइन्ट लगाएर ढोकाअगाडि उभिएकी थिइन् । यस्तो लुगामा मैले पहिलोपल्ट उनलाई देखेको थिएँ । नत्र प्रायः धोती या सुरूवाल-कुर्थामै हुन्थिन् उनी ।

उनी एकदमै अत्ताल्लिएकी थिइन् । कपाल कसैले जगल्ट्याएजस्तै देखिन्थ्यो । उनी हत्तपत्त मेरो कोठामा पसिन् । लगत्तै हातमा बडेमानको लट्ठी लिएर श्रीमतीलाई खोज्दै मीता पनि मकहाँ आइपुगे । उनले श्रीमतीलाई घरमै मज्जाले भुत्ल्याइसकेका रहेछन् । भकुरेका पनि रहेछन् । मीताको पिटाइबाट जोगिन भाउजू मेरो शरणमा आएकी रहिछन् । मीता रक्सीले

मातेका थिएनन् । तर, उनका आँखा रिसले राता भएका थिए । उनी पनि मेरो कोठामा पसेर श्रीमतीमाथि झम्टिन खोजे । मैले रोकें ।

मैले यो सबै कसरी र किन भयो भन्ने नै बुझ्न सकेको थिइनँ । मीतालाई हलचल गर्न नमिल्ने गरी च्याप्प समातें । कुर्सीमा बसाएँ र घटनाबारे सोधपुछ गरें ।

मीताले भने, 'हाम्रो परिवारमा कोही आइमाईले पनि यस्तो लुगा लाउँदैनन् । उत्ताउलिएर आज यसले टिसर्ट र पाइन्ट लगाई । कुलकै बेइज्जत गरी । यसलाई त म छाड्दिन आज ।'

तर, मैले जसोतसो जोगाएँ भाउजूलाई । पछि थाहा पाएँ, टिसर्ट र पाइन्ट लगाएपछि टेलिफिल्ममा सहरिया केटीको राम्रो भूमिका पाइन्छ भनेर भाउजूले आफ्नो पंहिरन परिवर्तन गर्न लागेकी रहिछन् । मीता पाइन्ट लगाएको मन नपराउने, भाउजूलाई नलगाई नहुने । लोग्ने-स्वास्नीमा कुरा मिल्न छाड्यो ।

सुटिङ भन्दै एक वर्ष पनि नपुगेकी छोरीलाई घरमा छाड्दै बेपत्ता हुन थालेपछि मीता र भाउजूको दिनदिनै झगडा हुन थाल्यो । त्यसपछि उनीहरूकहाँ मेरो जाने क्रम पनि कम भयो । उनीहरूले पनि बोलाउन छाडे । एक-दुई पटक नबोलाए पनि गएँ । तर, जहिले जाँदा पनि बूढाबूढीको कि त झगडा भइरहेको हुन्थ्यो कि त बोलचाल बन्द भएको हुन्थ्यो ।

त्यसपछि मैले ठ्याम्मै जान छाडें । मीताले पनि वास्ता गर्न छाडे ।

ooo

नियमित भेटघाट हुन छाडेपछि मीतासित सम्बन्ध टुटेजस्तै भयो । महानगर न हो काठमाडौं, मतलब राखिएन भने छेउकै कोठाको मान्छेसित पनि महिनौं चिनजान र भेटघाट हुँदैन । मीताहरूसित पनि त्यस्तै भयो । महिनौं भेट भएन । भाउजूलाई भने विभिन्न टेलिफिल्ममा आक्कलझुक्कल देखिरहन्थें । बिस्तारै टेलिफिल्ममा उनको भूमिका फेरिँदै थियो र त्यससँगै उनको व्यक्तित्व पनि फेरिँदै थियो । उनको रूपरङ्गमा निखार आउँदै थियो । लबज, पहिरन र हाउभाउ सबै फेरिँदै थिए ।

करिब वर्ष दिनपछि मीतासित अचानक पुतलीसडकमा भेट भयो । सुकिलो र चिटिक्क परेर हिंड्ने मीता रोगीजस्ता देखिएका थिए । लुगा पनि

मैला थिए । मलाई देखेर खुसी भएनन् उनी । तैपनि, मैले सोधें, 'मीता के भयो तपाईंलाई ? सन्चो भएन ?'

'सन्चै छु,' उनले सङ्क्षिप्त जवाफ दिए ।

'भाउजूको हालचाल के छ ?' उनले बोल्न नचाहे पनि मैले फेरि सोधें ।

'त्यो राँडी अब कहाँ मसित बस्छे र ! म उसलाई सुहाइन रे ! उसको लायक भइनँ रे ! बागबजारमा ठूलो घर भएको एउटा साहूसित सल्किएकी रहिछ । त्यसको स्वास्नी मरिसकेकी रहिछ । छोराहरू पनि विदेशमा रहेछन् । अहिले त्यसैसित बस्छे । छोरी पनि उसैसित छे । साहूले सिनेमा बनाएर उसलाई हिरोइनमा खेलाउने भएको छ रे !'

म जिल्ल परें । निराश पनि भएँ । केही बोल्नै सकिनँ । मीता नै बोले, 'हिरोइन बन्ने उसको रहरले मेरो त गृहस्थी नै उजाडियो ।'

उनी तुरुक्कै रोए । मैले त 'मीता, नरुनूस्' पनि भन्न सकिनँ ।

एकछिनपछि उनी आफैंले आँसु पुछे र भने, 'तपाईंलाई त मैले आफन्त ठानेको थिएँ । मीत पनि लगाएँ । सधैं भलो नै चिताएँ तपाईंको । तर, तपाईंले गर्दा नै मेरो गृहस्थी बर्बाद भयो । तपाईंले नै भाउजू त हिरोइनजस्ती राम्री हुनुहुन्छ भनेर उसको मति बिगारी दिनुभयो । टेलिफिल्म खेल्नू, निर्देशकको चाकडी गर्नू भनेर सिकाउनुभयो । तपाईंले त्यति नभनिदिएको भए उसको मन बरालिने थिएन । तपाईंले उसलाई अनावश्यक सपना देखाइदिएर मेरो पो जिन्दगी बर्बाद गरिदिनुभयो । साहित्यकार ठानेर भर परेको थिएँ । तपाईं त फिलिम लाइनको मान्छे भइसक्नु भएको रहेछ । तपाईंलाई मैले बागबजारमा डेरा खोजिदिनु र आफन्तजस्तो ठानेर घरमा लैजानु नै मेरो गल्ती भयो । ठूलो गल्ती भयो ।'

यति भनेर उनी मेरो मुखै नहेरी गए । म मुढोझैं ठिङ्ग उभिइरहें ।

कमिज

सुनेको थिएँ, महाकवि देवकोटाले कति पटक आफूले लगाइरहेको कोट गरिबलाई दिएका थिए रे !

ऊ पनि कवि नै हो । त्यसैले मलाई विश्वास भयो, अब उसले पनि त्यसै गर्छ र आफ्ना लागि आजैमात्र किनेको महँगो कमिज कोठामा आएको गरिब वेटर केटोलाई नै दिन्छ ।

०००

म काठमाडौंमा आएको केही समयपछि ऊसित परिचय भएको थियो । न्युरोडको पीपलबोटमुनि ऊसित मेरो पहिलो भेट भएको हुनुपर्छ । दुब्लो-पातलो थियो । तर, गाला रसिला थिए, आवाजमा ओज थियो र विचारले स्पष्ट थियो । केहीअघि उसलाई जन्डिस भएको रहेछ, त्यसैले म र लोकेन्द्र बागबजारका गल्लीमा रातो रङ्गको लोकल रक्सी र छोइला-कचिला खाइरहँदा ऊ चिया पिएर बस्थ्यो । ऊ हामीलाई रक्सी धेरै नखान सल्लाह दिन्थ्यो, हामी मान्दैनथ्यौं । मातेर लोकेन्द्र धोबीधारा जान्थ्यो । मातेरै म बागबजारबाट टुकुचा जाने बाटोको चिसो डेरामा फर्कन्थें । ऊ भने बानेश्वरतिर बस्ने आफ्नो फिल्म निर्माता काकाको घरतिर लाग्थ्यो ।

ऊ सुन्दर कविता लेख्थ्यो । विचारले खाँटी काङ्ग्रेसी थियो । किशोर अवस्थादेखि नै ऊ बीपी कोइरालाको सङ्गतमा पनि पुगेको थियो । मैले भेट्दाताका ऊ गिरिजाप्रसाद कोइरालाको विश्वासपात्र भइसकेको थियो । कहिलेकाहीँ गिरिजाप्रसादकै भान्सामा ऊ खाना खान्थ्यो ।

२०४६ सालको जनआन्दोलन सुरू हुने तरखरमा थियो । गणेशमान सिंहको चाक्सीबारीको घरमा भारतीय नेता चन्द्रशेखर आएर आन्दोलन गर्ने प्रेरणा दिइसकेका थिए । हामी केही लेखक मैतीदेवीमा कवि तथा नाटककार अशेष मल्लको घरमा भेला भएका थियौं । त्यो भेलामा गिरिजाप्रसाद कोइरालालाई ल्याउने जिम्मा उसैलाई थियो ।

निर्धारित समयमा उसैले लिएर आयो गिरिजाप्रसाद कोइरालालाई । उनले हामी लेखक-कविहरूलाई आ-आफ्नो ठाउँबाट सहयोग गर्न आग्रह गरे । त्यहाँ भेला भएका प्रत्येकले आन्दोलनको मर्म र उद्देश्यसित मिल्ने एक-एकवटा कविता लेख्ने र त्यसलाई *वसन्तको खोजीमा* शीर्षक राखेर सङ्ग्रहका रूपमा प्रकाशित गर्ने निर्णय भयो । त्यसका लागि सबैले दुई-दुई सयका दरले सहयोग पनि गर्नुपर्ने भयो । सायद किशोर पहाडीले त्यो किताबलाई प्रेससम्म पुऱ्याउने जिम्मा लिनुभएको थियो । म विद्यार्थी नै थिएँ । कमाइको ठोस आधार थिएन । त्यसैले मैले दुई सय रूपैयाँ दिन सकिनँ । कविता भने मेरो पनि छापियो । तर, त्यो सङ्ग्रह बजारमा आउन पाएन । सायद प्रतिबन्धित भयो । त्यो सङ्ग्रह हाम्रो राजनीतिक प्रतिबद्धताको एउटा दस्तावेज त भयो तर जुन आकाङ्क्षा राखेर हामीले कविता लेखेका थियौं, त्यसलाई हाम्रो राजनीतिले आजका मितिसम्म पनि पूरा गरेन ।

मलाई विश्वास छ, उसका सपनाहरू पनि पूरा भएनन् ।

ooo

जनआन्दोलनमा कतिपय जुलुसमा हामी सँगै हिँड्यौं । हामीलाई जुलुसका लागि टाढा गइरहनुपर्दैनथ्यो । बागबजारमा मेरो डेरा थियो । धोबीधाराबाट बागबजारतिरै लोकेन्द्रले पनि डेरा सारेको थियो । आन्दोलन रत्नपार्क, बागबजार, पुतलीसडकतिरै बढ्ता चर्किरहेको हुन्थ्यो । हामी जान्थ्यौं, सहभागी हुन्थ्यौं, टियर ग्यास खाएर आँखा मिच्दै भाग्थ्यौं र साँझ कुनै भट्टीमा बसेर लोकल ठर्रा खान्थ्यौं ।

प्रजातन्त्र आयो । कसका लागि आयो, थाहा भएन त्यतिबेला हामीलाई । तर, हामीले हाम्रै लागि आएको भन्ने ठान्यौं र विजय जुलुसमा सहभागी भयौं । टुँडिखेलमा गएर नेताका भाषणहरू सुन्यौं । ठूलठूला सपना देख्यौं । देश स्वीट्जरल्यान्ड भएको कल्पना पनि गऱ्यौं ।

त्यसकै केही समयपछि हुनुपर्छ लोकेन्द्र र म फेरि सन्ध्याकालीन क्रान्तिका लागि भट्टीतिर लाग्यौं । साँझ भट्टीमा पुगेर रक्सी खानुलाई हामीले सन्ध्याकालीन क्रान्तिको संज्ञा दिएका थियौं । लोकेन्द्र *नेपाल टेलिभिजन*मा काम गर्थ्यो । त्यो दिन उसको बिदा थियो । हामी भट्टीमा पुग्दा ऊ हामीभन्दा अगाडि नै पुगिसकेको रहेछ । हामी छक्कै पऱ्यौं । ऊ त पहिले नै रक्सी खाएर मातिसकेको रहेछ । त्यो दिन उसले कति रक्सी खायो, थाहा छैन । त्यसपछिका दिनमा उसलाई कमैमात्र नमातेको देखें मैले । बिहान या दिउँसो भेट्दा सामान्य भए पनि साँझ ऊ असामान्य भइसकेको हुन्थ्यो । एउटा मिलनसार मनुवा रक्सी खाएपछि उग्र जनावर भइदिन्थ्यो । सम्हाली नसक्नुहुन्थ्यो ।

एक दिन ध्रुवचन्द्र गौतम, म र अरू पनि केही लेखक मेची आमाको होटलमा बसेका थियौं । खोइ, कुन विषयमा बहस भयो कुन्नि, अचानक उसले ध्रुव दाइको प्लेटमा आफ्नो सारा रक्सी खन्याइदियो । जसोतसो केहीबेरमा विवाद मिलायौं । उसले आफ्नो अशिष्टताका लागि माफी माग्यो । ध्रुव दाइको प्लेटमा पोखेको रक्सी फेरि आफ्नो ग्लासमा खन्यायो र तनतनी पिइदियो । ऊ कहिलेकाहीँ भातमा पनि रक्सी मुछेर खान्थ्यो । हामी कहिलेकाहीँ तोङ्गबा खान बस्दा ऊ तोङ्गबामा रक्सी मिसाएर पिउँथ्यो ।

एउटा साथी हेर्दाहेर्दै जँड्याहा भएर निस्केको थियो र हामी चिन्तित थियौं । त्यसपछि दिनहुँजसो भेटिने साथी कहिलेकाहीँमात्र भेटिन थाल्यो । म पनि ऊबाट तर्किन थाल्थें ।

ooo

केही वर्षपछि ।

म सपरिवार पुरानो बानेश्वरमा बस्थें । अचानक एक दिन ऊ मेरो डेरामा आयो । भन्यो, 'अब साथीहरूले मेरो चिन्ता लिनै पर्दैन । मैले रक्सी छाडिसकें । कविताको कसम ।'

व्यक्ति जेजस्तो भए पनि कविका रूपमा ऊ असल थियो । राजनीतिक लेख पनि राम्रो लेख्थ्यो । भाषा राम्रो थियो । कवितावाचन शैली पनि राम्रो थियो ।

उसको प्रिय विधा कविता थियो । कविताकै कसम खाएपछि मैले उसको कुरा पत्याएको थिएँ ।

एकछिनपछि उसले भन्यो, 'आफूले रक्सी खान त छोडें । तर, आज म तपाईंहरूलाई ख्वाउँछु ।' अनि, मलगायत केही अरू लेखक-कविहरूलाई नयाँ बानेश्वरको लक्ष्मी दिदीको पसलमा लग्यो । हामी माथिल्लो तलाको एउटा कोठामा बस्यौं । उसले हामीलाई राम्रै सत्कार गर्‍यो । हामीले खाइरहँदा ऊ छिनछिनमा पिसाब आयो भनेर बाहिर निस्कन्थ्यो । ट्वाइलेट पस्थ्यो र फर्कन्थ्यो । बिस्तारै उसका खुट्टा लर्बराउन थाले । केहीबेरअघिसम्मको मिलनसार ऊ अब भने छिनछिनमा हामीसित झगडा गर्ने, निहुँ खोज्ने गर्न थाल्यो । एकछिनपछि ट्वाइलेटबाट एक लेखक फर्किए र भने, 'यसले त ट्वाइलेटको फ्लसमा रक्सीको बोतल लुकाएर राखेको रहेछ । पिसाब फेर्न जाने बहानामा त्यहीँ रक्सी खाएर आउँदो रहेछ ।'

त्यो दिन पनि हामी हल्का मातुन्जेल ऊ मजाले ढलिसकेको थियो । हामीलाई उसैले ख्वाउँछु भनेर ल्याएको थियो । हामीसित पर्याप्त पैसा पनि थिएन । हामीमध्ये कसैले बेहोस भएर ढलेको उसको पाइन्टको पछिल्लो खल्तीबाट पर्स झिक्यौं । के हुन्थ्यो पैसा ! अन्ततः हामीले दामासाहीले पैसा उठायौं र जसोतसो होटलको पैसा तिर्‍यौं ।

त्यसपछि पनि ऊ बेलाबेला मेरो डेरामा आउँथ्यो । प्रायः बिहान आउँथ्यो र भन्थ्यो, 'खाना खाएर जान्छु ।'

ऊ आउँदा उसको मुखबाट साँझ पिएको ठर्राको नमीठो गन्ध आइरहेकै हुन्थ्यो । ऊ मकहाँ बसुन्जेल छिनछिनमा ट्वाइलेट गैरहन्थ्यो । पेट ठीक हुँदैन्थ्यो उसको कहिल्यै । खाएको पच्दैन्थ्यो । खाना खान त बस्थ्यो तर तीन चौथाइ खाना फालेर उठथ्यो । उसको यस्तो ताल देखेर मेरी श्रीमती दिक्क हुन्थिन् । खाना यसरी खेर फालेको मलाई पनि मन पर्दैन्थ्यो । तर, मैले त जीवनमा कुनै बेला उसको प्रिय रूप पनि देखिसकेको थिएँ । त्यसैले मलाई ऊप्रति स्नेह थियो । त्यसैले पनि म उसलाई 'मेरो डेरामा नआउनूस्, खाना नखानूस्' भन्न पनि सक्दैन्थें । साँझ पख कतै बाटोघाटोमा भेटिंदा भने म तर्किन्थें । कहिलेकाहीँ उसले भेटिहाल्थ्यो र मेरो पाखुरा समातेर

भन्थ्यो, 'तपाईं खत्तम मान्छे । तपाईंको चर्तिकला भाउजूलाई भन्दिऊँ ? कोकोसित लागेको भनेर पोल खोलिदिऊँ ?'

उफ् ! ऊसित जोगिन कति गाह्रो हुन्थ्यो मलाई !

०००

फेरि केही महिना भेट भएन ऊसित । पछि थाहा पाएँ । जन्डिस बिग्रेर निकै लामो समयसम्म अस्पतालमा बसेको रहेछ । काठमाडौंकै कुनै अस्पतालमा लामो समयसम्म जीवनमृत्युको दोसाँधमा परेको रहेछ । तर, यो कुरा हामी साथीहरूलाई भने थाहै भएन । जसले थाहा पाए, तिनले कसैलाई भनिदिएनन् । किनभने, ऊ अब सबैका लागि असहज र उल्लेख गर्नु नपर्ने व्यक्ति भइसकेको थियो ।

लामो बिरामीपछि ऊ जसोतसो उब्रियो र एक दिन फेरि मेरो डेरामा आयो ।

'मैले रक्सी छाडें नि ! अब त खाइस् कि मर्छस् भनेर डाक्टरले भनेको छ । आफूलाई त बाँच्न मन छ यार ! त्यसैले कति महिना भयो रक्सी सुँघेको पनि छैन ।'

त्यो दिन ऊ सहज पनि थियो । खाना फालेन । ट्वाइलेट पनि धेरै गएन । उसले रक्सी छाडेकै रहेछ । तर, उसको लुगा भने मैलो थियो । कमिज काखीतिर उध्रिएको थियो । पाइन्टको रङ्ग खुइलिइसकेको थियो । मैले सोधें, 'टिपटप परेर हिंड्नुहुन्थ्यो पहिले । अहिले चाहिँ यस्तो गति किन नि ?'

'बिरामी परेपछि लामो समय झापा गएर बसें । केही दिन भयो आएको । डेरा भेटेको छैन । होटलमा बसिरहेको छु । झापाबाट आउँदा चाँडै फर्किन्छु भन्ने लागेको थियो । त्यसैले लुगा एक-दुई जोरमात्र ल्याएँ । आज नयाँ लुगा किन्छु । तपाईंले छानिदिनुपर्छ ।'

तर, ऊसित पैसा थिएन । उसले मलाई चण्डोल लग्यो । त्यहाँ ऊ नरहरि आचार्यको घरमा पस्यो । सायद कुनै पारिवारिक चिनजान पो थियो कि, नरहरि दाइ र शारदा दिदीले बडो आत्मीय ढङ्गले कुरा गर्नुभयो ऊसित । बडो आत्मविश्वासका साथ उहाँहरूसित साहित्य र राजनीतिका

बारेमा कुरा गऱ्यो उसले । छुट्टिने बेलामा नरहरि दाइले केही हजार रूपैयाँ उसलाई दिनुभयो ।

पैसा लिएर ऊ निस्कियो । हामी न्युरोड गयौं । मैले उसका लागि दुईवटा कमिज छानिदिएँ । पाइन्टचाहिँ किनेन उसले ।

'दुइटा कमिज भयो भने पुग्छ । पाइन्ट त अर्को पनि छ मसित । केही दिनमा झापा गइहाल्छु । घरमा टन्नै लुगा छ ।'

त्यसपछि उसले मलाई बागबजार लग्यो । त्यहीँ गल्लीभित्रको लजमा बसेको रहेछ ऊ । तल्लो तलामा होटल र माथिल्लो तल्लामा लज थियो । तल खान्थ्यो, माथि सुत्थ्यो । कोठामा पस्नुअघि नै उसले दुई प्लेट मःमको अर्डर दियो ।

ooo

मःम लिएर एउटा युवक आयो । मैलो न मैलो लुगा लगाएको थियो उसले । मःमलाई कोठाको कुनामा रहेको एउटा सानो टेबलमा राखेर जान लागेको थियो ऊ । साथीले रोकिहाल्यो, 'पख्, तँसित काम छ मेरो ।'

युवक रोकियो ।

'किन यति मैलो लुगा लगाएको ?' उसले वेटरसित सोध्यो ।

'सर, आफ्नो त लुगा भनेकै यत्ति हो । धोयो भने के लगाउनू ? त्यसैले यस्तो मैलो भएको,' केटोले बडो दयनीय आवाजमा भन्यो ।

'साह्रै मन दुख्ने कुरा गरिस् केटा,' साथीले भन्यो ।

'म जाऊँ सर तल ? नत्र साहू कराउँछ,' केटोले अनुमति माग्यो ।

'साहूसित डराएर पनि हुन्छ ? जिन्दगी डराएर बिताउने होइन केटा । जिन्दगीसित त लड्नुपर्छ ।' कवि न हो साथी । कविता भनेझैं सम्झायो वेटर केटोलाई ।

त्यसपछि साथीले आफूसँग भएको नयाँ लुगाको झोला खोल्यो । त्यसमध्येबाट एउटा सर्ट झिक्यो र वेटरतिर बढायो । वेटर जिल्ल पऱ्यो । मैले कुरो बुझिहालें, वेटरको दुर्दशा देखेर मेरो साथीको कवि हृदय द्रवीभूत भयो ।

'ल, एकचोटि यो कमिज लगाई हेर् त,' साथीले भन्यो । वेटर अलमलियो । कहिले कमिजतिर र कहिले साथीतिर हेऱ्यो । मतिर पनि

हेऱ्यो । मचाहिँ दुवैतिर पालैपालो हेरिरहेको थिएँ । मैले केही बोल्ने स्थिति पनि थिएन ।

'साँच्ची लगाऊँ त, सर ?' वेटरले फेरि सोध्यो ।

'अनि, मैले तँलाई सुँघ्न दिएको हो त ? लगाउनै दिएको हो नि !'

वेटरले आफ्नो कमिज फुकाल्यो । भित्र गन्जी पनि रहेछ । त्यो पनि त्यत्तिकै मैलो । जनै लगाएको थियो । लाग्थ्यो, जनै हैन, कुनै तान्त्रिकले दिएको कालो धागो बेरेको हो । म अझै अलमलमै थिएँ । खुसी हुनु कि दुःखी हुनु भन्ने दोधारमै थिएँ । खुसी होऊँ भने भर्खर किनेको कमिज उसले वेटरलाई सित्तैँमा दिँदै थियो । दुःखी होऊँ भने एउटा कवि हृदयको व्यक्तिले एउटा गरिब र असहायलाई सहयोग गरिरहेको थियो ।

वेटरले अनुहार उज्यालो बनायो र नयाँ कमिज लगायो । घाँटीसम्मकै टाँक पनि लगायो । साथीले आफ्ना लागि किनेको कमिज वेटरलाई पनि ठीक्क मिलेको थियो ।

'ल अब यता हेर् त ।'

साथीले वेटर केटालाई आफूतिर हेर्न लगायो । केटो आज्ञाकारी बालकझैं फर्कियो । साथीले गहिरिएर हेऱ्यो उसलाई ।

'अब दायाँ फर्की त !'

वेटर केटो दायाँ फर्कियो । साथीले फेरि उसरी नै गहिरिएर कमिजतिर हेऱ्यो ।

'अब बायाँ फर्की त !'

वेटर फर्कियो । साथीले फेरि लुगा मिल्यो-मिलेन भनेर हेऱ्यो ।

'अब पछाडि फर्की ।'

वेटर हामीतिर ढाड फर्काएर उभियो । साथीले उसै गरी गहिरिएर हेऱ्यो ।

'यसो दुवै हात माथि लैजा त,' वेटर केटोले स्कुलमा पिटी खेलेझैं हात उचाल्यो ।

'अब दुवै हात कम्मरमा राख् त ।'

यो फर्काउने, फर्किने र हात तलमाथि गर्ने-गराउने प्रक्रिया केहीबेरसम्मै चल्यो । म रमिता हेरिरहेको थिएँ । करिब आठ सय रूपैयाँ परेको एउटा

कमिज साथीले गरिबलाई सित्तैंमा दिंदै थियो र म त्यसको साक्षी बस्दै थिएँ। सायद सत्कार्य नै थियो यो। त्यसैले म मौन थिएँ।

तर, त्यसपछि भने साथीले अचम्मैको कुरा गऱ्यो।

'फुकाल् कमिज। तँलाई सुहाउँछ भने मलाई पनि सुहाउँछ। जे होस्, कमिज राम्रै किनिएछ।'

अब भने म जिल्ल परें। वेटरको अनुहार अँध्यारो भयो। यतिन्जेल ऊ यो कमिज आफूले नै पाउँछु भन्ने कुरामा विश्वस्त भइसकेको थियो। तर, मेरो कवि साथीको अन्तिम संवादले उसको सपना छताछुल्ल भयो। एक पाथी अमिलो न अमिलो चूक खाएझैं उसले आफ्नो अनुहार बिरूप बनायो र बिस्तारै गर्धनदेखिका कमिजका टाँक फुकाल्न थाल्यो।

कमिज उसले कविकै हातमा राखिदियो। बिस्तारै आधाजसो टाँक चुँडिएको आफ्नो त्यही मयल कटकटिएको कमिज उठायो र भारी मनले लगायो।

'चिसो मःम मीठो हुन्न।'

कविजीले मःमको प्लेट उठाए र पहिलो डल्ला मुखमा हुले। मैले पनि प्लेट हातमा लिएँ। वेटर चुपचाप कोठाबाट गयो।

हामी चुपचाप मःम खाँदै थियौं र कविजीका दुवै नयाँ कमिज ओछ्यानमा असरल्ल पसारिएका थिए।

मःमको प्लेट खाटमुनि राख्न यसो निहुरिएको मात्र के थिएँ, मैले देखें, खाटमुनि रक्सीका दर्जनौं खाली बोतल लडेका छन्।

धराप

'म भोलि तिम्रो पैसा ल्याइदिन्छु ।'

'भइहाल्यो, पर्दैन । कामै नगरी पैसा लिन मेरो नैतिकताले मानेन ।'

त्यसभन्दा बढ्ता केही भनिनन् उनले । सरासर गइन् । मतिर फर्केर पनि हेरिनन् । बरू, मैले नै उनी गएतिर धेरै बेरसम्म हेरिरहें । हावा चलिरहेको थियो । शङ्करदेव क्याम्पस परिसरका रूखका पात मज्जाले हल्लिरहेका थिए । त्यही हावामा तैरिरहेको थियो मेरो, साथीको र उसको नैतिकता । एउटा विशाल प्रश्न बनेर ।

मलाई मेरो साथीले त्यसरी धरापमा नपारिदिएको भए यो प्रश्न यसरी यातना भएर मेराअगाडि उपस्थित हुने थिएन ।

०००

पहिलोपल्ट अमेरिकाबाट ऊ पिताको मृत्युमा आएको थियो । तीन-चार वर्ष भइसकेको थियो ऊ अमेरिका गएको । तर, पिताको मृत्युमा गाई दान गर्ने पैसा पनि थिएन ऊसित । मसित भेटिँदा लामो सास फेरेर भनेको थियो, 'अमेरिका बस्दैमा कहाँ पैसा हुन्छ र ! श्रीमती बिरामी भइरहन्छिन् । काममा जान सक्दिनन् । म एउटाको कमाइले अपार्टमेन्टको पैसा र अरू महिनावारी खर्च धान्न पनि गाह्रो हुन्छ । क्रेडिट कार्डको लिमिट पनि नाघिसक्यो । म त अमेरिकामा पनि ऋणमा छु यार ।'

आफ्नो उमेर मिल्ने श्रीमतीलाई बिहे गरेको एक-डेढ वर्षमै छाडेर उसले आफूभन्दा निकै जेठी एकल महिलासित विवाह गरेको थियो । विवाह पनि के भन्नू ! बस्, सँगै बस्न थालेका थिए र अनमेल सम्बन्धका सारा समस्यासित जुझिरहेका थिए । पारिवारिक रूपमा ऊ सबैबाट बहिष्कृतजस्तै भएको थियो । मसितको भेटमा ऊ पटक-पटक आफूले दोस्रो विवाह गरेर गल्ती गरेको कुरा भन्थ्यो । तर, अब त्यो गल्ती सच्याउन सक्ने स्थिति थिएन ।

कसोकसो अमेरिका जाने मौका पाए उनीहरूले र नेपालबाट पलायन भए ।

०००

बाबुको काजकिरियामा आएको निकै वर्षपछि ऊ फेरि नेपाल आयो । काठमाडौंमा बैनीको डेरामा बस्यो । यस पटक उसले केही रकम जोगाएर ल्याएको थियो । मसित भेटमा भन्यो, 'यार, तिमीलाई सबै कुरा थाहा छ । तिमीसित के कुरा लुकाउनू । स्वास्नी बूढी भई । उसित शारीरिक सम्बन्ध बडो कष्टकर हुन थाल्यो । म त एकदम पीडित भएँ । अमेरिकामा पैसा तिरेर कलगर्लहरूसित शारीरिक सम्बन्ध राख्न हामी नेपालीको कमाइले भ्याउँदैन । यस पटक केही पैसा जोगाएर ल्याएको छु । मोज गर्नुपर्छ यहाँ ।'

उसको यौन कुण्ठा अनुहारमा झल्किरहेको थियो । अनमेल सम्बन्धको दलदलमा भास्सिएपछिका सारा पीडा उसको व्यक्तित्वमा समाहित भएका थिए । ऊ तरोताजा देखिएको थिएन । जीवनका सबै उत्साह समाप्त भएझैं ऊ निराशाका कुरा नै गरिरहन्थ्यो । भन्थ्यो, 'मेरो त अमेरिकामा पनि साथी छैनन् । काम गर्ने ठाउँमा पनि सबैसित झगडा भैरहन्छ ।'

साथी कसरी हुन्थ्यो ! घरमा आमाकी उमेरकी श्रीमती थिइन् र यो कुरा ऊ त्यहाँ पनि सबैबाट गोप्य राख्न चाहन्थ्यो । त्यसैले कसैलाई आफ्नो घरमा ल्याउँदैनथ्यो र श्रीमतीलाई लिएर कसैकहाँ जाँदैनथ्यो पनि ।

एक दिन मलाई भन्यो, 'भोलि दिनभरिका लागि एउटी केटी खोजी देऊ ।'

नगरकोटमा होटल चलाएर बसेका एक जना मित्रका बारेमा अर्का मित्रले भनेका थिए, 'ऊसित दर्जनौं केटी सम्पर्कमा छन् ।'

अनि, मैले नै नगरकोटका मित्रलाई फोन गरें । अमेरिकाबाट फर्किएका मित्रको आवश्यकताका बारेमा पनि लाजै पचाएर भनिदिएँ । उनी हाँसे र एउटा टेलिफोन नम्बर दिए ।

ooo

फोनमा कुरा भयो । भोलिपल्टका लागि भेट्ने समय पनि निर्धारित भयो । सोधिन्, 'साडी लगाएर आऊँ कि सुरूवाल-कुर्था ? कि पाइन्ट लगाएर आऊँ ?'

'तिमीलाई जे सजिलो लाग्छ, त्यही लगाएर आऊ ।'

'उसो भए म भोलि साडी लगाएर आउँछु । काम सकेर फर्कंदा साथीको बिहेमा जानु छ । त्यसैले साडी लगाएर आएँ भने मलाई फेरि लुगा फेर्न डेरामा आइरहनुपर्दैन ।'

त्यसमा मलाई आपत्ति हुने कुरै केही थिएन । मैले मानें । उनले फेरि भनिन्, 'मसित त साधन छैन । मलाई त शङ्करदेव क्याम्पसनिर आएर तपाईंले नै लैजानुपर्छ ।'

'म त आउँदिनँ । तिमीलाई लिन मेरो एक जना साथी आउँछ । उसले ट्याक्सीमा लैजान्छ तिमीलाई । म उसलाई तिम्रो नम्बर दिइराख्छु,' मैले भनें ।

त्यसपछि मैले मित्रलाई फोन गरें । फोनमा उसले मसित अनुरोध गर्‍यो, 'यार, मसित बाइक छैन । तिमी नै उनलाई रानीवनसम्म ल्याइदेऊ । म त्यहीँ एउटा रिसोर्टमा तिमीहरूलाई पर्खिरहन्छु । प्लिज, मेरा लागि यति सहयोग गरिदेऊ ।'

ooo

भोलिपल्ट म शङ्करदेव क्याम्पसनिर गएँ । उनी निर्धारित समयमा निर्धारित रङ्गकै साडी लगाएर आइन् । उनलाई चिन्न गाह्रो भएन । रङ्ग कालो भए पनि उनी हिस्सी परेकी थिइन् । जीउडाल पनि राम्रै थियो । उनले लगाएको साडीचाहिँ अलिक सस्तो खालको देखिन्थ्यो । उनको कालो रोगनमा पहेंलो रङ्गको साडी खासै सुहाएको थिएन । तर, साडी भने उनले मिलाएर लगाएकी थिइन् । उनी त्यतैतिरका कुनै चल्तीका सङ्गीतकारको

घरमा डेरा लिएर बस्दिरहिछन् । कुरै कुरामा भनिन्, 'अब त्यो डेरा पनि सर्नुपर्ने छ मैले ।'

'किन ?'

'घरधनी साह्रै बिग्रेका छन् । राति भयो कि रक्सी खाएर घरमा हल्ला गर्दै स्वास्नी कुट्छन् । रक्सी नखाएका बेला रातभरि हार्मोनियम बजाएर सुत्नै दिंदैनन् ।'

त्यसपछि प्रसङ्ग फेर्दै उनले सोधिन्, 'पैसा कति दिनुहुन्छ ?'

'तिम्रो रेट के हो ? तर, पैसा मैले दिने होइन । मेरो साथीले दिने हो,' मैले कुरा स्पष्ट गरिदिएँ ।

'पन्ध्र सय लिन्छु ।'

त्यो पैसा मेरो मित्रले दिने भएकाले मैले बार्गेनिङ गरिनँ ।

'तर, म एक जनाभन्दा बढीसित सुत्दिनँ नि,' बडो स्पष्ट स्वरमा भनिन् उनले । यसमा मलाई समस्या थिएन । उनलाई मैले साथीकै निम्ति खोजेको थिएँ ।

मेरो बाइकमा बसिन् उनी । कुनै गाह्रो काम त गरिरहेको थिइनँ मैले । तर, मित्रका लागि भनेर बडो अनैतिक काम गरिरहेको थिएँ मैले । त्यसैले उनलाई भेट्दा नै म आत्मग्लानिले अधमरो भइसकेको थिएँ ।

'तिमी के गर्छ्यौ ?' मैले सोधें ।

'हँ ?' उनले कुरा बुझिनन् । मैले स्पष्ट गरें, 'यो कामबाहेक अरू के गर्छ्यौ ?'

'पढ्छु । पीकेमा बीए सेकेन्ड इयर । घर नगरकोटतिरै हो । यहाँ बैनी र म बस्छौं ।'

'तिमीले यस्तो काम पनि गर्छ्यौ भन्ने बैनीलाई थाहा छ त ?'

'खै, थाहा छैन होला । मैले मार्केटिङ अफिसमा काम गर्छु भनेकी छु । सधैं राति अबेरअबेर पुग्दा भने थाहा पाइसकी कि जस्तो पनि लाग्छ । तर, उसले केही भनेकी छैन । ऊ नर्सिङ पढ्छे । मैले नै पढाइरहेको हो उसलाई । बाआमाको हामीलाई पढाउने ल्याकत छैन ।'

सही-गलत के भनेकी थिई कुन्नि ! तर, यही भनेकी थिई । मैले नपत्याउनु पनि ठीक थिएन । यहाँ कसैले पनि रहरले देह व्यापार गर्दैन ।

कुनै न कुनै समस्या र बाध्यताले नै उनीहरूलाई यस्तो पेसामा धकेलेको हुन्छ ।

पुतलीसडक, कमलादी, दरबारमार्ग, लैनचौर, सोह्रखुट्टे, बालाजु हुँदै रानीवनतिर लाग्यो मेरो बाइक । बाटोमा उनले सोधिन्, 'तपाईंचाहिँ के गर्नुहुन्छ नि ?'

उसलाई ढाँट्नु जरूरी थिएन । मैले भनिदिएँ, 'म लेखक हुँ ।'

उनी खितित्त हाँसिन् र छक्क परेझैं सोधिन्, 'लेखक ?'

त्यसपछि उनले नाम सोधिन् । मैले भनिदिएँ । मेरो नाम सुनेर एकछिन चुप लागिन् । त्यसपछि बोलिन्, 'नाम त कताकता सुनेजस्तै लाग्छ ।' फेरि भनिन्, 'अस्ति नगरकोटमा एक जना लेखकले नै लैजानुभाको थियो मलाई ।'

उनले लेखकको नाम भनिन् र सोधिन्, 'चिन्नुहुन्छ उहाँलाई ?'

'चिन्छु नि ! खासमा उहाँले नै तिमीलाई लैजानु भनेर सिफारिस गर्नुभएको थियो ।'

मैले यथार्थ कुरा भनिदिएँ । उनले हाँस्दै भनिन्, 'पहिला पहिला भलादमी मान्छेमात्र लेखक हुन्छ होला भन्ने लाग्थ्यो । तर, लेखकहरू पनि खतरा हुँदा रहेछन् ।'

म चुप लागें । व्यङ्ग्य थियो यो । सहें । मैले आफ्नो सफाइमा केही भन्न सक्ने स्थिति पनि त थिएन । म एउटी देहव्यापार गर्ने युवतीलाई आफ्नो बाइकमा राखेर साथीकहाँ पुऱ्याइदिँदै थिएँ । मेरो नैतिकता र सदाचारले मजाले मेरो मजाक उडाइरहेको थियो ।

बालाजुबाट अलिक अगाडि बढेपछि बाइक रोकें मैले । मलाई एक पटक साथीलाई फोन गरेर आफू बालाजुसम्म आइसकेको जानकारी दिनु उचितजस्तो लाग्यो । तर, साथीको मोबाइल उठेन । तीन-चारपल्ट पनि फोन नउठेपछि मैले साथीलाई ल्यान्डलाइनमा फोन गरें । साथीकी बैनीले फोन उठाइन् । फोनमा मलाई भेटेर बैनी खुसी पनि भइन् । नेपालगन्जमा साथीको घर जाँदा केही पटक देखेको थिएँ उनलाई । आज निकै वर्षपछि उनीसित फोनमा कुरा भएको थियो । केहीबेरको कुशलक्षेमपछि मैले साथीका बारेमा सोधें ।

'खै दाइ, उहाँ त हिजो दिउँसोदेखि नै आइसेको छैन । मेरो त फोन पनि उठाउनु भएको छैन । केही काम थियो कि ?'

'अँ, त्यस्तो खासै काम त हैन बैनी । आज हामी भेट्ने कुरा थियो,' मैले भनें ।

'उसो भए त आउनुहुन्छ होला नि !'

यतिन्जेल म झस्किसकेको थिएँ । अलिकति आत्तिएँ पनि । उनले बाइकपछाडिबाट सोधिन्, 'के भयो ?'

'केही हैन ।'

मैले सामान्य हुने प्रयास गरें । फेरि सोचें, साथी मभन्दा अगाडि नै रिसोर्ट पुगिसकेको हुनुपर्छ । किनभने, देह सुखको व्यग्रता त उसैलाई थियो । मरिहत्ते त उसैले गरेको थियो । यस्तो सुनौलो मौका उसले किन छोड्थ्यो !

साथीले भनेकै रिसोर्टमा पुगें । रिसेप्सनमा पुगेर सोधें । तर, साथी आएकै रहेनछ । त्यसपछि हामी दुवै साथीको प्रतीक्षामा रिसोर्टबाहिर कार्ल्सवर्ग लेखेको बडेमानको छातामुनि कुर्सीमा बस्यौं । समय बिताउनका लागि यताउताको कुरा गर्न थालें । कुराकानी गर्दा गर्दै थाहा पाएँ, केही महिनाअघिमात्र उनको इन्गेजमेन्ट भएको रहेछ । उनले उदास हुँदै भनिन्, 'तर, बिहेको दुई दिनअघि केटाको घर गएर मेरो पुरानो ब्वायफ्रेन्डले मेरो र उसको शारीरिक सम्बन्ध पनि भइसकेको कुरा भनिदियो । बिहे रोकियो ।'

त्यसपछि उनले आफ्ना रूचिका कुरा गरिन् । उनले केही गजल पनि लेखेकी रहिछन् । सुनाइन् मलाई । मायाप्रीतिका सामान्य गजल थिए ती । तर, त्यसबाट पनि उनीभित्रको सिर्जनात्मक क्षमता भने झल्किन्थ्यो ।

एक घन्टा कुर्दा पनि साथी आएन । यसबीच धेरैपल्ट मैले उसको मोबाइलमा फोन गरिसकेको थिएँ । केहीबेरसम्म घन्टी बजिरहेकै थियो । तर, त्यसपछि उसको मोबाइल स्वीच्ड अफ भयो । मैले सोचें, बाटोमा आउँदा आउँदै ब्याट्री सकियो होला । यताउताका कुरा गरेर समय त बिताइरहेको थिएँ मैले । तर, मेरो व्यवहारमा असहजता आउन थालेको उनले पनि बुझिसकेकी थिइन् । सोधिन्, 'खै त तपाईंको साथी ? अबेर भयो नि ।'

'बाटोमा होला । मोबाइल पनि अफ भयो । तर, पक्कै आउँछ ।'

करिब दुई घन्टा भएपछि उनी झर्किन थालिन् । म पनि लाचार थिएँ । साथी आउँदै आएन । मेरो अनुहारमा झल्किएको तनाव देखेर उनले भनिन्, 'अरू भएको भए मान्दिनथें । जसका लागि आएको उसैका लागिमात्र मान्थें । हाम्रो पनि नियम हुन्छ नि त ! तर, तपाईं लेखक हुनुहुँदो रहेछ । तपाईंसित मान्छु ।'

'सरी, मसित पैसा छैन ।'

'के रे ?' उनी झर्किइन्, 'अनि, खल्तीमा पैसै नराखेर केटीलाई यहाँ ल्याउने त ?'

'मैले आफ्ना लागि ल्याएको होइन तिमीलाई । उसैले भनेको थियो । यसरी धरापमा पारिदेला भन्ने त सोचेकै थिइनँ,' मैले रून्चे स्वरमा जवाफ दिएँ ।

'यसो भनेर कहाँ हुन्छ ? जिम्मेवारी लिएपछि तर्किन पाइन्छ ?'

उनले यसरी तीखो कुरा गरेपछि मलाई त्यहीँ धुरूधुरू रून मन लागेको थियो । तर, रोएर परिस्थिति सहज हुने कुरा थिएन ।

'मलाई पैसा जसरी भए पनि चाहिन्छ ।'

तर, मसित उनलाई दिने पैसा थिएन । म लाचारीले भुइँमै भास्सिन लागेको थिएँ । म निकैबेर मौन भएँ । उनले भनिन्, 'तपाईंको मोबाइल धरौटी दिनूस् मलाई । भोलि पैसा ल्याउनूस् अनि फिर्ता गर्छु ।'

म तयार भएँ । सिमकार्ड झिकेर मोबाइल सेट दिएँ उनलाई । त्यसपछि उनलाई फेरि बाइकमा राखें । केही नबोली बाइक स्टार्ट गरें । म आक्रोश र आत्मग्लानिले एकसाथ रन्थनिएको थिएँ । म जुन बाटोबाट गएको थिएँ, त्यही बाटोबाट फर्किएँ । यतिन्जेल उनीसित बोलचाल भएकै थिएन । लैनचौर आइपुगेपछि मैले सोधें, 'साथीको बिहेमा जानु छ भन्थ्यौ । कहाँ छाडिदिऊँ ?'

'गिफ्ट किनिदिने पैसा भए पो बिहेमा जानू । जान्नँ अब ।'

उनले ठुस्स परेर जवाफ दिइन् ।

त्यसपछि म पुतलीसडक हुँदै शङ्करदेव क्याम्पसनिर आएँ । जुन ठाउँमा उनी भेटिएकी थिइन्, त्यहीँ बाइक रोकें । उनी ओर्लिइन् ।

'रिसाउनु भयो मसित ?' अलिक सहज भएर सोधिन् उनले ।

'तिमीसित के रिसाउनू ! साथीसित भने साह्रै रिस उठेको छ ।'

उनले गहिरिएर मेरो अनुहारतिर हेरिन् । खोइ, के सोचिन् कुन्नि ! ब्याग खोलिन् । ब्यागबाट मेरो मोबाइल झिकिन् र मेरो हातमा राखिदिँदै भनिन्, 'लेखक हुनुहुँदो रहेछ । तपाईंको मन दुखाइदिन मन लागेन । लैजानूस् आफ्नो मोबाइल ।'

मैले मोबाइल लिएँ । खासै अग्ली त थिइनन् उनी । तर, मैले उनलाई निकै अग्लो देखें । उनका अगाडि यतिबेला म बामपुड्के भएको थिएँ । ग्लानिको समुद्रमा निथ्रुक्क भिजेको त्यही घडीमा मैले उनीसित भनेको थिएँ, 'म भोलि तिम्रो पैसा ल्याइदिन्छु ।'

'भैहाल्यो पर्दैन । काम नगरी पैसा लिन मेरो नैतिकताले मानेन ।'

हो, यति भनेरै उनी गएकी थिइन् । मतिर हेर्दै नहेरी । म लाचार भएर उभिइरहेको थिएँ, उनी गएको हेर्दै । म, मेरो साथी र उनको नैतिकताको एउटा त्रिकोण निर्माण भएको थियो । त्यही त्रिकोणको बीचमा एउटा विशाल धराप निर्माण भएको थियो । म यतिबेला त्यही धरापमा परेको थिएँ । र, मेरो साथी गए राति डान्स रेस्टुराँका केटीहरूलाई हातपात गरेको अभियोगमा थुनामा परेको थियो ।

अप्रिय

'पिटर मारिए ।'

यस्तै अप्रिय खबर आयो एक दिन ।

ooo

२०५० या २०५१ सालतिर परिचय भएको हुनुपर्छ उनीसित । मित्र राजेन्द्र ज्ञवालीमार्फत उनीसित परिचय भएको थियो । धम्बोझी चोकबाट करिब दुई-तीन सय मिटर पश्चिम खजुरा जाने बाटोको देब्रेतिर उनको खेतबारी र बालीनालीलाई चाहिने किटनाशक र पशुपक्षीका लागि आवश्यक पर्ने औषधिको पसल थियो । त्यतिबेला त त्यस्ता प्रशस्तै भेटेनरी पसल खुलिसकेका थिए । ती प्रायः धम्बोझी चोक आसपास नै थिए । अब त उनका व्यावसायिक प्रतिस्पर्धी पनि धेरै भइसकेका थिए । तर, कुनै बेला यो व्यवसायमा उनको एकछत्र साम्राज्य थियो । नेपालगन्जमा भेटेनरी व्यवसाय सुरू गर्न र त्यसलाई स्थापित गर्नमा उनको राम्रै योगदान थियो । उनी भारतका ठूला पशुजन्य औषधि निर्माताका नेपालगन्जका डिलर पनि थिए । उनको व्यापार नेपालगन्ज बजार र छेउछाउका गाउँसम्ममात्र नभएर मध्य तथा सुदूरपश्चिमका थुप्रै पहाडी जिल्लासम्म विस्तार भएको थियो । म उनको पसलमा पुग्दा उनलाई उति धेरै बोल्ने फुर्सद हुँदैन्थ्यो । पहाडतिरबाट खेतबारी र पशुपक्षीका लागि किटनाशक किन्नेहरू एकपछि अर्को आई नै रहन्थे ।

पिटरजी आफ्ना ग्राहकसित अत्यन्त हार्दिकतापूर्वक कुरा गर्थे । उनलाई धेरैको घरघरायसी कुरा पनि थाहा थियो । कतिको त तीनपुस्ते नै थाहा हुन्थ्यो उनलाई । मलाई अचम्मै लाग्थ्यो । उनी प्रायः ग्राहकसित तिनका परिवारका कुरा सोध्थे । गाउँघरका कुरा सोध्थे । जिल्ला र सदरमुकामका हालचाल सोध्थे । त्यहाँको राजनीतिबारे चासो राख्थे । कसैकसैसित त पसलभित्रको अर्को कोठामा लगेर निकै बेर गफ पनि गर्थे । यसरी धेरै ग्राहकसित उनको निजी र व्यक्तिगत सम्बन्ध बनेको थियो । यो उनको व्यक्तित्वको विशेषता पनि थियो ।

वास्तवमा हामी साहित्य र लेखनकै कारण नजिक भएका थियौं । उनी मलाई लेख्नका लागि निकै प्रेरित गर्थे । नियमित साहित्यिक विमर्शका लागि हामीले एउटा समूह पनि बनायौं । नाम राख्यौं– प्रयास समूह । राजेन्द्र ज्ञवाली र मुन पौडेल पनि त्यो समूहमा हुनुहुन्थ्यो । हामी समावेश भए पनि यो समूहमा उनी नै बढ्ता सक्रिय थिए । उनको सक्रियता लोभै लाग्दो थियो । साह्रै ऊर्जाशील र जीवन्त थिए उनी ।

ooo

काठमाडौंबाट विरक्तिएर म नेपालगन्ज आएको थिएँ । श्रीमती र कलिला छोराहरू पनि यहीँ थिए । जागिर खाने मानसिकता नै नभएकाले त्यतातिर कहिल्यै कुनै प्रयास नै गरिएन । पटकथा लेखन गरिरहेको थिएँ । त्यो क्षेत्रको ग्ल्यामर त गज्जब थियो । तर, त्यसले पर्याप्त आर्थिक सुरक्षा दिइरहेको थिएन । ढङ्ग पुऱ्याएर आर्थिक व्यवस्थापन पनि गर्न सकिरहेको थिइनँ । सधैं अभाव भइरहन्थ्यो ।

तर, काठमाडौंको रमझम छाडेर आर्थिक समस्याकै कारण म नेपालगन्ज आएको थिइनँ । मलाई मेरो आसक्तिले अनमेल सम्बन्धको यस्तो मोहजालमा अल्झाएको थियो, जसले मलाई खुब तनाव दिइरहेको थियो । म त्यसबाट पनि मुक्त हुन चाहन्थें । नेपालगन्ज आएपछि परिवारको साथ पाएर मानसिक शान्ति त भएकै थियो । तर, शान्तिले मात्र गृहस्थी नचल्ने रहेछ । बुबाले बनाएको घरको भाडा, बुबाको पेन्सन, बुबाले जोडेको खेतको उब्जनीले

नेपालगन्जको गृहस्थी त चलिरहेकै थियो । तर, विवाहित भइसकेपछि अरू धेरै आवश्यकता पनि हुँदा रहेछन्, जसका लागि बुबाको मुख ताक्नु लाजै मर्नु हुन्थ्यो । त्यसैले एकखालको तनावबाट फुत्किएर म नेपालगन्ज आए पनि अर्को खालको तनावले यहाँ पनि पिरोलिरहेको थियो ।

यस्तोमा पिटरजीको पसलमा पुगेर उनीसित साहित्य र समाजका कुरा गर्दा आनन्द लाग्थ्यो । उनीसँगको सङ्गत मलाई मेरा समस्याहरूलाई बिर्सने ओखती भएको थियो ।

मित्रहरूसित खुलेर हुने वार्तालापले मान्छेलाई तमाम कुण्ठा र तनावहरूबाट मुक्ति दिँदो रहेछ । त्यसैले मित्रहरू बनाउन, भेट्न र तिनीहरूसित नियमित कुराकानी गर्न छाड्नुहुँदैन । मैले मित्रतामा सिकेको कुरा यही थियो । तर, जति सिके पनि मित्रताको निर्वाहमा कतिपल्ट म आफैं कमजोर साबित भएको छु । सबै मेरा असल मित्र हुन सकेनन्, म सबैको असल मित्र हुन सकिनँ । हाम्रा आ-आफ्ना सोच र स्वार्थले मित्रतालाई प्रभावित गर्दा रहेछन् ।

पिटरजी र मेरा सोच फरक थिए होलान् । तर, तिनले एकअर्कालाई समस्यामा पारेका थिएनन् । स्वार्थ त हामीबीच छँदै थिएन । एउटा थोत्रो न थोत्रो बाइक थियो उनीसित । समग्र बाहिरी व्यक्तित्व ल्याङफ्याङ थियो । तर, मलाई उनी भित्रबाट सुन्दर लाग्थे ।

ooo

मेरो उनीसित परिचय हुँदाताका नै उनको व्यवसाय खासै सन्तोषजनक थिएन । एक जना साझेदारको असमयमै मृत्युपछि उनको व्यापार ओरालो लाग्न थालेको थियो । जिल्लाजिल्लामा कृषकहरूले उधारो लैजान्थे । त्यस्तो उधारो पनि राम्ररी असुलउपर गर्न सकेका थिएनन् उनले । घरबेटी आएर पसलको भाडाका लागि कचकच गरिरहेको बेलाबेलामा देख्थें । तर, सबै तनावलाई झेल्ने अचम्मैको खुबी थियो उनमा । कहिलेकाहीं भने उनको रक्तचाप निकै बढ्थ्यो । यस्तो बेलामा उनी पसलभित्रको कोठामा रहेको पुरानो सोफामा पल्टिएर आराम गर्थे । केहीबेरपछि फेरि सहज हुन्थे र फेरि हँसिलो भइहाल्थे ।

पसलदेखि उत्तरतिरको एउटा कच्ची सडकबाट केही भित्र पसेपछि थियो उनको घर । एक दिन उनैले लगे मलाई घरमा । भाउजू र उहाँका छोराहरूसित त पसलमै चिनजान भइसकेको थियो । तर, घरै पुगेपछि भने सम्बन्ध घरायसी बनिहाल्दो रहेछ । घरको एउटा कोठाबाट औषधिको कडा गन्ध आइरहेको थियो । त्यो कोठामा ताल्चा लागेको थियो । ताल्चामा लाहा छाप पनि लागेको थियो । बल्ल बुझें, यो कोठा औषधिको गोदाम पनि रहेछ । यही गोदामका औषधि धितो राखेर बैंकबाट ऋण पनि लिएका रहेछन् । तर, समयमै ऋण तिर्न नसकेर गोदाम सिल भएको रहेछ । उनी ऋणमा रहेछन् । त्यसको पनि तनाव थियो उनलाई । उनी भन्थे पनि, 'जीवनका हरेक समस्या र चुनौतीको डटेर सामना गर्नुपर्छ ।'

कुन खेमाका थिए, थाहा थिएन मलाई । म यस्ता कुरामा खासै चासो राख्दिनथें । तर, उनी वामपन्थी हुन् भन्नेचाहिँ थाहा थियो । कडा वामपन्थी । भए के त ! मेरा त मित्र थिए । उमेरले मभन्दा जेठा थिए । तर, उमेरले मित्रतामा प्रभाव पारेको थिएन । सिर्जनात्मक रूचिले हामीलाई साथी बनाएको थियो । उनीसित म मेरो लेखन, मैले लेखिरहेको सिनेमादेखि मैले गरिरहेको मायाप्रीति र मेरा यौन सम्बन्धसम्मका कुरा खुलेर गर्न सक्थें । उनी सबै कुरालाई सहज रूपमा लिन्थे ।

हामी आपसमा खासै राजनीतिक कुराकानी या बहस गर्दैनथ्यौं । तर, उनलाई मेराबारेमा सबै कुरा थाहा थियो । मेरो घरपरिवार, मेरो लेखन, मैले विगतमा गरेको विद्यार्थी राजनीतिलगायत मेरा सबै निजी कुराका जानकार थिए । हाम्रो राजनीतिक चिन्तन मिल्दैन भन्ने पनि थाहा थियो उनलाई । तर, हाम्रो मित्रतामा हाम्रो चिन्तनले कुनै भाँजो हालेको थिएन । नत्र फरक विचारको मान्छेप्रति असहिष्णु भइहाल्ने समाज हो हाम्रो । इतर विचारको व्यक्तिसित मित्रता नै नगर्ने ठूलो बौद्धिक तप्का अझै पनि गजधम्म भएर बसिरहेकै छ हाम्रो वरिपरि । आज, यतिका वर्षपछि समय त फेरिएको छ । तर, समाजको त्यो रूढ चिन्तन खासै फेरिएको अझै पनि लाग्दैन मलाई । अब त झन् समाज असहिष्णुताको दलदलमा भासिँदै गएको पो हो कि भन्ने नमीठो आभास भइरहन्छ ।

घरमा कति बसिरहनु ? अल्छी लाग्थ्यो । विद्यार्थी बेलाका साथीहरू पनि खासै भेटिँदैनथे । कति जना पढाइको र कति जना रोजगारका क्रममा लाखापाखा लागिसकेका थिए । सहरमा पहाडबाट बसाइँसराइ गरेर आउने नयाँ जमात ह्वात्तै बढेको थियो । चिन्तन जस्तो होस्, समाजका समीकरणहरू भने बदलिँदै थिए ।

उनी लेख्थे पनि । विशेषतः राजनीति, इतिहास र समाजका भित्री समस्याका विषयमा लेख्न मन पराउँथे । त्यहाँका साप्ताहिक पत्रपत्रिकामा प्रकाशित पनि हुन्थे उनका लेखहरू । तर, उनी आफ्ना रचना छपाउनभन्दा बढ्ता सुनाउन रूचि राख्थे । मान्छे सरल थिए । तर, लेख्दा लामा र जटिल वाक्य लेख्थे । त्यसले उनको रचनाको सम्प्रेषणीयता कम गरिदिन्थ्यो । मैले उनको लेखनमा आलोचना गर्ने पक्ष यही थियो । नत्र अध्ययन र अनुभवले उनी मभन्दा श्रेष्ठ थिए ।

नेपालगन्जमै बसिरहने स्थिति नभएपछि म काठमाडौं फर्किन्थें । फेरि नेपालगन्ज पुग्थें । फेरि फर्किन्थें । यसरी आउनेजाने क्रम चली नै रह्यो ।

नेपालगन्ज पुगेकै दिन म उनलाई भेट्न पुगिहाल्थें । कहिलेकाहीँ साँझतिर धम्बोझीतिर टिम्मुरको अचारसित स्वाद मानीमानी सेकुवा खान्थ्यौं । सेकुवाले मदिराको साथ खोज्थ्यो । हामी मातिन्थ्यौं ।

ooo

नेपालगन्जको पत्रकारिता र साहित्यको क्षेत्रमा उनको राम्रै नाम थियो । तर, उनी अभिनेता थिएनन् । अभिनयसित उनको टाढाटाढाको साइनो थिएन । तर, मेरो अनुरोध टार्न नसकेर उनले एउटा शोषक जिम्दारको भूमिकामा अभिनय गरेका थिए, थारू समाजमा प्रचलित माघी प्रथाबारे मैले बनाएको टेलिफिल्ममा । 'तपाईंले त त्यत्रो ठूलो मान्छेलाई पनि कलाकार बनाई दिनुभयो,' केही साथीभाइले जिल्ल पर्दै भनेका थिए । तर, यही त थियो हाम्रो मित्रताको शक्ति ।

मित्रता भन्ने कुरा नै यस्तै । साथी कतिबेला ठूलो मान्छे भयो, थाहै नहुने । सधैं आफूसरह नै लाग्ने । सधैं पहिलेजस्तै रहोस् भन्ने लाग्ने । ठूलो जागिरे, ठूलो व्यापारी, ठूलो राजनीतिज्ञ, ठूलो प्रशासक, जेसुकै होस् ।

तर, 'ठूलो नहोस्' भन्ने लाग्ने । 'म सानो, ऊ ठूलो' या 'म ठूलो, ऊ सानो' भन्ने आभास हुन थालेको क्षण नै मित्रताको असामयिक निधन हुँदो रहेछ । परिवारका सदस्यको निधन व्यक्तिको निजी पीडा हो । तर, मित्रताको मृत्यु समाजको चिन्तन र समाजको संवेदनशीलतासित जोडिएको कुरा हो । मान्छेका मित्र घट्दै जानु एउटा व्यक्ति एकाकी बन्दै जानु मात्र होइन, समाजबाट मान्छे-मान्छेबीचको सौहार्द घट्न थालेको सङ्केत पनि हो । सम्बन्धहरूको धार भुत्ते हुँदै गएको सङ्केत पनि हो । त्यसैले मित्रताको अन्त्य डरलाग्दो सामाजिक दुर्घटनाको सुरूआत हो ।

सन् १९९९ को अन्तिम दिन मैले टेलिफिल्मको काम सकेको थिएँ । र, साँझ धम्बोझीको वसन्तीको होटलमा हामी भेटेका थियौं । अनि, पिएर खुब मातेका थियौं । खुब नाचेका थियौं । खुब हल्ला गरेका थियौं ।

०००

नेपालमा 'जनयुद्ध' सुरू भएको लगभग आधा दशक भइसकेको थियो । नेपालगन्जमा पनि द्वन्द्वको असर देखिन थालेको थियो । राति सडकमा सुरक्षाकर्मीले केरकार गर्न थालेका थिए । तर, हामी मध्यरातमा मातेर सडकमा हिँडिरहेका थियौं । आधा होसमा थियौं, आधा बेहोसीमा । मस्त थियौं । मजामा थियौं ।

'तपाईं माओवादी हो ?'

मातेको सुरमा मैले सोधें ।

'होइन । कहाँ हुनू ?' मातेकै सुरमा उनले भने ।

'तपाईं माओवादी हो रे नि त !'

'नच्चाहिने कुरा । कसले भन्यो ?'

'सुनेको नि !'

'होइन । कहाँ हुनू ?'

उरन्ठ्याउलो हुन मन लाग्यो मलाई । सय मिटर पर सुरक्षाकर्मीहरू थिए । मैले एक्कासि चिच्याइदिएँ, 'माओवाद जिन्दावाद !'

मैले यति भन्नु मात्र के थियो पिटरजी बुलेट ट्रेनभन्दा पनि तीव्र गतिले बेलासपुर जाने गल्लीमा मोडिए र अँध्यारोमा बेपत्ता भए । म अँध्यारोमा हाँसिरहें ।

मलाई के थाहा, एक दिन उनी त्यसरी नै कतै हराउनेछन् । दृश्यबाटै गायब हुनेछन् । रङ्गमञ्चबाटै आफ्नो भूमिका छाडेर अलप हुनेछन् । र, एक दिन मलाई उनको मृत्युको अप्रिय खबर आउनेछ ।

मलाई के थाहा एक दिन यस्तो पनि हुनेछ ।

०००

तर, उनी माओवादी नै रहेछन् । अर्धभूमिगत रहेर पार्टीको काम गरिरहेका रहेछन् । राजनीतिमा कतै नदेखिए पनि राजनीति नै गरिरहेका रहेछन् । मैले जसलाई उनको पसलमा आउने ग्राहक ठान्थें, ती त प्रायः पार्टीकै कार्यकर्ता हुँदा रहेछन् । कसैको कुशलक्षेम सोध्न उनले भित्री कोठामा लगेका होइन रहेछन् । उनी त पार्टीका गोप्य सूचना आदानप्रदान गर्न कोठामा जाँदा रहेछन् । हतियार नउठाएर पनि युद्धमै रहेछन् । क्रान्तिमै रहेछन् ।

यसबीच स्थानीय प्रशासनद्वारा पटक-पटक उनीसित सोधपुछ पनि भइसकेको रहेछ । तर, उनी पत्रकारितामा लागेका थिए । राजधानीबाट निस्कने कुनै पत्रिकाको संवाददाता पनि थिए । साहित्यिक गतिविधिमा पनि सक्रिय थिए । उनको यही परिचयले उनलाई जोगाउन मद्दत गरिरहेको थियो । साहित्य, पत्रकारिता, जनसम्पर्क, यी सबै उनको राजनीतिसम्म पुग्ने राजमार्ग नै रहेछ ।

त्यसको केहीपछि उनी पूरै भूमिगत भए ।

अचानक एउटा मित्र दृश्यबाट अलप भयो । सधैं एकअर्काको खोजखबर गर्ने हामी, त्यसपछि एकअर्कासित पूरै सम्पर्कविहीन भयौं ।

जनयुद्ध कसैका लागि विचार र कसैका लागि आतङ्कको लडाइँ भइरहेको थियो । पूरै देश आक्रान्त थियो । डर, त्रास र आतङ्क जतातत्तै व्याप्त थियो । दाजुभाइ नै आपसमा शत्रु भएका थिए । समाज सुराकी, गद्दार, दुस्मन र आततायीमा विभाजित भइरहेको थियो । पिटरजी भने अब मेरा लागि किंवदन्ती भएका थिए ।

म कामना गर्थें, उनी जहाँ हुन्, कुशल हुन् ।

०००

अचानक सरकार र माओवादी पार्टीबीच पहिलो शान्तिवार्ता हुने भयो । बर्दियाको ठाकुरद्वारामा भएको त्यो वार्ताका दृश्य काठमाडौंमा टेलिभिजनमा देखें मैले । दृश्यमा उनी पनि थिए । ढुक्क भएँ । मित्र सकुशल रहेछन् ।

तर, शान्तिवार्ता विफल भयो । उनी फेरि भूमिगत भए । म फेरि डराएँ । त्यसैबीच कतैबाट खबर आयो :

'पिटर मारिए ।'

यो मेरा लागि अप्रत्याशित खबर थियो । म खबर सुनेर रन्थनिएँ । गहिरो शोकमा परें । मेरा आँखा रून सकेनन् । तर, मेरो मन रोयो । कुनै कालखण्डको त्यति आत्मीय मित्र, फेरि भेटै नभएर चुपचाप बेपत्ता भएको थियो ।

समाजलाई बुझ्ने र समाजको व्याख्या गर्ने आ-आफ्नो तौरतरिका हुन्छ । हाम्रो आफ्नो संस्कार, भोगाइ, परिवेश, परिस्थिति, सोच, अध्ययन र चिन्तनले यस्तो बुझाइलाई प्रभावित गर्छन् । त्यसैले एउटाले सही ठानेको कुरा अर्कोका लागि गलत हुन सक्छ । यति कुरा त मैले बुझेकै थिएँ । त्यसैले पिटरले हिंडेको बाटोमा म आफैं हिंड्न नसके पनि उनी हिंडेको बाटोलाई पूरै गलत हो भनेर मेरो मनले कहिल्यै मानेन । यदि समाज परिवर्तनका लागि असल नियतले गरिएको चिन्तन हो भने त्यसको अभिव्यक्ति र प्रक्रिया गलत भए पनि त्यसको मर्मलाई हामी गलत हो भनिहाल्न सक्दैनौं ।

पिटरको मृत्यु मेरा लागि गहिरो शोकको विषय थियो । तर, म उनको मृत्युमा रोइनँ । रून सकिनँ । बरू पिएँ । मातें । र, निदाएँ ।

सपनामा रातभरि पिटरजी आइरहे ।

ooo

केही कालपछि एउटा फोन आयो । अपरिचित मोबाइल नम्बरबाट । श्रीमतीले उठाइन् । उताको आवाज सुनेर उनको पनि सातो गयो । अनुहार पूरै सोहोरियो उनको । जसोतसो दुई-चार शब्द बोलिन् र मलाई फोन दिइन् ।

'हेलो, म पिटर बोलेको,' उताको आवाज मैले पनि सुनें ।

सनन्न एउटा तीखो हावा मुटुभित्र पस्यो र शीताङ्ग बनायो मलाई। रगत नसाभित्र बग्दाबग्दै यथास्थान रोकियो। तलको सासले माथि आउन मानेन। माथिकाले तल जान मानेन। फोक्सो डम्म फुलेजस्तो भयो। खुट्टाले गति छाड्यो र मलाई जमिनमा लडाउन खोज्यो। मेरो विवेकले साथ दियो र म थचक्क सोफामा बसें। तर, जमिन भास्सिएजस्तै लाग्यो। बिनासूचना हराएको आवाज कठिन प्रयासपछि घाँटीसम्म आयो र मैले त्यसलाई लतार्दै ओठसम्म ल्याएँ र सोधें, 'जिउँदै हुनुहुन्छ ?'

पिटरजी खित्तित्त हाँसे। उनी यसै गरी हाँस्थे पहिले पनि। मन पर्थ्यो उनको हाँसो। तर, यतिबेला त्यही हाँसोले तर्सायो।

उनी अझै भूमिगत अवस्थामै थिए। सरकारले आतङ्कवादी भनिरहेको पार्टीको एउटा सदस्य थिए उनी। सरकारी जासुसहरूको खोजी सूचीमा उनको नाम पनि कतै सामेल भएकै थियो होला। यस्तोमा उनीसित फोनमा कुराकानी भएको पुलिस प्रशासनले थाहा पायो भने म सङ्कटमा पर्न सक्थें। मैले आत्तिएर भित्तातिर हेरें। भित्तामा कानहरू उम्रिन लागेको देखें र झन् आत्तिएँ।

उनले मेरो कुशलक्षेम सोधे। मैले पनि सोधें। केहीबेर कुराकानी भयो। तर, मेरो होस ठेगानमा थिएन। उनले के सोधे, मैले के जवाफ दिएँ। मैले के सोधें, उनले के जवाफ दिए। थाहै पाइनँ मैले। बस्, यन्त्रवत् उनको आवाज सुनिरहेको थिएँ।

जीवनमा कुनै कालखण्डमा उनीसित कुराकानी गर्न कति आतुर हुन्थें म। नेपालगन्ज पुगेकै दिन उनीसित नभेटी चित्तै बुझ्दैनथ्यो मलाई। तर, आज उनीसित बोल्नु नपरे हुन्थ्यो भन्ने लागिरहेको थियो। उनीसित कुरा गरिरहँदा समय नबितोस् भन्ने लाग्थ्यो। आज उनले कतिबेला कुरा बन्द गर्लान् भन्ने लागिरहेको थियो।

घनिष्ठ मित्र थिएँ उनको। वर्षौंपछि कतैबाट मेरो नम्बर पाएर फोन गरेका थिए उनले। साथीको सम्झना आएर त हो उनले फोन गरेको। मेरो कुशलक्षेम सोध्न त हो उनले फोन गरेको। कति स्नेह थियो होला उनको मनमा। त्यही अभिव्यक्त गर्न त हो उनले फोन गरेको। म त खुसी हुनुपर्ने,

उनले मलाई बिर्सेका रहेनछन् । अझै खुसी हुनुपर्ने हो, उनले हाम्रो मित्रता बिर्सेका रहेनछन् । तर, म पटक्कै खुसी हुन सकिनँ ।

तर, फोन राखिसकेपछि मैले श्रीमतीलाई भनें, 'अब पिटरको फोन आयो भने म घरमा छैन भनिदिनू ।'

मजस्तो कमजोर र मजस्तो स्वार्थी कोही नहोस् ।

ooo

फेरि केही महिनापछि खबर आयो एक दिन ।

'पिटर मारिए ।'

तर, यो खबर पनि झूटो थियो ।

मोटो

मेरो साथी त दुब्लो न दुब्लो पो थियो । तर, बोली बुलन्द थियो ।

'कति बसिरहन्छौ यो खाल्टोमा ? काठमाडौं खाल्टोबाट निस्केर जिल्लातिरै आऊ । मिलेर समाजका लागि उपयोगी हुने केही काम गरौंला ।'

काठमाडौं आएपिच्छे आफ्नो बुलन्द आवाजमा यही भन्थ्यो साथीले मलाई ।

'शोषणरहित समाजको सिर्जनाका लागि हामी युवा नै अगाडि बढ्नुपर्छ । अरूले गरिदेला भनेर हात बाँधेर बस्नुहुँदैन ।'

कति गम्भीर कुरा गर्थ्यो साथीले ! तर, हँसाउँथ्यो पनि उत्तिकै ।

क्याम्पसमा हामीले देखाएको नाटकमा उसले हास्य कलाकारको भूमिका सानदार ढङ्गले निर्वाह गरेको थियो । विद्यार्थीहरूमाझ असाध्यै चर्चित भएको थियो ऊ । एउटा सफल हास्य कलाकारमा हुनुपर्ने सबै खालको विशेषता थियो ऊभित्र । हास्यको चेत पनि थियो ऊसित र व्यङ्ग्यको समझ पनि ।

कहिलेकाहीँ नेपालगन्ज गएका बेला उसलाई भेट्न खजुरा जान्थें । म आएको थाहा पाउनासाथ ऊ पनि मलाई भेट्न आइपुग्थ्यो । पहिला-पहिला साइकलमा आउँथ्यो । पछि मोटरसाइकलमा आउन थाल्यो । उसको अस्थिपन्जरमा मासु पनि थपिँदै जान थाल्यो ।

म काठमाडौं खाल्टोमा बसेर साहित्य र सिनेमामा सङ्घर्षरत थिएँ । ऊ भने नेपालगन्जमा एनजीओ खोलेर स्थापित भइसकेको थियो । प्रशिक्षक बनेर मेची-महाकाली डुल्न थालिसकेको थियो । उसले भेटेपिच्छे मलाई काठमाडौं खाल्टोबाट निस्किएर जिल्ला आउने निम्ता दिइरहन्थ्यो ।

तर, मैले खाल्टो छाड्न सकिनँ । ऊ भने शोषित-पीडितहरूको जीवन बदल्ने लडाइँमा थियो । लडाइँको मैदानमा थियो ।

साथीको प्रगतिमा खुसी नै थिएँ म ।

०००

एकपल्ट ऊ मोटोघाटो भएर काठमाडौंमा मलाई भेट्न आयो र भन्यो, 'यार ! तिमीले मेरो एनजीओमार्फत बनाउने एउटा टेलिफिल्मको लेखन र निर्देशन गरिदिनुपर्‍यो ।'

मैले नाइँ भन्ने कुरै थिएन ।

जिम्दारहरूको बँधुवा भएर बसेकी एक जना कमलरी र उसको मुक्तिको विषयमा चेतनामूलक टेलिफिल्म बनाउने योजना रहेछ उसको । त्यसका लागि युनिसेफले पैसा दिने भएको रहेछ । मैले टेलिफिल्मको पटकथा तयार गरें । मुख्य भूमिकामा एक जना आठ-नौ वर्षकी थारू बालिकाको चयन गरियो । सानी रहेछ उनको नाम । टेलिफिल्ममा पनि उनको यही नाम राखियो ।

आफ्नो बुबाले लिएको आठ-दस हजार ऋण तिर्न नसकेर सानी आफैं पनि एउटा जिम्दारको घरमा कमलरी बसिरहेकी रहिछन् । साथीले भन्यो, 'यो टेलिफिल्म निर्माणबाट जोगिएको रकम जिम्दारलाई तिरिदिएर सानीलाई कमलरीबाट मुक्त गराउनुपर्छ । उसलाई दुर्भाग्यको यो खाल्टोबाट निकाल्नुपर्छ हामीले । यो हाम्रो ठूलो योगदान हुनेछ ।'

साथीको पवित्र उद्देश्य सुनेर म गद्गद भएको थिएँ । मलाई मित्रप्रति गर्वबोध भएको थियो । काठमाडौंले घोडा बनाइसकेको थियो मलाई । त्यसैले घाँस खान्न त भन्न सक्दिनथें । तर, ऊसित मैले आधा पारिश्रमिकमात्र लिएँ । सोचें, साथीको पवित्र उद्देश्यमा मेरो पनि सानो सहभागिता भयो ।

०००

सुटिङ सकेर म काठमाडौं आएँ । फिल्मको सम्पादन आदिको काम यहीँ भयो । काम सकिएपछि मैले फिल्मको मास्टर कपी उसलाई हस्तान्तरण गरिदिएँ । मलाई केही पारिश्रमिक दिन बाँकी थियो । उसले भन्यो, 'नेपालगन्ज आएका बेला दिन्छु ।'

मैले कर गरिनँ । साथीले नाफाको उद्देश्यले सिनेमा बनाएका थिएनन् । सबैलाई जागृत गराएर शोषणमुक्त समाज निर्माणमा आफूले सकेको योगदान गर्ने पवित्र उद्देश्यले बनाएका थिए । साथीको उद्देश्य र उसले गरेको प्रयासप्रति मेरो मनमा प्रशस्त श्रद्धाभाव थियो ।

ooo

केही महिनापछि नेपालगन्ज गएँ । पैसाको आवश्यकता पनि थियो । उसले दिन्छु पनि भनेकै थियो । म उसको घरमै गएँ । उसले पैसा दियो र भन्यो, 'आज यहीँ खाना खाएर जाऊ !'

साथीको कुरा टारिनँ । खाना त्यहीँ खाएँ । मैले थपी थपी खाना खाएँ । साथीले थोरै खायो । भन्यो, 'साह्रै मोटाइयो । त्यसैले खाना कम गरेको ।'

खाना खाइसकेर हात धुन म साथीको घरपछाडिको धारानिर गएँ । आवाज आयो, 'नमस्ते अङ्कल ।'

देखें । सानी त त्यहीँ पो थिइन् । जुठा भाँडा माझिरहेकी । उनी पहिलाभन्दा झनै दुब्लाएकी थिइन् ।

उनलाई त्यहाँ देखेर म त जिल्लै परें । सानी जिम्दारको घरबाट मुक्त भएर फेरि मेरो साथीको घरमा बँधुवा हुन आइपुगेकी रहिछन् । यस पटक उनलाई त्यसले बँधुवा बनाएको थियो, जसले ऊजस्ताको मुक्तिका लागि एनजीओ नै चलाएर बसेको थियो ।

मेरो मन अमिलो भएको थियो । त्यो अमिलो मेरो अनुहारसम्मै सरेको थियो ।

निस्कने बेलामा साथीले भनेको थियो, 'फेरि एउटा टेलिफिल्म बनाउनुपर्ने भएको छ । युनिसेफले पैसा देलाजस्तो छ । बालश्रम उन्मूलनबारे कुनै मीठो विषय सोचिराख ल ? यस पटक पैसा टन्नै आउँछ ।'

साथीले हास्य कलाकारको भूमिकामा अभिनय गर्न छाडिसकेको थियो । तर, यस पटक उसको कुरा सुनेर म हाँसे ।

लाग्यो- साथीले अभिनय गर्न अझै बिर्सेको रहेनछ ।

साथीसित त्यसपछि मेरो भेट भएको छैन । तर, एक जना अर्को साथीले एउटा भेटमा भनेको थियो, 'ऊ त मोटाएर चिन्नै नसकिने भएको छ । अचेल खजुरामा बस्दैन । नेपालगन्जमै घर बनाएर बसेको छ ।'

ooo

दृश्य माध्यममा मैले काम गर्न छाडेको निकै भइसक्यो ।

तर, त्यो दृश्य अझै सम्झना छ मलाई ।

म साथीको घरबाट निस्कँदा सानीले हामीले खाएका जुठा भाँडा माझिरहेकी थिइन् । जुठेल्नाको पानी भने नजिकैको खाल्टोमा बगेर गइरहेको थियो ।

सानी त्यही फोहर पानीसँगै बगिरहेकी थिइन् ।

दुब्ली न दुब्ली सानी ।

उनी मोटाउन किन सकिनन् ?

तर, यो प्रश्न मैले कोसित सोध्ने ? दुब्ली सानीसित कि मोटो साथीसित ?

TAXI

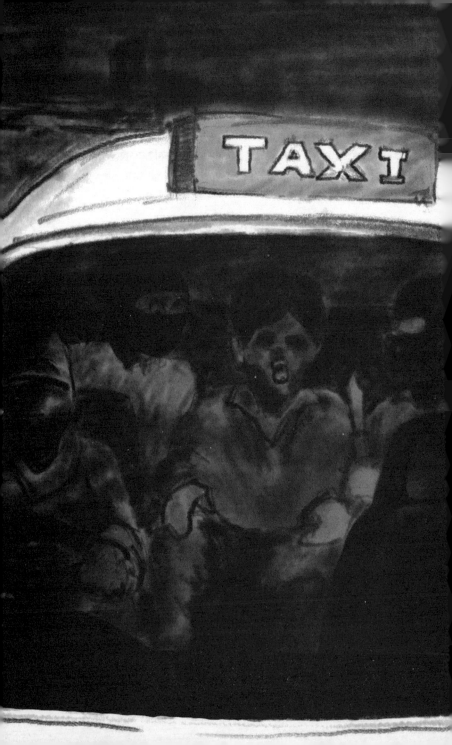

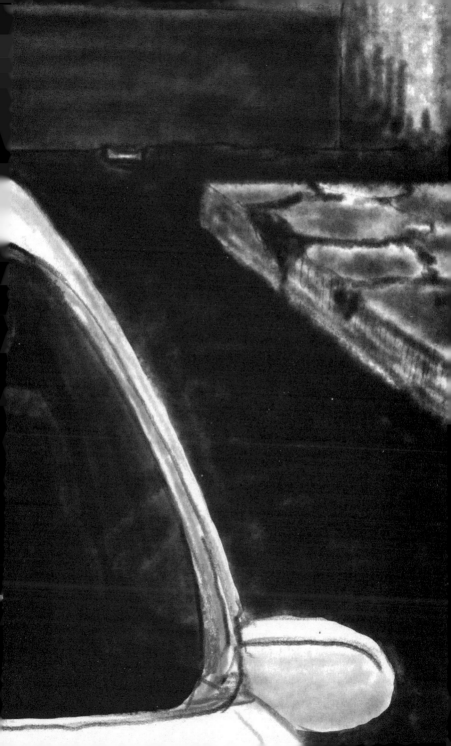

ताल्चा

'क्रोधले मान्छेको विवेकमा ताल्चा लगाइदिन्छ ।'

कति सार्थक वाणी !

तर, यो मलाई कुनै सन्त-महात्माले भनेका थिएनन् । करिब डेढ-दुई वर्षअघि दमक पुग्दा, त्यहाँको चिया-नास्ता बेच्ने ठेलामा लेखिएका शब्द थिए यी । पसले आफैं पनि सन्त टाइपका ज्ञानी मान्छे रहेछन् । उनको ठेलाको चार कुनामा चारथरीका सुन्दर आध्यात्मिक वाणी लेखिएका थिए । ती सबै क्रोधसितै सम्बन्धित थिए ।

त्यो वाक्यले मलाई झस्काएको थियो । किनभने, केही वर्षअघि अर्जुनजीले पनि यो वाक्य भनेका थिए मसित ।

ooo

पहिला म अलिक रिसाहा नै थिएँ । अचेल भने रिसै उठ्ने खालको विषय छ भने पनि म एकछिन रिसाउने कि नरिसाउने भनेर आफ्नै अन्तर्मनसित तर्क-वितर्क गर्छु । मनले प्रायः रिसाउने अनुमति दिँदैन । तर, यो सिङ्गो आलेख मेरो जीवनको एउटा कालखण्डमा मभित्र रहेको क्रोधकै अलिखित दस्तावेज हो । आज भने लेख्दै छु । लेखेर हल्का हुनुछ मलाई ।

करिब एक दशकअगाडिको यो घटना जबजब सम्झिन्छु, मेरो मस्तिष्कमा आश्चर्य, त्रास र हाँसोका तीनथरी भाव गँड्यौलाझैं उजीगुजी सलबलाउन थाल्छन् । टेलिभिजनका लागि पटकथा लेखन तिनताक मेरो पेसा नै थियो । *नेपाल टेलिभिजन*, *कान्तिपुर टेलिभिजन* र *नेपाल वान*लगायतका टेलिभिजनमा दिनैजसो मैले लेखेका टेलिशृङ्खला प्रसारित भइरहेका थिए । म व्यस्ततम् पटकथा लेखक भइसकेको थिएँ । सानोतिनो नै भए पनि निर्देशकहरूको लाम लाग्न थालेको थियो र मैले आफूले मागेको मूल्यमा काम गर्न पाइरहेको थिएँ । सायद यिनै कारणले केही दम्भ पनि मभित्र उत्पन्न भएको थियो । कहिलेकाहीँ हामीले थाहै नपाई दम्भका बादल मन र मस्तिष्कका तन्तुमा अल्झिएर बसिदिन्छन् र हाम्रो विवेकलाई अँध्यारोमा पारिदिन्छन् । मेरो हकमा पनि यही भएको थियो सायद ।

यस्तैमा अर्जुनजीसित मेरो परिचय भएको थियो । त्यो परिचय छोटो समयमै मित्रतामा परिणत भइसकेको थियो । उनी त्यतिबेला चर्चित केही टेलिभिजन धारावाहिकका निर्माता थिए । उनको आफ्नै पनि विज्ञापन एजेन्सी थियो । पढेलेखेका भलादमी थिए । साहित्यका कुरा बुझ्थे । मलाई निकै सम्मान गर्थे । कुनै बेला पोखरातिरको कुनै क्याम्पसमा प्राध्यापन पेसामा पनि संलग्न भइसकेका थिए उनी । कोही व्यक्ति शिक्षक या प्राध्यापक भन्ने थाहा पाएपछि मेरो मन यसै यसै श्रद्धाले नतमस्तक हुन्छ । यो स्वभाव मभित्र मेरो स्कुले जीवनताका नै हुर्किएको हो । साइकल चलाइरहेकै बेलामा मैले आफ्नो कुनै गुरूलाई देखें भने म साइकलबाट ओर्लिएरै नमस्कार गर्थें त्यो बेलैमा पनि । मेरो बुबा आफैं पनि नेपालगन्जको एउटा माध्यमिक विद्यालयको हेडमास्टर हुनुभएकाले पनि होला, शिक्षकहरूको सुखदुःख, तिनका पीरमर्काको साक्षी हुने मौका पाएको थिएँ । त्यसैले पनि उनीप्रति त्यो श्रद्धाभाव मभित्र पलाएको हुनुपर्छ ।

जब उनको कम्पनीका लागि एउटा टेलिभिजन धारावाहिकको पटकथा लेख्नुपर्ने भएपछि मेरो उनीसितको सम्पर्क र कुराकानीको क्रम बाक्लियो । म सिनेमा क्षेत्रमा लागे पनि मभित्र एउटा सुकोमल साहित्यिक मन थियो । उनी टेलिभिजन र विज्ञापनको क्षेत्रमै लागे पनि उनीभित्र पनि एउटा सुरूचिसम्पन्न साहित्यिक चेत थियो । धच गोतामेका फ्यान थिए । *शिरीषको* फूलको सुन्दर व्याख्या गर्थे । बीपीका कथाहरूको फ्रायडीय कोणबाट मीठो विश्लेषण पनि

गर्न सक्थे उनी । *तीन घुम्ती, सुम्निमा* या *नरेन्द्र दाइ*मा स्तरीय टेलिभिजन धारावाहिक बनाउनुपर्छ भन्ने सोच पनि थियो उनीभित्र ।

धारावाहिकको प्रसारण सुरू भएपछि उनको र मेरो भेट झन् बाक्लो हुन थाल्यो । धारावाहिकको अगाडिको कथानकलाई कता लैजाने या कुन मोड दिने भन्ने सल्लाहका लागि पनि भेट्नुपर्ने हुन्थ्यो हामीले । त्यसबाहेक बेलाबेलामा आफ्नो कामबापतको पारिश्रमिकको चेक बुझ्न उनको अफिसमा जाँदा पनि उनीसित भेट भइहाल्थ्यो । उनी मलाई सम्मान गर्थे । त्यसैले आफ्नै हातले चेक दिन्थे मलाई । कार्यालयमा पुग्दा खाजा-नास्ता नगरी आउनै दिन्नथे । कफीमा अमेरिकानोको तगडा पारखी थिए । कफीकै लागि मलाई आफ्नो सानदार ल्यान्डक्रुजरमा बसालेर ठमेल लैजान्थे । उनकै सङ्गतमा मैले क्यापिचिनो, एक्सप्रेसो, मोका, लात्तेलगायत कफीका विविध प्रजातिका स्वाद थाहा पाएको थिएँ । मलाई त चिनी र दूध हालेपछि सबै उस्तै लाग्थे । तर, विशाल मगमा तीतो न तीतो अमेरिकानो खाँदै उनी भन्थे, 'पहिला मोक्काचिनो र मकियातो भनेपछि हुरूक्क हुन्थें । अमेरिकानो सुरू गरेदेखि त अरू कफी हेर्न पनि मन लाग्दैन ।'

तर, उनमा केही अवगुण पनि थिए । उनी बढ्तै मूडी थिए । अलिक बढी महत्त्वाकाङ्क्षी पनि थिए । असाध्यै हतपते स्वभाव थियो । नसक्ने कुरा पनि सक्छु भनिदिन्थे र समस्यामा फस्थे । टेलिभिजनमा यति धेरै कार्यक्रमको प्रायोजन गर्थे कि त्यसबाट उत्पन्न हुने विभिन्न खालका आवश्यक-अनावश्यक समस्यामा जेलिएर बसिरहन्थे । बर्सेनि टेलिभिजनको बक्यौता नतिर्नेहरूमा उनको एजेन्सीको नाम पनि पत्रिकामा छापिइरहन्थ्यो । उनले भनेका पनि थिए, 'समस्याहरूसित घेरिएर बस्नु पनि एउटा लत नै हुँदो रहेछ । समस्या भएन भने केही कामै नभएजस्तो लाग्दो रहेछ ।'

समस्याहरूबाट कस्सिएर जेलिएको त्यस्तै कुनै क्षणमा उनको मति फेरिएको थियो र त्यससँगै उनको र मेरो सम्बन्धको स्वरूप नै गजबले बदलिएको थियो ।

ooo

एक दिन मैले फोन गरेर उनीसित आफ्नो पारिश्रमिक मागें । प्रत्युत्तरमा उनले अलिक नमीठो जवाफ दिए, 'एक-दुई दिन पर्खिनूस् न । कति हतार भएको तपाईंलाई ।'

उनले यति रूखो पाराले बोलेको थाहै थिएन मलाई । मन त खिन्न भयो नै, मेरो मथिङ्गल पनि अलिकति रन्थनियो । तर पनि उनको मूड ठीक भएन होला भन्ने सोचेर म केही दिनसम्मै चुप लागें ।

तर, कुरो पेसा र पैसाको पनि थियो । यी दुवैसित सम्झौता गरेर ढुक्क बस्ने हैसियत थिएन मेरो । मलाई तत्काल पैसा चाहिएको थियो । आवश्यकताले पटक्कै मोलाहिजा नगरिरहेको बेला थियो । केही दिनपछि फेरि उनको मोबाइलमा फोन गरें । उनले मेरो फोनै उठाएनन् । पटकपटक गर्दा पनि उठाएनन् ।

अब भने मलाई अलिक मन्दमन्द रिस उठ्न थालेको थियो । एक दिन मैले फेरि आफ्नै मोबाइलबाट फोन गरें । उनले उठाएनन् । मेरो नम्बरबाट फोन नउठ्ने छाँट देखेपछि म घरबाहिर आएर एउटा पसलबाट फोन गरें, उनले तुरुन्तै उठाए । मैले गुनासो गरें, 'मित्र ! मेरो फोनै उठाउन छाड्नु भयो नि !'

उनले फेरि उस्तै नीरस किसिमले जवाफ दिए, 'कत्राकत्रा समस्याले घेरिएको छु । तपाईंलाई जाबो आफ्नो पैसाको पीर । मलाई पनि स्पोन्सरहरूले पैसा दिएका छैनन् । त्यसैले सक्दिनँ म तपाईंको पैसा दिन । म बिजी पनि छु । मलाई अहिले कुरा गर्ने फुर्सद पनि छैन ।'

यति भनेर उनले फोन राखिदिए ।

म आजसम्म त्यति धेरै आक्रोशमा आएको थाहा थिएन । मेरा कन्चटतिरका नसा तुरुन्तै गँड्यौलाझैं सलबलाउन थाले । सासको गति तीव्र भयो । आँखाबाट आगो निस्केलाजस्तो भयो । बुद्धि, चेतना, भावुकता, संवेदना, सहिष्णुता र सहनशीलता, अहँ कुनै कुरामा अब मेरो नियन्त्रण रहेन ।

मेरो विवेकमा बडेमानको ताल्चा लाग्यो ।

ooo

म तीव्र आक्रोशसहित घर आएँ । मोटरसाइकल स्टार्ट गरें र पुतलीसडकस्थिति उनको कार्यालयतर्फ हान्निएँ । होस हराएजस्तै भएको थियो मेरो । मेरो मोटरसाइकल कुन सडक, कुन मोड र कुन गल्लीबाट हिँडिरहेछ भन्ने चेत नै थिएन मलाई ।

उनको अफिसमुनि मोटरसाइकल पार्क गरें । जीउ थरथर काँपिरहेको थियो । सासको गति अझै स्वाभाविक भएको थिएन ।

लिफ्ट चढें र चार-पाँच तलामाथिको उनको सानदार अफिसमा प्रवेश गरें । कर्मचारी आ-आफ्नो काममा व्यस्त थिए । फोनमा उनले आफू निकै व्यस्त छु भनेका थिए । तर, म उनको कार्यकक्षमा पस्दा उनी आफ्नो कम्प्युटरमा तास खेलिरहेका थिए । मेरो कन्पारो झनै तात्तियो । मेरा कानका लोतीबाट मानौं रगत तपतप चुहिन थाले । आक्रोशले मुटुमा ठाउँ ओगटेपछि मभित्रबाट सहिष्णुता र समझदारी फुत्त निस्किए र लिफ्टबाट हतारहतार ओर्लिएर नजिकैको कुनै कफी सपमा तीतो न तीतो अमेरिकानो पिउन थाले ।

मैले दायाँबायाँ अरू केही नै देखिनँ । उनको कठालो समातिहालें । उनलाई उनकै कुर्सीबाट तानें र भएभरको बल लगाएर मुहारतिरै मुक्का प्रहार गरें । अप्रत्यासित प्रहारले उनी रन्थनिए । उनले पनि प्रहार गर्न थाले । घम्साघम्सी भइहाल्यो । कार्यालयका कर्मचारी जिल्ल परे । केही दिनअघिसम्म यति मिल्ने दुई प्राणी अहिले किन एकअर्काको शत्रुजस्तो भएर घम्साघम्सी गरिरहेका छन् ? सबैको आँखाअगाडि यही प्रश्न एकसाथ प्रकट भएको थियो ।

त्यो घम्साघम्सीमा म अलिक भारी भएको थिएँ उनीमाथि । किनभने, मेरो आक्रमण नियोजित थियो । तर, उनले प्रतिरोधको योजना बुन्नै भ्याएका थिएनन् । उनको निधारतिर चोट लागेर रगत पनि बग्न थालेछ । उनी ब्रान्डेड घडीका सोखिन थिए । घडी जतिसुकै किमती र ब्रान्डेड भए पनि त्यसले खराब समय आएको कहाँ सूचना दिंदो रहेछ र ? त्यसरी सूचना पाएको भए उनी त्यो दिन कार्यालयमा भेटिने थिएनन् । मेरो रिस मरेर हात हालाहालकै स्थिति पनि सायद टर्ने थियो । हातमा ब्रान्डेड घडी लगाएको भए पनि समयले त्यो दिन उनलाई धोका दिएको थियो । घम्साघम्सीमा उनको त्यही महँगो राडो घडी पनि खसेर क्रिस्टल नै चर्किएछ । घन्टा र मिनेटको सुई तलमाथि पार्ने क्राउन पनि खुकुलो भएछ ।

मलाई खासै चोट लागेको थिएन । तर, म बक्सर त थिइनँ नि ! जुन हातले मुक्का प्रहार गरेको थिएँ, त्यो भयानक किसिमले दुख्न थालेको थियो । फेरि मैले हिर्काएको आठ-दस मुक्कामा दुइटाभन्दा बढ्ता उनलाई लागेन पनि होला । धेरै पटक त मेरो मुक्का हावामै खेर गएको थियो । दुई पटक उनकै टेबुलमा बेस्मारी बजारिएको थियो ।

अन्ततः केही कर्मचारी अगाडि बढे र हामीलाई द्वन्द्वबाट मुक्त गराए । यो युद्धमा मेरो चस्मा खसेर कतै हरायो । खोजें एकछिन । फेला परेन । त्यसपछि म तथानाम भन्दै बाहिरिएँ । उनले पनि भन्न केही बाँकी राखेनन् ।

बाइकबाट फर्कंदा टाँक चुँडिएको मेरो कमिजबाट छातीमा मज्जाले हावा पसिरहेको थियो । तर, त्यसले मेरो मनलाई भने शीतल बनाएको थिएन ।

ooo

साँझदेखि भने मलाई भयानक पछूतो हुन लाग्यो । साथी नै भए पनि, मभन्दा सिनियर थिए । उमेर र योग्यताको ख्याल त राख्नै पर्थ्यो । कुराकानीबाट समस्या समाधान हुने सबै बाटो बन्द भएकै थिएनन् । त्यस्तोमा मैले त्यसरी हातै उठाइहाल्नचाहिँ हुँदैनथ्यो ।

ग्लानिसँगै मलाई डर पनि लाग्न थाल्यो । केही दिन ग्लानिमै बित्यो । बिस्तारै मेरो रिस मऱ्यो । रिससँगै उनीबाट आफ्नो बाँकी बक्यौता पाउने आश पनि मऱ्यो । बेकार रिसाएछु । नरिसाएको भए केही दिनमा उनको मूड ठीक पनि हुन सक्थ्यो । मैले फकाएरै पनि आफ्नो पैसा लिन सक्थें । लिखित करार नै गरेर काम गरेको हुनाले आफ्नो रकम असुलउपर गर्न अरू तरिका पनि अपनाउन सक्थें ।

तर, मेरो रिसले मलाई धोका दिइसकेको थियो । रिस त त्यस्तो पागल घोडा रहेछ, जसले पाल्यो उसैले लात खायो ।

ooo

केही दिनदेखि बर्दियाका एक जना अपरिचित भाइले फोन गरिरहेका थिए । उनी कुनै धारावाहिक बनाउन चाहन्थे र त्यसको पटकथा लेखिदिन मलाई अनुरोध गरिरहेका थिए । मैले धेरै पटक उनलाई टारिसकेको थिएँ ।

तर, आफ्नै गाउँठाउँका भएकाले धेरै टार्न सकिनँ । एक दिन उनीसित गौशाला चोकमा भेट्ने निधो भयो । घरमा खाना खाइसकेर म करिब दस बजेतिर बाइक लिएर गौशाला पुगें ।

गौशाला चोकमा उहाँ भेटिबक्सियो । वलिष्ठ शरीरका भए पनि मान्छे हँसिला होइबक्सन्थ्यो । नमस्कार गरिबक्यो उहाँले मलाई । भनी बक्सियो, 'सर, ऊ त्यो लजमा जाऊँ र मज्जाले बसेर गफ गरौं ।'

म गएँ । लजभित्र पस्नासाथ अरू तीन जना पनि उहाँकै कदकाठीका बलिष्ठ व्यक्ति आइबक्सियो । मेरो वरिपरि उभिइबक्सियो । मेरो पाखुरा समातिबक्सियो । बल्ल मैले थाहा पाएँ, मेरो अपहरणका लागि यो सबै प्रपञ्च रचिएको रहेछ । सातो गयो मेरो । धन्न निज प्रभुहरूलाई देख्नेबित्तिकै मलाई केही अनिष्ट हुन लागेको आभास भइसकेको थियो र मैले निजहरूकै रोहबरमा ट्वाइलेटमा सु पनि गरिसकेको थिएँ ।

होटलको पछाडिको ढोकाबाट निकाले उनीहरूले मलाई । त्यहाँ पहिलादेखि नै एउटा ट्याक्सी तम्तयार राखिएको रहेछ । मलाई कोचकाच पारेर ट्याक्सीको पछिल्लो सिटमा हुले । एक जना मेरो दायाँतिर बस्यो, अर्को बायाँतिर । अर्को एक जना अगाडिको सिटमा बस्यो । चौथो ट्याक्सीको चालक सिटमा बस्यो । मैले सम्भावित खतरालाई आँखैअगाडि देखिसकेको थिएँ । त्यसैले मोबाइल झिकेर कसैलाई यसो सूचना दिन खोजें । के दिन्थे ! उनीहरूले मेरो मोबाइल कब्जामा लिइहाले । मोबाइलबाट सिमकार्ड झिके । सिमकार्ड मेरो खल्तीमा राखिदिए र मोबाइल आफैंसँग राखे ।

उनीहरूले मलाई पुतलीसडक नै लिएर गए । अर्जुनजीकै अफिसमा । फेरि लिफ्ट चढाए । अलिकति चलाखी गरें मैले । केही दिनअघिमात्र नयाँ चस्मा लिएको थिएँ । त्यसैले अब हुने सम्भावित प्रहारबाट चस्मालाई जोगाउनु जरूरी थियो । मैले लिफ्टमै चस्मा खोलें र खल्तीमा राखें । त्यसपछि हामी पाँच जना उनकै अफिसभित्र प्रवेश गऱ्यौं । म अघिअघि, तिनीहरू पछिपछि । दृश्य यस्तो देखियो, मानौं म फेरि बाहुबलीहरू लिएर उनलाई प्रहार गर्न आएको छु । एक जना कर्मचारीले त भन्यो पनि, 'सर, कुरा सिद्धिसकेको थियो, तपाईंले यसरी गुण्डा नै लिएर आउन नहुने । सरजस्तो बौद्धिक मान्छेले यस्तो गुण्डागर्दी गरेको अलिक सुहाएन ।'

मैले त्यतिबेला केही बोल्न सक्ने स्थिति नै थिएन । म बाहुबलीहरूसँगै फेरि उनको कार्यकक्षमा पस्न विवश थिएँ । कार्यकक्षमा पुगेर बाहुबलीहरूले मलाई आदरसाथ सोफामा बसाए र त्यहाँबाट निस्किएर अर्को कोठामा गएर बसे । अब म अर्जुनजीको जिम्मामा थिएँ । मैले लाचार भएर उनीतिर हेरें । उनको आँखामा आगो उम्लिरहेको थियो । म यसो नमस्कार गर्नमात्र के खोज्दै थिएँ, उनले जोडदार मुक्का प्रहार गरिहाले । मुक्का मेरो निधार, कन्चट या च्यापु, कहाँ बजारियो, मैले मेसो नै पाइनँ । दुखेको पनि आभास भएन । तर, मैले दिउँसै ढकमक्क तोरी फुलेको भने मज्जाले देखें । यतिबेला मैले उनीमाथि प्रहार गर्नसक्ने स्थिति नै थिएन । किनभने, यो मैले जित्न सक्ने लडाइँ नै थिएन । त्यसैले प्रतिरक्षाको भावमा म चुपचाप थिएँ । आफ्नो टाउको र अनुहारलाई उनको अनियन्त्रित प्रहारबाट जोगाइरहेको थिएँ ।

केहीबेरपछि उनको रिस केही शान्त भयो । उनी स्याँस्याँ गर्दै आफ्नो कुर्सीमा बसे । उनको दम झन् बढ्यो । मुख आँ गरेर कुनै इन्हेलर स्प्रे गरे । चिसो पानी पनि खाए । एकैछिनमा उनको घरबाट श्रीमती रूवावासी गर्दै आइन् र मलाई आरोप लगाउन थालिन्, 'साहित्यकारजस्तो मान्छे भएर यसरी गुण्डाहरू लिएर आउने ?'

ती मैले होइन, उनकै श्रीमान्ले भाडामा मगाएका गुण्डा हुन् भन्ने बुझ्न उनलाई निकैबेर लाग्यो । बुझिसकेपछि भने उनी आफ्नै श्रीमान्सित जङ्गिइन्, 'यति जाबो कुरामा पनि मारपिट गर्ने तपाईंहरू ? छिः ।'

एकछिनपछि एक जना वकिल आए । कालो कोट लगाएका । हेर्दै कुटील र रकमी । उनले निज वकिल साबसित मैले उनीबाट एक रूपैयाँ पनि लिन बाँकी नरहेको एउटा कागज बनाउन लगाए । उनको घडी बिगारिदिएबापत थप डेढ लाख तिर्नुपर्ने बेहोरा पनि लेख्न लगाए । कागज तयार भयो । मैले प्रतिकार गर्ने स्थिति थिएन । मैले चुपचाप कागजमा सही गरें, ल्याप्चे पनि लगाएँ ।

त्यसपछि बाहुबलीहरू फेरि कोठामा आए । ससम्मान मलाई अफिसबाट लिफ्टसम्म पुऱ्याए । मेरो मोबाइल सेट पनि फिर्ता गरे । त्यसपछि नमस्कार गरे र बिदा गरे ।

०००

कानुन त मैले पनि पढेको थिएँ । तर, जीवनमा एउटा पनि तमसुक लेखेको थिइनँ । इजलासमा उभिएर कहिल्यै कुनै देवानी र फौजदारी मुद्दामा बहस गरिनँ । तर पनि मैले नेपालको सर्वोच्च अदालतबाट अधिवक्ताको प्रमाणपत्र पाएकै थिएँ । त्यसैले कसैलाई डर, धाक र धम्की दिएर कागज गराउनु ठूलै अपराध हो भन्ने थाहा थियो मलाई ।

म लिफ्टबाट ओर्लिएर बाहिर आएँ र साथीहरूलाई फोन गरें । तुरुन्तै साथीहरू भेला भइहाले । मलाई तत्काल टिचिङ हस्पिटल लगे । मेरो अनुहारमा लागेको चोटको जाँच गराए । गौशालाबाट म अपहरणमा परेको थिएँ । त्यसैले त्यहीँ रिपोर्ट लेखाए । प्रहरी चौकी पुग्दा त्यहाँका प्रहरी इन्चार्जले मसित हात मिलाउँदै भने, 'के छ यार ?'

उनी नेपालगन्जमा क्याम्पस पढ्दाताकाका मेरा मिल्ने साथी नै थिए । नरबहादुर विष्ट । अब भने म गजबले ढुक्क भएँ । बाँकी काम उनैले गर्ने भए । चौकीमा मेरा दर्जनौं साथी भेला भए । पत्रकार साथीहरू पनि गजबले भेला भए । पुलिसले उनलाई घरैबाट गिरफ्तार गरेर ल्यायो । उनलाई गिरफ्तार गरिएको घरैदेखिको दृश्य खिच्दै आए केही टेलिभिजनका क्यामेराम्यान साथीहरूले । त्यही साँझ टेलिभिजनका सिनेमासम्बन्धी कार्यक्रममा त्यो फुटेज प्रसारण भयो । उनलाई गौशाला प्रहरी चौकीको लकअपमा राखियो । उनी रातभरि थुनिए । म घर आएँ । चौकीमै रहेका केही साथी भन्दै थिए, उनी लकअपमा पटक-पटक हात जोडेर त्यहाँबाट मुक्त गरिदिन आग्रह गरिरहेका थिए ।

भोलिपल्ट बिहान चौकी परिसरमा विज्ञापन सङ्घका पदाधिकारीको भीड लाग्यो । सबैले मेरै पक्षमा कुरा गरिरहेका थिए र उनलाई नै यो काण्डको जिम्मेवार ठहऱ्याइरहेका थिए । तर, जे भए पनि अर्जुनजी त्यही सङ्घका बहालवाला पदाधिकारी पनि थिए । त्यसैले उनीहरू हामीबीच मिलापत्र होस् भन्ने चाहन्थे । मेरा साथीहरू भने मभन्दा बढ्ता रिसाएका थिए ।

'अहँ, कुनै हालतमा मिलापत्र गर्नुहुन्न । डर, धाक, धम्की दिएर जाली कागजमा सही गर्न लगाएकामा मुद्दै चलाउनुपर्छ । यस्तालाई जेलमा कोच्नै पर्छ ।'

साथीहरूले मलाई उचालिरहेका थिए । म पनि मुद्दा गर्ने निर्णयमा पुगिसकेको थिएँ । तर, उनकी श्रीमतीको निरीह र याचनामय अनुहार देखेर मेरो मन पग्लियो । यत्रो भीडमा उनलाई पतिका कारणले अपमानित हुनुपरेको

दृश्य मलाई साह्रै नमीठो लागिरहेको थियो । अन्ततः मलाई मुद्दा-मामिला गर्नु ठीक लागेन ।

मिलापत्र भयो । उनले मलाई बाँकी रकमको चेक दिए । मसित गराएको कागज मेरैअगाडि च्यातिदिए । मिलापत्रको कागजमा हामी दुवैले ल्याप्चे लगायौं । हात मिलायौं । गला पनि मिल्यौं । उनले मलिन स्वरमा भने, 'खै के भयो भयो ! तपाईंसित यति राम्रो सम्बन्ध थियो । कति मिल्ने साथी भएका थियौं हामी । यस्तो होला भन्ने त मैले चिताएकै थिइनँ ।'

मैले पनि उनीसित माफी मागें, 'मैले पनि आवेशमा आउन नहुने ।'

उनले फेरि भने, 'रिसले बर्बाद गर्‍यो हामीलाई ।' अनि, एकछिन रोकिएर गम्भीर भएर भने, 'क्रोधले विवेकमा ताल्चा लगाइदिन्छ भन्ने सुनेको थिएँ । हो रहेछ ।'

हो, हामी दुवैको रिसले हाम्रो विवेकलाई कतै बन्दी बनाइदिएको थियो । उनलाई यो घटनापश्चात् निकै पछूतो भएको उनको अनुहारमा अभिव्यक्त भएको पीडाले पनि बताइरहेको थियो । मलाई त झन् अग्घोरै पश्चात्ताप भइरहेको थियो । चौकीबाट निस्केर आफ्नो ल्यान्डक्रुजरमा बस्ने बेलामा उनले भने, 'जेजस्तो भए पनि तपाईं मेरो साथी नै हो । हाम्रो मित्रता कायम रहनेछ । बीपीको उपन्यासमा सिरियल बनाउने भएँ भने तपाईंलाई नै पटकथा लेखाउँछु ।'

०००

घर आएँ । मलाई आफ्नो आवेशमा पश्चात्ताप त भई नै रहेको थियो । त्यतिबेला झनै पश्चात्ताप भयो, जब मैले उनले दिएको चेक हेरें । चेकको मितिमा ध्यान गयो मेरो । २० गते । मैले उनलाई कार्यालयमै गएर आक्रमण गर्नुभन्दा एक दिनअगाडिको मिति ।

पछि उनकै एक जना स्टाफले भने मलाई, 'उहाँ सरले त्यतिबेला पुरानो मोबाइल हराएर नयाँ लिनुभएको थियो । त्यसमा तपाईंको नम्बर सेभ थिएन । उहाँले तपाईंको स्वर नचिनेर अरू नै भन्ठानेर रूखो व्यवहार गर्नुभएको हुन सक्छ । तपाईंको चेक त अघिल्लो दिन नै तयार भइसकेको थियो ।'

०००

दमकको चोकमा अझै पनि के त्यो ठेला भेटिएला ? जसमा लेखिएको थियो : 'क्रोधले मान्छेको विवेकमा ताल्चा लगाइदिन्छ ।'

माछा

'कुहिएको माछालाई तुरून्त पोखरीबाट हटाइहाल्नुपर्छ । हाम्रो सङ्घ पनि पोखरी नै हो । तीर्थ नामको कुहिएको माछालाई समयमै हटाउन सक्यौं भने पोखरी स्वच्छ हुन्छ । त्यो माछालाई हटाउने जिम्मेवारी तपाईंको हो । तपाईंजस्तो असल मान्छे चुनावमा उठ्नै पर्छ । नत्र यो सङ्घ खराब मान्छेको हातमा जान्छ । पैसा र बाहुबलका आधारमा संस्था कब्जा गर्नेहरूलाई हामीले चुनौती दिन सकेनौं भने यसले पार्टीलाई पनि बदनाम गर्छ र कमजोर बनाउँछ ।'

टङ्कजीले नै यस्तो भनेपछि मैले सांस्कृतिक सङ्घको चुनावमा सभापतिको प्रत्याशी हुने निर्णय गरेको थिएँ ।

वास्तवमा मेरापछाडि टङ्कजीजस्ता थुप्रै असल मान्छे थिए, जसले मेरो नेतृत्वमा यो सङ्घलाई आगाडि बढाउनुपर्छ भन्ने चाहना राखेका थिए । सङ्घका नाममा थुप्रै किसिमका घोटाला हुन थालेका थिए । गैरकलाकारलाई पनि कलाकार बनाएर कोरिया र जापानजस्ता देश पठाउने काम हुन थालेको थियो । कोही सुजाता कोइरालाको मान्छे भएर आउँथे । कोही गिरिजाको पीएको आफन्त बनेर आउँथे । यसरी नेताहरूको आशीर्वादमा सङ्घमा म्यानपावरका दलालहरूको प्रवेश भएको थियो ।

मैले यसको विरोध गरेको थिएँ । यसको उपयुक्त समाधान नभएपछि सङ्घ दुई चिरामा विभाजित भएको थियो । एउटाको नेतृत्व मैले गरिरहेको थिएँ र अर्कोको तीर्थजीले ।

तीर्थ पक्षधर एक मित्रले भनेका थिए, 'यहाँ कोही पनि दूधले नुहाएको छैन । आफूले भ्रष्टाचार गर्न नपाएपछि इमानदार भएका छन् यहाँ कति जना । अहिले नैतिकताको कुरा गर्नेहरूले पैसाको स्वाद पाएका दिनदेखि फेरि नैतिकतावान्कै खेदो खन्न थाल्नेछन् ।'

उनको कुरा बेठीक थिएन । तर, टङ्कजीले भनेका थिए, 'मान्छे र माछा उस्तै हुन् । जसरी एउटा कुहिएको माछाले सारा पोखरी फोहर बनाउँछ र थुप्रै असल माछालाई पनि रोगी बनाउँछ, त्यसरी नै एउटा मान्छे खराब भैदियो भने समाजलाई नै दूषित बनाइदिन्छ ।'

टङ्कजीका यस्ता कुराले मलाई निकै प्रभावित गरेको थियो । उनकै प्रेरणाले म त्यो फोहर पोखरीमा हाम्फाल्न तयार भएको थिएँ । तर, मैले एउटा कुरा बुझ्नुपर्थ्यो, पोखरीमा हाम्फाल्दा आफ्ना सबै खालका पोसाक उतारेर निर्वस्त्र हुनुपर्छ । गल्ती यही भो, म आफ्ना सबै मर्यादासहित त्यसमा हाम्फालें ।

०००

टङ्कजी पूर्वी नेपालका चिनिएका काङ्ग्रेसी कार्यकर्ता थिए । मीठो स्वर थियो उनको । केही बाजागाजा पनि बजाउन जानेका थिए । चुनाव र अधिवेशनहरू हुँदा गीत-सङ्गीतमार्फत पार्टीको प्रचार गर्थे । त्यसैले उनी पार्टीको शुभेच्छुक संस्था भनेर चिनिने यो सङ्घसित आबद्ध हुन आइपुगेका थिए । जिल्लाका नेताहरूसित उनको राम्रै चिनजान थियो । आँखामा राख्दा पनि नबिझाउने खालको सादा र सरल व्यक्तित्व थियो उनको ।

केही समय काठमाडौंमै रहेर सङ्घका गतिविधिमा सक्रिय भएका थिए उनी । तिनताक नै परिचय भएको थियो उनीसित । सँगै काम गर्दै जाँदा विचार र मन मिल्दै गयो । मन मिलेपछि मित्र बन्न त्यति समय लागेन । मलाई स्नेह गर्ने र साथ दिने साथीहरू अरू पनि थुप्रै थिए । तर, तीमध्ये टङ्कजी विशेष थिए । उनी अनुभवी र परिपक्व थिए । भाँती पुऱ्याएर कुरा गर्थे । लोभलालचमा फसिहाल्ने खालको स्वभाव थिएन उनको । आफ्ना धारणा निर्भीक रूपमा राख्न खोज्थे । जाँड-रक्सी खाए पनि समाजले आपत्ति नगर्ने जातका थिए उनी । तर, उनी खाँदैनथे ।

छोटो समयकै लागि भए पनि विद्यार्थी राजनीति गरेको थिएँ मैले । नेपालगन्जबाट स्नातक अध्ययन गर्न काठमाडौं आएपछि मेरो प्राथमिकतामा साहित्य र सिनेमा पऱ्यो । राजनीतिबाट टाढिएँ । त्यसपछि लामो समयसम्म

राजनीतिले आकर्षित गरेन मलाई । मलाई सिर्जनाले नै आनन्द दियो । मैले सिर्जनामै आफ्नो सामर्थ्य देखें, यसैमा रमाएँ ।

तर, फेरि परिस्थितिहरू केही फेरिए । केही संयोगहरू फेरि घटित हुँदै गए । र, म सांस्कृतिक सङ्घसित जोडिएँ । सांस्कृतिक गतिविधिमार्फत राजनीति गर्ने मञ्च नै थियो यो पनि । तर, यसमा पनि म छोटो समयका लागि मात्र सक्रिय हुन सकें । राजनीतिको बाहुपाशमा म धेरै समय बाँधिएर बस्नै सकिनँ । त्यो बाहुपाशमा अत्तरको बास्ना त थियो । तर, त्यही बास्नामा पनि म निसास्सिएँ ।

मेरो अस्थिर स्वभावले गर्दा पनि होला राजनीतिसित यसरी चाँडै मोहभङ्ग भइहालेको । तर, जति समय बसें, टङ्कजीकै कारणले बसें । उनी मलाई सम्झाइरहन्थे, 'राजनीतिमा लाग्नेले धैर्य गर्न जान्नुपर्छ । तुरून्त प्राप्तिको आशा राख्नुहुँदैन । तुरून्तै सबै कुरा ठीक गर्छु भनेर महत्त्वाकाङ्क्षा राख्नु पनि हुँदैन । बेथिति भयो भनेर तुरून्तै आत्तिहाल्नु पनि हुँदैन । राजनीति त लडाइँ हो, लामो समयसम्म लडिरहनुपर्छ । त्यसैले लामो युद्धमा लाग्न सक्ने योद्धाहरू नै यहाँ टिक्छन् ।'

सांस्कृतिक सङ्घमार्फत राजनीतिमा लाग्छु । राजनीतिको फोहर सफा गरेर यसलाई सम्मानित कर्म बनाउँछु भन्ने महत्त्वाकाङ्क्षाको घोडामा सवार भएको थिएँ । तर, घोडाको लगाम मेरो हातमा थिएन । काठीबाट म चिप्लिएँ । मेरा खुट्टाबाट रकाबहरू फुत्किए । म जमिनमा पछारिएँ ।

म योद्धा हुन सकिनँ । हारें ।

ooo

अधिवेशन पोखरामा हुने भयो । म पनि पोखरा पुगें । यसअघि राजनीतिको यति विकृत रूप हुन्छ भन्ने मलाई थाहै थिएन । सुनेको थिएँ । तर, अनुभव थिएन । अनुभवको सुरूआत त्यतिबेलादेखि हुन थाल्यो, जतिबेला अस्तिसम्म मलाई दाइ मानेर मेरो साहित्यिक योगदानको निकै बखान गर्ने एक जना मित्रले सुटुक्क एउटा होटलमा लगे । मलाई उम्मेदवारी फिर्ता लिन धम्की दिए । म जिल्ल परें ।

अधिवेशनको दिन मेरा पक्षका केही साथीले तीर्थजीको पक्षमा लबिङ गर्न आएकी सुजाता कोइरालाले भाषण गरिरहँदा कालो झन्डा देखाइदिए । यस्तो गर्ने कुनै योजना थिएन र त्यसको कुनै तयारी पनि गरिएको थिएन । त्यो घटना अप्रत्याशित भएको थियो र मलाई पनि अप्रिय लागेको थियो । तर, पछि थाहा भयो- जसले कालो झन्डा देखाए, तिनले मेरै काँधमा बन्दुक

राखेर पड्काएका रहेछन् । तिनीहरू त तीर्थजीका पक्षमा लागेका रहेछन् । अर्कालाई बदनाम र कमजोर गराउने यस्तो खेलको काइदा मलाई कहाँ थाहा थियो र ! म त राजनीतिमा सिद्धान्त, आदर्श र इमानदारी सबैभन्दा ठूलो कुरा ठान्थेँ । तर, भुइँ यथार्थ त बेग्लै हुँदो रहेछ ।

चुनावका लागि मेरा पक्षका केही साथीले चन्दा उठाएका थिए । त्यो चन्दा रकम एक जना मित्रको जिम्मामा दिएका थियौँ । तर, मित्रले सारा रकम पचाइदिए । पछि थाहा भो, चुनावका दौरान केही बार्गेनिङपश्चात् उनी पनि खुसुक्क तीर्थजीकै पक्षमा लागिसकेका रहेछन् ।

सिनेमामा नायक भएर पनि खेलिसकेका एक जना भाइ थिए । कुनै बेला मैले लेखेको टेलिसिरियलमा आफ्नो भूमिका राम्रो पारिदिन दिनहुँ मलाई फोन गर्थे । सोचेको थिएँ, मेरो गुन बिर्सिएका छैनन् । तर, त्यस्तो भएन । मेरो विपक्षमा उभिएर अधिवेशनमा मेराविरूद्ध प्रचार गर्न र मैले जित्ने स्थिति आए चुनावै बिथोल्न भनेर काठमाडौँ चक्रपथतिरबाट गएको बाहुबलीहरूको टोलीको नेतृत्व त उनैले पो गरेका रहेछन् । त्यसपछि मैले बुझेको थिएँ, राजनीतिमा लागेपछि कति मान्छेका लागि भावना र संवेदना भन्ने कुरा अर्थहीन भैदिँदा रहेछन् । उनीहरूका निजी रूचि र प्राथमिकताले नै सम्बन्धहरूको निर्धारण हुँदो रहेछ । स्वार्थ भन्छौँ हामी त्यसलाई । तर, राजनीतिमा त्यो विशेषता बन्दो रहेछ । कलाकार मित्र त्यही विशेषताले ओतप्रोत रहेछन् भन्ने ठानेँ र चित्त बुझाएँ । पछि सङ्घकै सिफारिसमा उनी अमेरिका गए । उतै पलायन भए ।

टङ्कजी पनि भन्थे, 'राजनीतिको राजमार्गमा तमाम यात्री भेटिन्छन् । ती सबै मित्र हुँदैनन् । तर, तिनलाई दुस्मन पनि बनाइहाल्नुहुँदैन । यहाँ त कुन बेला मित्र दुस्मन र दुस्मन मित्र भइदिन्छन्, थाहै हुँदैन ।'

कति असल कुरा भन्थे टङ्कजी !

म त वरिपरि दुस्मनहरू देखिरहेको थिएँ । अघिसम्म मसित हात मिलाएकाहरूले एकछिनपछि शत्रुसित अङ्कमाल गरेको पनि देखिरहेको थिएँ । यस्तो काम केही मित्रले सुटुक्क गरिरहेका थिए र केहीले हाकाहाकी । तर, म चुपचाप हेरी मात्र रहेको थिएँ । प्रतिक्रिया जनाइरहेको थिइनँ । किनभने, टङ्कजीले तुरून्त प्रतिक्रिया जनाइहाल्नुहुन्न भनेर मलाई सिकाएका थिए र म टङ्कजीजस्ता मित्रलाई आँखा चिम्लेर विश्वास गर्ने मान्छे थिएँ । विश्वास तोडिँदा मनमा कतै दुख्छ, बेग्लै कुरा हो । तर, विश्वास गर्न जान्नुमा पनि आफ्नै खालको आनन्द हुन्छ ।

टङ्कजी यस्तो मामिलामा अनुभवी पनि थिए । राजनीतिमा उनको लामो संलग्नता थियो । अनेकथरीका र अनेक प्रवृत्तिका मान्छेलाई भोगिसकेका थिए । राजनीतिप्रतिको उनको विश्वास र धैर्य गज्जब थियो । उन्मादको हदसम्मको धैर्यता । मैले उनीबाट सिक्नुपर्ने कुरा थुप्रै थिए । त्यसैले म उनको नजिक थिएँ र उनलाई नजिक राख्न चाहन्थें । सय जना खराब मान्छेको काँधमा चढेर हिँड्नुभन्दा एक जना असल व्यक्तिको औंला समातेर हिँड्नु ठीक हो । म त्यही गरिरहेको थिएँ ।

०००

'नयनजी, तपाईं ढुक्क हुनूस् । जित तपाईंकै हुनेछ । काङ्ग्रेसीहरूले अझै विवेक गुमाएका छैनन् । ढिलै भए पनि असल र खराबको पहिचान गर्न जानेका छन् । तपाईं छिटो पोखरा पुग्नूस् । म पनि यहाँ झापाबाट साथीहरूलाई लिएर चाँडै पोखरा नै आउँछु ।'

म काठमाडौंबाट अधिवेशनका लागि पोखरा हिँड्नुअघिल्लो दिन फोनमा मलाई सम्झाएका थिए टङ्कजीले । मैले भन्दा बढ्ता राजनीति बुझेका उनले यति भनेपछि मलाई पनि हौसला मिलेको थियो ।

तर, म पोखरा पुगेको भोलिपल्ट पनि टङ्कजी आइपुगेका थिएनन् । अधिवेशनका लागि देशभरिबाट जिल्ला सभापति र अधिवेशन प्रतिनिधिहरू पोखरामा भेला भइसकेका थिए । चहलपहल निकै थियो । यस्तोमा टङ्कजीको उपस्थिति अमूल्य हुन्थ्यो । उनले बोलेपछि कतिपय विपक्षी साथीहरूले पनि मलाई सहयोग गर्न सक्थे । सबै बिकाऊ र बेइमान पनि त थिएनन् ।

पोखरामा अधिवेशन प्रतिनिधिहरू बसेको होटलमा रक्सीको खोलो बग्न थालेको थियो । साहित्य, कला, संस्कृतिसम्बन्धी बहस कहाँ कसले गरिरहेको थियो र ? सबै त त्यही खोलोमा बगिरहेका थिए, बहकिरहेका थिए । के राजनीतिलाई त्यसैले फोहोरी खेल भनिएको हो ? के यहाँ मान्छेले आफ्नो उत्थानका लागि कम, अरूको पतनका लागि बढी मिहिनेत गर्छ ? राजनीतिको बसले यस्तै प्राणीहरूलाई लिएर हिँडिरहेको छ भने असल मान्छे यो बसबाट तुरुन्त ओर्लिहाल्नुपर्छ । यो थाहा थियो मलाई । तर, टङ्कजीले हिम्मत नहार्नू भनेका थिए ।

टङ्कजीले पोखरा आउन ढिला गरे । उनको मोबाइल स्विच्ड अफ थियो । म उनको व्यग्रतापूर्वक प्रतीक्षा गरिरहेको थिएँ । किनभने, उनी आउनासाथ परिस्थिति फेरिन सक्थ्यो । समीकरणहरू बदलिन सक्थे । बाटो बिराएकाहरू फेरि सही बाटोमा आउन सक्थे ।

चुनावमा होम्मिइसकेपछि जितको आशा पनि हुँदो रहेछ । उनी चाँडै आइदिए मेरो जितको सम्भावना बलियो हुन्छ भन्ने मलाई आश थियो ।

तर, किन आउन ढिलो गरिरहेछन् टङ्कजी ?

म आत्तिन थालें ।

राति मेरो मोबाइलमा उनको फोन आयो । मैले हत्तपत्त फोन उठाएँ । उनले भने, 'नयनजी ! मैले त दिउँसोसम्म तपाईंले पैसा पठाइसक्नुहुन्छ होला भन्ने सोचिरहेको थिएँ ।'

'पैसा ? कस्तो पैसा ?' म अलमलमा परें ।

'हामी पोखरासम्म आउन बस रिजर्व गर्नुपरेन ? कार्यकर्ता र प्रतिनिधिहरूलाई बाटामा भोजन गराउनुपर्‍यो । दारूपानी पनि गराउनुपर्‍यो । त्यसका लागि कम्तीमा पचास हजार त लाग्छ । यो रकम पठाएपछि मात्र हामी यहाँबाट हिँड्न सक्छौं । अब यसलाई तपाईंले राजनीतिमा गरेको लगानी नै सम्झनूस् ।'

म धेरै पटक आकाशबाट खसेको छु । यस पटक त म जानेर आकाशमा उडान भरिरहेको थिएँ । यस पटक पनि खसें । टङ्कजीले लगानीको कुरा गरेका थिए । म छक्क परें, मैले राजनीति गर्न खोजेको कि व्यापार गर्न ?

'तर, टङ्कजी, पोखरा आउने-जाने सबै खर्च त जिल्ला कमिटीले आफैं व्यवस्था गर्ने निर्णय भएको होइन र ?'

'यहाँ हामीले कहाँ पैसाको व्यवस्था गर्न सक्छौं र ? हामी त तपाईंले पैसा पठाएमात्र आउन सक्छौं ।'

मलाई आदर्श र सिद्धान्तको अनेक पाठ पढाउने टङ्कजी आज आफैं पैसाको कुरा गरिरहेका थिए । त्यो पनि अन्तिम समयमा आएर । यति नजिकका मित्रले पैसाकै कारण यसरी असहयोग गर्छ भन्ने मैले चिताएकै थिइनँ ।

सकिनँ । मैले पैसा पठाउन सकिनँ । तीर्थजीले पठाए । टङ्कजी आए ।

म योद्धा थिइनँ । मैले चुनाव हारें ।

म पोखरीमा माछा भएर तैरिरहेको थिएँ । सिङ्गै पोखरी नै आफ्नो ठानेर । फुर्तीफार्तीका साथ । तर, देखें, असङ्ख्य अरू माछाहरू कुहिरहेका छन् । पोखरीमा म एक्लो परें । म आत्तिएँ र फुत्त पोखरीबाट बाहिर आएँ । यो पोखरीमा छुट्टिंदो रहेनछ, कुन माछा असल छ र कुन माछा कुहिएको छ । सबै त तैरिरहेकै छन् ।

टङ्कजी अझै पनि पोखरीमै छन् र तैरिरहेछन् ।

अग्लो

'हेलो, आराम हुनुहुन्छ, नयनजी ?'
'आराम छु । तपाईंलाई नि ?'
'ठीकै छ भन्नुपर्‍यो । अनि, आज के गर्दै हुनुहुन्छ ?'
'खासै केही छैन ।'
'तैपनि, केही छ कि ? यसो सम्झनूस् त ।'
'हैन, त्यस्तो केही छैन ।'
'पक्का हो ?'
'हो, किन सोध्नुभएको ? भन्नूस् न !'

'तैपनि, कहिलेकाहीँ अचानक काम आइपर्छ । त्यस्तो केही आइपर्ने सम्भावना कत्तिको छ ? हिजो सुरेश ढकालसित भेट्ने कुरा थियो । उसलाई पनि अचानक काम परेछ ।'

'खै, मेरो आज त्यस्तो केही होलाजस्तो त छैन ।'
'उसो भए साँझ चार-पाँच बजेतिर के छ तपाईंको ?'
'त्यस्तो केही छैन आज । खाली नै छु ।'
'पीपलबोटतिर जानुहुन्छ कि ?'
'आज त जान्नँ । घरमै हुन्छु ।'

'घर दुई तलाको हैन तपाईंको ? कि तला थप्नुभयो ?'

'अहिले त त्यत्ति हो, थपेको छैन ।'

'थप्ने योजना छ कि ?'

'खै, अहिले त योजना छैन । अहिले पुगेकै छ हामीलाई ।'

'मेरो पनि त्यस्तै त्यस्तै छ । तला थप्न सकेको छैन ।'

'बिस्तारै थप्ने नि ।'

'हो, बिस्तारै थप्ने । जीवनमा सबै काम बिस्तारै गरियो । कहिल्यै छिटो हुन सकिएन ।'

'यस्तै हो ।'

'उसो भए आज फ्रि हुनुहुन्छ हैन त ?'

'फ्रि छु । केही छ र ?'

'फ्रि हुनुहुन्छ भने मात्र भनूँ कि ?'

'फ्रि छु ।'

'उसो भए चार-पाँच बजे भेट्न सकिन्छ ?'

'सकिन्छ । कहाँ आऊँ ?'

'कि मै आऊँ कतै ? तपाईंलाई गाह्रो हुन्छ कि ?'

'केही गाह्रो हुन्न । आइहाल्छु । बाइक छ मसित ।'

'चाबहिल तरकारी बजार कत्तिको पायक पर्छ तपाईंलाई ?'

'बाइकमा वसुन्धराबाट दस मिनेट पनि लाग्दैन । पायक पर्छ ।'

'जाडो छ । चिसो पो लाग्ने हो कि बाइकमा ?'

'लाग्दैन । केही फरक पर्दैन ।'

'चिसो लाग्यो भने निको हुन गाह्रो हुन्छ । खगेन्द्र दाइलाई रूघा लागेर गाह्रो भाछ ।'

'वर्षमा एकचोटि त मलाई पनि लाग्छ ।'

'एकैचोटि थला पर्नुभन्दा कहिलेकाहीँ बिरामी भएकै राम्रो । चैतन्य सरलाई पनि सन्चो रहेनछ । बाइक चलाउँदा चिसो लाग्ने सम्भावना अलिक बढी नै हुन्छ । सचेत भएकै राम्रो ।'

'सधैं चलाइरहेकै हो । डम्म लुगा लगाइन्छ । जाडो हुन्न ।'

'उसो भए आउन मिल्छ हैन ?'

'मिल्छ ।'

'त्यसो भए चार-पाँच बजे त्यहीँ भेटौं न त ।'

'हुन्छ म आउँछु ।'

'चार कि पाँच ?'

'तपाईं भन्नूस् न ! म जतिबेला पनि आउँछु ।'

'चारमा आउनूस् न त ।'

'हुन्छ ।'

'कि पाँचमा ?'

'हुन्छ, पाँचमा पनि हुन्छ ।'

'तर, चारमै भेटौं । पाँचतिर अलिक भीडभाड हुन्छ । आज त सुरेश पनि आउँछ होला । चैतन्य दाइ पनि आउनुहुन्छ होला । शार्दूलजीसित पनि भेट हुन्छ ।'

'हुन्छ । चारमै आउँछु ।'

'एउटा साह्रै जरूरी कुरा भएर तपाईंसित भेट्न खोजेको ।'

'म पक्का आउँछु ।'

ooo

यस्तै यस्तै कुरा भएको थियो त्यो दिन । यो त अझ छोटो संवाद लेखें । फोनमा हामीबीच यसभन्दा बढी नै संवाद भएको थियो । 'आज चार बजे तरकारी बजारमा भेटौं ।' यति सानो कुरा भन्न चार-पाँच मिनेट नै लगाई दिनुभएको थियो उहाँले । यो कुरा सजिलै भन्न सक्नुहुन्थ्यो उहाँले मलाई । उमेरले पनि उहाँभन्दा सानै हुँ । यसरी धकै मान्नुपर्ने थिएन मसित । तर, मसित पनि एउटा सानो कुरा भन्न उहाँले एक जुग लगाउनुभएको थियो । त्यो पनि अनेकानेक भूमिका बाँधेर । चुटकुलामा भएको भए त्यति समयमा एउटा मान्छे चन्द्रमामा गएर एक निद्रा सुतेर फेरि धर्तीमा फर्केर नासामा प्रवचन दिन पनि भ्याइसक्ने थियो ।

तर, यति धेरै भूमिका बाँधेर भनेकाले पक्कै केही गम्भीर कुरा हुनुपर्छ भन्ने मलाई लाग्यो । केही महिनाअघिको भेटमा उहाँले भन्नु पनि भएको थियो, 'एउटा साहित्यिक पत्रिका निकाल्ने कुरा भएको छ । निस्किने भयो भने तपाईंसित पनि सल्लाह गर्छु ।'

सायद त्यही सल्लाह गर्न पनि बोलाउनु भएको हो । मैले अनुमान लगाएँ ।

ठीक चार बजे पुगिहालें । उहाँ अघि नै आइसक्नु भएको थियो । मैले भेट्दा उहाँ बडो स्वादले चुरोट तानिरहनु भएको थियो । चुरोटको धूवाँको एउटा बाक्लो बादल उहाँको अनुहार वरिपरि मडारिइरहेको थियो ।

रक्सी र चुरोटको सोखिन हो उहाँ । उहाँले चुरोट पिउँदा र मदिराको चुस्की लिँदा लाग्छ, उहाँ प्रेमिकालाई चुम्बन गरिरहनुभएको छ । लाग्थ्यो, चुरोट र मदिराको स्वाद मात्र लिनुहुन्न उहाँ, तिनको सम्मान पनि गर्नुहुन्छ । तर, उहाँलाई न चुरोटले माया गऱ्यो, न मदिराले सम्मान गऱ्यो ।

तरकारी बजारसँगैको चिया पसलको बेन्चमा बस्यौं हामी । खगेन्द्र सङ्ग्रौला, शार्दूल भट्टराई, चैतन्य मिश्र, सुरेश ढकाल, आत्माराम शर्मालगायत चाबहिल एरियाका साहित्यकार-बुद्धिजीवीहरूको साँझ-बिहान चिया खाने र समसामयिक विषयमा बहस गर्ने अखाडा हो त्यो । कहिलेकाहीँ नारायण ढकाल पनि मिसिन आइपुग्नु हुन्छ । यसअघि पनि एक-दुईपल्ट संयोगले पुगेको छु म ।

उहाँले एक मुठा रायोको साग किन्नुभएको रहेछ । सागको मुठालाई आफूसँगै बेन्चमा राखेर उहाँले भन्नुभएको थियो, 'मलाई साग साह्रै मन पर्छ ।'

उहाँले मलाई किन बोलाउनु भएको हो भनेर बुझ्न तीव्र उत्सुक थिएँ । तर, उहाँले तत्काल केही भन्ने सङ्केत देखाउनु भएन । उहाँले चियाको अर्डर गर्नुभयो । त्यसपछि चुरोट माग्नुभयो । लाइटर माग्नुभयो । जिब्रोले धेरै पटक सुकेको ओठ भिजाउनुभयो । त्यसपछि छेउमा कुइँकुइँ गरिरहेका कुकुरतिर वितृष्णापूर्वक हेर्दै भन्नुभयो, 'अचेल यहाँ निकै कुकुर आउन थाले । हल्ला पनि साह्रै हुन थाल्यो । एकअर्कालें बोलेको पनि सुन्न गाह्रो होला जस्तो छ । अन्तै गएर बस्ने हो कि ?'

'ठीकै छ । एकछिन त हो नि । यहीँ ठीक छ ।'

'तपाईंलाई डिस्टर्ब भयो कि ?'

'हैन, मलाई केही भएको छैन । एकदम ठीक छु ।'

'हो हुन त । कुकुरहरू कहाँ छैनन् ? देशै कुकुरमय भइसक्यो । तपाईंले त कुकुर भन्ने कथा पनि लेख्नुभएको छ क्यारे ! तर, मलाई त्यो कथाभन्दा

पनि निबन्धजस्तो लागेको थियो । खासमा त्यो निबन्धै हो । तर, निकै राम्रो थियो । मलाई एकदमै मन परेको थियो ।'

'धन्यवाद ।'

मलाईचाहिँ अब उहाँले सोझै विषय प्रवेश गरे हुन्थ्यो भन्ने लागिरहेको थियो । म उहाँले यहाँ बोलाउनुको कारण के रहेछ भनेर बुझ्न हतारिएको थिएँ । तर, उहाँले कुनै हतार देखाइरहनु भएको थिएन । लामै समय सामान्य गन्थनमा बितेपछि मैले नै भनें, 'केही काम छ भन्नुहुन्थ्यो । के थियो कुन्नि ?'

तर, उहाँले यताउताका कुरा गरेर आधा घन्टा भूमिका बाँध्नुभयो । त्यसपछि साह्रै अप्ठ्यारो मानीमानी उहाँको गलाबाट आवाज निस्कियो । त्यो आवाजमा घोलिएर उहाँको पीडा र उहाँभित्रको ग्लानि पनि निस्कियो । बल्लबल्ल भन्नुभयो, 'मलाई पैसाको निकै खाँचो पऱ्यो । तपाईंबाट यसो सापट पाइन्थ्यो कि भनेर नि !'

उफ् ! के के न कुरा होला भनेर आएको थिएँ । जिल्ल परें । एकछिन हेरेको हेऱ्यै भएँ ।

कतै उहाँले ठूलै रकम सापटी माग्न लाग्नुभएको त होइन ? नत्र यति प्रपन्च किन रच्नुपर्थ्यो र उहाँले ? तर, म पैसावाल कहाँ हुँ र ? मन्द मन्द खालको आर्थिक सङ्कट त मैले जीवनभरि भोगिरहेकै कुरा हो । कसैलाई पनि ठूलो रकम सापट दिने हैसियत छँदै थिएन मेरो । मलाई डर लाग्यो । मैले आवाज मधुरो पारेर सोधें, 'कति चाहिएको हो कुन्नि ?'

त्यसपछि पनि उहाँले कहाँ भन्नुभयो र ? फेरि चुरोट सल्काउनुभयो । फेरि चिया मगाउनुभयो । फेरि यताउताका कुरा गर्नुभयो । त्यसपछि पनि चुरोट सल्काउनुभयो । फेरि तेस्रो खेप चिया मगाउनुभयो । अनि, बल्ल भन्नुभयो, 'पाँच हजारजति चाहिएको ।'

उफ् ! जम्मा पाँच हजार ? यतिका लागि उहाँले यति लामो भूमिका बाँध्नुभएको ? म जिल्लै परें ।

मैले उहाँलाई त्यहीँ एकछिन पर्खाएँ । बाइकमा गौशाला आएँ । एटीएमबाट पैसा झिकें । फेरि फर्केर त्यहीँ गएँ । उहाँ चुरोट तानेरै बसिरहनु भएको थियो । मैले उहाँको हातैमा पैसा राखिदिएँ । पूरै पाँच हजार ।

उहाँको अनुहारमा आवश्यकताभन्दा बढी कृतज्ञताको भाव देखा पऱ्यो । त्यो भाव मेरा लागि नै भारी भयो । यो सामान्य सहयोग थियो । तर, उहाँले यसैलाई ठूलो ठान्नुभयो ।

उहाँका समकालीन साथीभाइले उहाँका बारेमा भन्छन्, 'साह्रै अन्तर्मुखी छ ।'

हो, उहाँ अन्तर्मुखी नै हुनुहुन्थ्यो । चाँडै कसैसित खुल्न नसक्ने । धेरै कुरा मनमै गुम्स्याएर राख्ने ।

नियमित नभए पनि उहाँसित मेरो लामै सङ्गत भयो । तर, कहिल्यै आपसमा धेरै कुरा भएजस्तो लाग्दैन । एकदम थोरै र जोखेर बोल्ने बानी थियो उहाँको ।

ooo

मसित सापटी लिएको केही दिनपछि उहाँले फेरि फोन गर्नुभयो ।

'नयनजी, आराम हुनुहुन्छ ?'

'आरामै छु । तपाईंलाई ?'

'ठीकै छ । सामान्य ।'

'आज केही प्रोग्राम छ कि ?'

म डराएँ । उहाँको कुराको पाराले मलाई विश्वास भइसकेको थियो, उहाँले फेरि पैसा माग्नुहुन्छ । म तर्किएँ यस पटक । फुर्सद छैन भनिदिएँ ।

भोलिपल्ट फेरि फोन गर्नुभयो ।

'नयनजी, आराम हुनुहुन्छ ?'

'आराम छु । तपाईंलाई नि ?'

'मलाई पनि ठीकै छ । सामान्य छ ।'

त्यसपछि उही कुरा सोध्नुभयो, 'आज के छ तपाईंको ?'

मैले फेरि ढाँटे र भनें, 'व्यस्त छु आज त ।'

उहाँले निराश भएर भन्नुभयो, 'भेट्नु थियो ।'

मैले बुझी हालें । फेरि पैसा चाहियो उहाँलाई ।

पर्सिपल्ट फेरि फोन आयो उहाँको । फेरि आरामकै कुरा । फेरि आजको प्रोग्रामकै कुरा । तर, त्यो दिन मेरो एउटा कार्यक्रममै जानु थियो । एकेडेमीमा । मैले त्यही भनिदिएँ । टार्नु पनि थियो मलाई । उहाँलाई सापट दिने पैसा पनि थिएन मसित ।

तर, उहाँ एकेडेमीमै आइपुग्नुभयो । मसँगैको सिटमा आएर बस्नुभयो । खुसुक्क भन्नुभयो, 'खासमा यस्तो झूर कार्यक्रममा आउने मनै थिएन । तपाईंलाई नै भेट्न आएको ।'

कार्यक्रममा मैले उपस्थिति जनाइसकेको थिएँ । वक्ताहरूले बोल्ने क्रम चलिरहेको थियो । तर, तिनका वाणीहरू मेरा लागि उपयोगी थिएनन् । त्यसैले धेरै बेर बस्न मलाई पनि मन लागेको थिएन । उहाँले फेरि भन्नुभयो, 'नयनजी, म धेरै बस्दिनँ । गैहाल्छु । बरू एकछिन यसो बाहिर जाऊँ न । सानो कुरा छ ।'

'उसो भए तलै जाऊँ । तपाईंसित कुरा गरेर म पनि निस्कन्छु,' मैले भनें ।

हामी दुवै एकेडेमीका खुड्किलाहरू ओर्लिन थाल्यौं । उहाँको कमजोर खालको मुखमुद्रा देखेर मलाई फेरि फसें भन्ने आभास भइसकेको थियो । तर, मनलाई टनक्क बेरेर बलियो बनाएँ । अब पैसा मागे ठाडै 'छैन' नै भन्ने निश्चय गरें ।

हामी पार्किङमा आयौं । यतिबेला पनि उहाँको अनुहार खासै उज्यालो थिएन । मानौं फेरि नयाँ आर्थिक सङ्कटले गाँज्यो उहाँलाई । उहाँको अनुहार देखेर मेरो अनुहार पनि अँध्यारो भयो । माघको दोस्रो या तेस्रो साता हुनुपर्छ । हिजोदेखि घाम लागेको थिएन ।

'कस्तो जाडो !' उहाँले यसो भन्दा उहाँको मुखबाट बाक्लै वाफ निस्कियो र वायुमण्डलमा मिसियो । उहाँले खल्तीबाट चुरोट झिकेर सल्काउनुभयो । त्यसको धूवाँ पनि वायुमण्डलमै मिसियो । मैले बाइकको साँचो दाहिने हातको चोर औंलामा घुमाउन थालें । यसो गरेर मलाई अरू कतै जाने हतार छ भनेर देखाउन खोजेको थिएँ । उहाँले यो सङ्केत कति बुझ्नुभयो, थाहा छैन ।

'अचेल के लेख्दै हुनुहुन्छ ?' सोध्नुभयो ।

'लूकै रिराइट गरिरहेको छु,' मैले सङ्क्षिप्त जवाफ दिएँ ।

'तपाईंको त्यो उपन्यास राम्रो हुन्छ ।'

उहाँले लूको पहिलो ड्राफ्टको पाण्डुलिपि नै पढ्नुभएको थियो । थुप्रै सल्लाह दिनु पनि भएको थियो । पाण्डुलिपि पढेकै भरमा *कान्तिपुर*को कुनै लेखमा उहाँले उपन्यासको तारिफ पनि गरिदिनु भएको थियो । धेरैले त्यसपछि मसित उपन्यासका बारेमा सोधखोज गरेका थिए । एक खालको

चर्चा पुस्तक बजारमा आउनुअघि नै हुन थालेको थियो । गुन मान्नुपर्थ्यो नि मैले । तर, यतिबेला मैले उहाँको गुन बिर्सेर उहाँप्रति बेवास्ता गरेजस्तो व्यवहार गरिरहेको थिएँ ।

अहिले सम्झँदा, आफैंसित दिक्क लाग्छ ।

मैले हतार भएजस्तो गरें । उहाँले पत्याउनुभयो । त्यसपछि उहाँले आफ्नो ज्याकेटभित्र हात हालेर बडो जतनसाथ केही झिक्नुभयो र मेरो ज्याकेटको बाहिरी खल्तीमा हुलिदिनुभयो ।

'तपाईंसित अस्तिनै लिएको पाँच हजार । तिर्न अलिक ढिलो भयो । अस्तिदेखि यही फिर्ता गर्न तपाईंलाई फोन गरेको थिएँ ।'

फेरि पैसा माग्न होला भन्ने लागेर तर्किन खोजिरहेको थिएँ । उहाँ भने पैसा फिर्ता गर्न मलाई खोजिरहनु भएको रहेछ । म आत्मग्लानिले निथ्रुक्कै भिजें । मेरो अस्तित्व गलेर पालुङ्गोको सागजस्तै भएको अनुभव गरें । पिंडालुझैं लतक्कै भएँ ।

कति गलत सोचेछु मैले उहाँलाई !

'धन्यवाद तपाईंलाई । कति ठूलो सहयोग गर्नुभयो ।'

यो वाक्य त उहाँले नभनेको भए पनि हुन्थ्यो । तर, भन्नुभयो र मलाई थप हीनताबोधको समुद्रमा डुबाउनुभयो । त्यसपछि उहाँले बिदाइमा हात मिलाउनुभयो । मलाई उहाँप्रति सम्मान प्रकट गर्न मन लाग्यो । मैले सोधें, 'कहाँ जानुहुन्छ तपाईं ? म बाइकमा छाडिदिन्छु नि !'

'भैहाल्यो । यस्तो चिसो छ । म हिंडेरै जान्छु ।'

मैले नमस्कार गरें ।

ooo

करिब पाँच फिटको हुनुहुन्थ्यो गोविन्द वर्तमान । तर, म त त्यो दिन उहाँभन्दा निकै होचो भएको थिएँ र उहाँलाई अग्लो भएर एकेडेमी परिसरबाट सडकतिर जाँदै गरेको हेरिरहेको थिएँ । उहाँ बिस्तारै मेरा आँखाबाट ओझेल हुनुभयो । मानौं, चुपचाप आफ्नै किताब *हरियो साइकल*का पानाहरूमा विलीन हुनुभयो ।

हरियो साइकल मेरो दराजमा सम्मानसाथ बसेको छ । तर, उहाँ भने गइसक्नुभएको छ । यो संसारबाटै । एकेडेमीमा उहाँले भन्नु पनि त भएको थियो, 'म धेरै बस्दिनँ । गैहाल्छु ।'

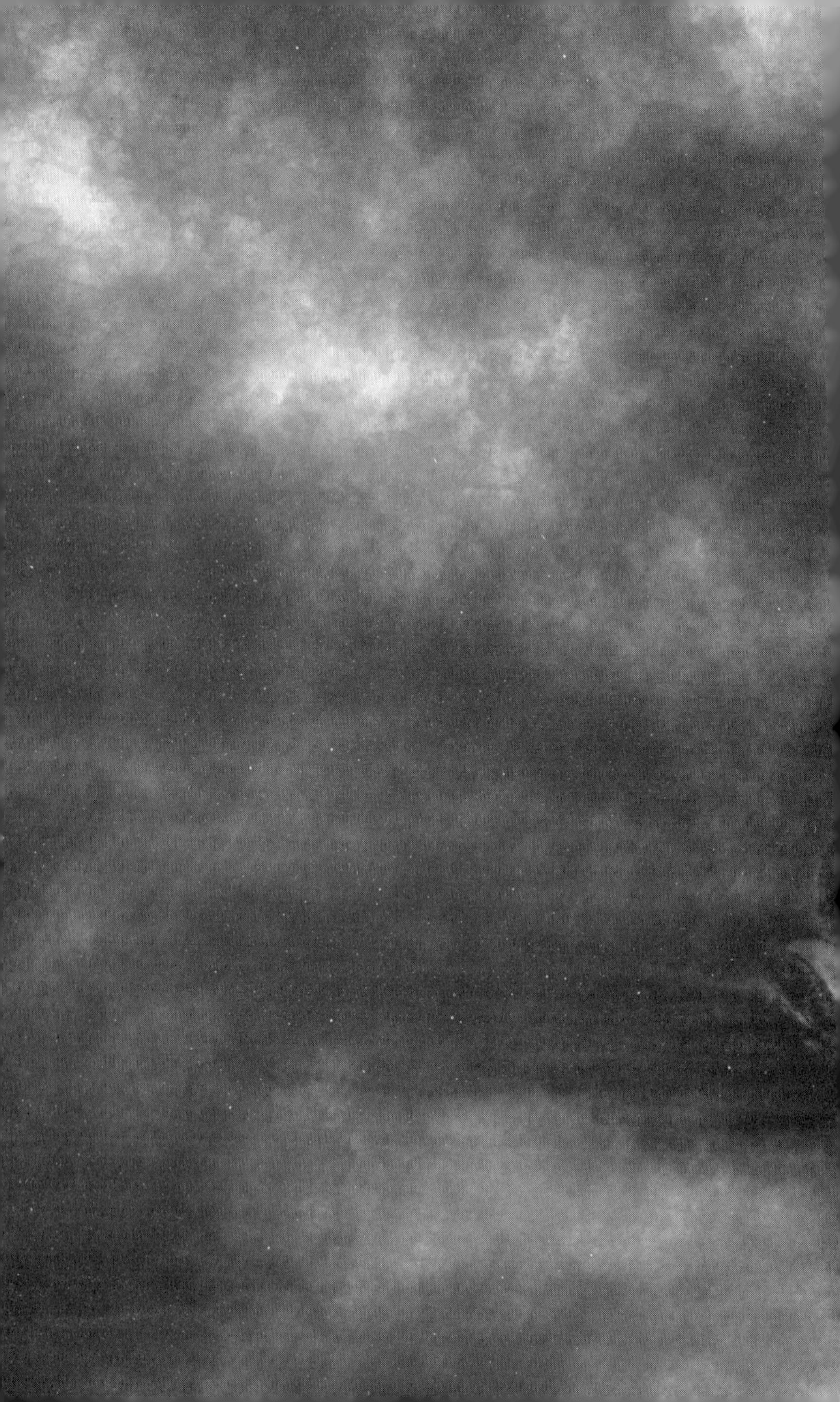

प्लास्टिक

चौध वर्षपछि आएको थियो उनको फोन ।

०००

मेरो बैठकको फूलदानमा सजाइएका प्लास्टिकका फूलहरू धूलो जमेर मैलिएका थिए । म बेसिनमा ती फूल पखालिरहेको थिएँ । फूल त सक्कली नै राम्रा । उम्रियून्, फुलून्, ओइलाउन् र फेरि फुलून् । अनि पो राम्रो । गति, समय र जीवनको प्रतिविम्ब देखिन्छ सक्कली फूलमा । प्लास्टिकका फूल त भ्रम हुन् । हाँसेजस्ता लाग्ने तर हाँसेको नदेखिने, सदाबहार देखिने तर बहारहरूको आवश्यकता नपर्ने । ओइलाउँदैनन् प्लास्टिकका फूलहरू । तर, जीवन्त फेरि पनि हुन्नन् । यसबाट जीवनको कुनै दर्शन फेला पार्न सकिन्न । तर पनि हामी आफ्ना बैठकहरूमा सजाउँछौं प्लास्टिकका फूलहरू । सौन्दर्य त होला । तर, सुगन्ध कहाँ ! संवेदना कहाँ ! मान्छे जब संवेदनाबाट निरपेक्ष हुन थाल्छ, ऊ बगैंचासित उदासीन हुन्छ र आफ्नो बैठकमा सजाउन थाल्छ प्लास्टिकका फूलहरू । कतै म पनि संवेदनाबाट निरपेक्ष हुँदै गइरहेको सङ्केत त होइन यो ?

बेसिनमा फूल धुँदै गर्दा यस्ता प्रश्न मेरा मनमा पलाएका थिए/थिएनन्, अहिले थाहा भएन । तर, थाहा छ– त्यही बेला मेरो कमिजको खल्तीमा रहेको मोबाइल बजेको थियो । म प्रायः अपरिचितको फोन उठाउँदिनँ । तर, खोइ कुन मुडमा थिएँ, यो फोन उठाएँ र 'हेलो' भनें ।

'तपाईं नयनराज बोल्नु भएको हो ?'

अहँ, मलाई उनको आवाज चिन्न एक सेकेन्ड पनि लागेन । मैले जवाफ दिएँ, 'हो, म बोल्दै छु । चौध वर्षपछि फोन गऱ्यौ त ।'

हो, चौध वर्ष भइसकेको थियो उनको र मेरो बाटो फेरिएको । यति नै वर्ष भइसकेको थियो मैले उनलाई नदेखेको । स्मृतिमा थिइनन् भनेर असत्य बोल्न सक्दिनँ म । तर, मेरो जीवनबाट उनी ओझेल भइसकेकी थिइन् । सम्बन्धमा एउटा बाक्लो पर्दा लागिसकेको थियो र अब हामी दुवैलाई त्यो पर्दा हटाएर एकअर्कालाई चियाउने कुनै चाहना थिएन । एउटा असहज र अस्वाभाविक सम्बन्ध थियो हामीबीच । त्यो सकिनु नै थियो, सकियो ।

साहिर लुधियानवीले एउटा गीतमा भनेका छन्- कुनै कहानीलाई समाप्त गर्न सकिन्न भने त्यसलाई एउटा सुन्दर मोडमा पुऱ्याएर छोड्नु राम्रो हुन्छ । कुरो त सही हो । तर, सधैं त्यस्तो गर्न कहाँ सकिँदो रहेछ र ? हाम्रो कहानी एउटा दुखद मोडमा पुगेर रोकिएको थियो । त्यो सधैंका लागि त्यही मोडमै रोकियो । रोकियो, ठीक भयो । नत्र हाम्रो जीवनकथामा अरू पनि अनेकानेक अप्रिय मोड आउने थिए । त्यसपछि त्यो कथा हामीले सम्हाल्नै नसकिने भएर अगाडि बढ्ने थियो र हामीसँग जोडिएका अरू जिन्दगीलाई पनि आहत बनाउने थियो ।

गल्ती त मेरै थियो । सजाय अरूहरूले बेहोरे । अरूको जीवनमा यस्तो नहोस् भन्ने कामना गर्ने मान्छे म, मेरै जीवनमा यस्तो भइदियो । मान्छेको महत्त्वाकाङ्क्षा, मान्छेभित्रको असुरक्षा र भय, मान्छेको मनभित्र थेग्रिएर बसेका उसका दमित आसक्तिहरूले मान्छेका आदर्श र अडानलाई कुन बेला फेरिदिन्छन् भन्नै सकिँदैन । मेरो हकमा पनि सायद त्यस्तै केही भएको थियो ।

ooo

म सुन्दरतामै मरिमेट्ने खालको मान्छे त हुँदै होइन । तर पनि उनीप्रति आकर्षित भएँ । पीपलबोटको चिया पसलमा कुनै परिस्थितिमा परिचय भएको थियो उनीसित मेरो । उनीभित्र त्यतिबेला सिनेमामा अभिनय गर्ने एउटा महत्त्वाकाङ्क्षा थियो र म एउटा सिनेमाको निर्देशन गर्दै थिएँ । उनलाई लाग्यो– म उनको सपना पूरा गर्ने बलियो सहयोगी हुन सक्छु । सायद त्यो स्वार्थ नै थियो । तर, स्वार्थी म पनि भइदिएँ ।

त्यसपछि कथा अघि बढ्यो, निकै अघि बढ्यो र यसका घटनाक्रम हाम्रो नियन्त्रणभन्दा बाहिर गइदिए । उनी वयस्क त थिइन् तर अल्लारे थिइन् । आफ्नो कदमले जीवनको कति दूरीसम्म असर पार्न सक्छ भन्ने हिसाबकिताब गर्न त सक्थिन् । तर, सबै हिसाबकिताबमा तेज कहाँ हुन्छन् ! बरू, बुझ्नु त मैले पर्थ्यो । समझदारी त मैले देखाउनुपर्थ्यो । तर, आसक्तिको एउटा भयानक आवेगमा बाँधिएँ म र त्यसैमा मेरो विवेक पनि बन्धक बन्यो ।

के हामी घरजम गरेर बस्न सक्ने स्थितिमा थियौं ? थिएनौं । किनभने, म विवाहित थिएँ । दुई सन्तानको पिता । त्यसैले यो सम्बन्धलाई जति चाँडो तोड्न सक्यो, दुवैका लागि हितकर हुन्थ्यो । मैले प्रयास गरें । सकिनँ । उनले पनि प्रयास गरिन् । हामीबीचको सम्बन्ध त तोडिएन, उनको इन्गेजमेन्ट भने तोडियो । मेरै कारण, मैले नै गर्दा । म सम्बन्धमा कति तानाशाह भइसकेको थिएँ, मानौं उनीमाथि मेरो मात्र अधिकार छ । तर, यो अधिकारको कानुनी, नैतिक र सामाजिक कुनै आधार थिएन । म हावामा यस्तो दाबी गरिरहेको थिएँ र धेरै जीवनसित खेलवाड गरिरहेको थिएँ ।

मेरो जीवनका सबैभन्दा तनावका दिनहरू थिए ती । उनको जीवनको पनि सायद सबैभन्दा तनावका दिनहरू थिए ती ।

र, बीचमा थिइन् मेरी जीवनसङ्गिनी ।

मैले कुनै हतियार प्रहार गरेको थिइनँ । तर, उनलाई हतियारले भन्दा बढी पीडा दिइरहेको थिएँ । तर पनि उनले आफ्नो धैर्य गुमाएकी थिइनन् । बडो संयमित भएर एक दिन उनले मलाई सम्झाइन्, 'हामी धनीमानी मान्छे होइनौं । आर्थिक हैसियत यस्तै हो । दुइटा गृहस्थी कसरी सम्हाल्न सक्नुहुन्छ ? हजुरलाई तनाव हुन्छ ।'

उफ् ! जसको जीवनसित म यति ठूलो खेलबाड गर्दै थिएँ, उनै मप्रति यति सहानुभूति राखिरहेकी थिइन् र मलाई सम्झाउँदै थिइन्, 'हजुरलाई तनाव हुन्छ । मलाई आफ्नो होइन, हजुरको चिन्ता लाग्छ ।'

त्यो दिन मैले उनको अनुहारमा गहिरिएर नियालेको थिएँ । उनको आँखाबाट आँसुको दुइटा पातला धारा बगिरहेका थिए र सोझै मेरो मुटुमा प्रवेश गरिरहेका थिए । धूप र दियो बालिनँ मैले । अक्षता र फूलहरू पनि चढाइनँ । तर, त्यो क्षण मैले उनको पूजा गरें । उनी यतिबेला मेरो सच्चा साथी भएकी थिइन् । जीवनसाथी भएकी थिइन् । त्यही बेला सोचेको थिएँ,

मित्रता र हार्दिकताका बारेमा कुनै दिन केही लेखें भने एउटा कथा म उनको यो स्नेह र समझदारीका बारेमा पनि लेख्नेछु ।

त्यही बेला मैले निर्णय गरें, 'अब मैले अर्को सम्बन्धको धरापबाट आफूलाई निकाल्नैपर्छ ।'

धराप त भनें । तर, त्यो धरापमात्र कहाँ थियो र ? त्यो त झ्यालखाना थियो र जसमा बन्दी भएको थियो मेरो चेतना, मेरो चिन्तन, मेरो कर्म, मेरो विवेक र मेरो नैतिकता । मान्छे हुनका लागि चाहिने मेरा सबै कुरा त त्यही झ्यालखानाभित्र बन्दी भइसकेको थियो । म त बस् पोसाकसहितको पशु भएको थिएँ र आसक्तिको घनघोर जङ्गलमा घाँस खाँदै थिएँ ।

निर्णय गरें । तर, गाह्रो भयो मलाई । निकै गाह्रो भयो । मैले जीवनसाथीलाई नै भनें, 'मलाई गाह्रो भैरा'छ । जे गरेर हुन्छ, यसबाट मलाई मुक्त गराऊ ।'

धर्म, ईश्वर र अध्यात्म मान्ने संस्कारमा हुर्किएकी थिइन् उनी । भनिन्, 'अजिमा र माताहरूले झारफुक गरेर निको पार्न सक्छन् रे !'

म उनीसितै डोरिँदै माताकहाँ गएँ । अरू ज्योतिषी र तान्त्रिककहाँ पनि गएँ । यी कुरामा अलिकति पनि विश्वास नगर्ने म, यतिबेला भने त्यतै धाइरहेको थिएँ । कमजोरीले मान्छेलाई कति लाचार बनाइदिंदो रहेछ भन्ने कुराको उदाहरण म आफैं भएको थिएँ । मान्छेको मनजति बलियो कुरा अरू केही नहुने रहेछ । मान्छेको मनजतिको कमजोर कुरा पनि अरू केही नहुने रहेछ । उनको मन बलियो थियो, मेरो कमजोर । जीवनयात्रामा शरीर बलियो होइन, मन बलियो भएको मान्छेको हात समाउनुपर्ने रहेछ । त्यही गरें मैले । मैले उनकै हात समातें । बालकझैं डोरिएँ उनीसँगै । सकस भो, निकै सकस भो । तर, अन्ततः म त्यो झ्यालखानाबाट मुक्त भएँ । हैन, धामीझाँक्री, अजिमा र तान्त्रिकहरूको चमत्कार थिएन यो । बस्, मेरै जीवनसङ्गिनीको अटुट साथ र दह्रो आत्मविश्वासको परिणाम थियो यो ।

साथ दिइन् उनले । त्यसैले उनी मेरो साथी भइन् । यार पो भन्दिनँ । तर, साथी त हुन् नि !

०००

'हो त, चौध वर्ष भइसकेछ हगि ?'

उनले फोनमा जवाफ दिइन् । आवाज सामान्य थियो । मलाई फोनमै भए पनि भेट्न पाएको चरम उत्सुकता थिएन उनको स्वरमा । चौध वर्षअघिसम्मको प्रेमीसित वार्तालापको रोमाञ्च पनि थिएन उनको आवाजमा ।

मजस्तै उनी पनि एकअर्काप्रतिको आसक्तिका हरेक भावबाट मुक्त भइसकेकी रहिछन् । त्यसैले त यति सहज थिइन् । म पनि असहज भइनँ । मलाई बस् यतिमात्र लाग्यो, निकै लामो कालखण्डपछि एक जना परिचितको फोन आयो । उनले हाँसेर भनिन्, 'मेरा साना दुःखले आर्ज्याको फोन नम्बर होइन यो । आजमात्र फेला पारें र फोन गरिहालें ।'

कुशलता र आरामीका कुराकानीपछि मैले सोधें, 'बिहे गर्‍यौ ?

'अनि, नगरी बस्छु त ? छोरो नै कत्रो ठूलो भइसक्यो । एक वर्षकी छोरी पनि छे ।'

त्यसपछि अरू सामान्य कुरा भए । घर, गृहस्थी, सन्तानको पढाइलेखाइ ।

'घर कहाँ हो ?' मैले सोधें । 'घर कहाँ हो ?' उनले पनि सोधिन् । मेरो कामधामका बारेमा उनले सोधिन्, उनको जागिरका बारेमा मैले पनि सोधें । साथीझैं । त्यसभन्दा बढी केही भाव मनमा आएन । आउँदै आएन ।

'एकचोटि भेट्ने मन छ । केही कुरा भन्न मन लागेको छ । मिल्छ भने भेटौं । मिल्दैन भने पनि केही छैन । कर गर्दिनँ ।'

समयले समझदार बनाइदिएछ उनलाई । मैले मिल्दैन भन्न सकिनँ ।

ooo

पुतलीसडकको एउटा क्याफे !

उनीं आइन् । मलाई देखेर मुस्कुराइन् । यो मुस्कानमा अब कहाँ मर्छु र म ? तर, म पनि मुस्कुराएँ । मलाई थाहा छ, मेरो मुस्कानमा उनी पनि भुतुक्क भइनन् ।

कफी आयो । कफीसँगै फाट्टफुट्ट कुराकानी सुरू भए । सामान्य कुराकानी । उल्लेख गर्न नपर्ने खालका अति सामान्य । बस्, उल्लेख गर्नुपर्ने अलिकति केही थियो भने उनको बुबाको मृत्युको कुरा नै थियो । अनि, पहिलेको घर बेचेर आमा अन्तै सरेको कुरा थियो । दिदी विदेशी युवकसित बिहे गरेर नेपालबाहिर गएकी थिइन् र दाजुको इन्डोनेसियन पत्नीसित सम्बन्धविच्छेद भइसकेको थियो । तर, यी कुरामा अब मेरो कुनै चासो रहेन । उनका लागि पनि यी कुरा अगाडि बढाउने सामान्य प्रसङ्गमात्र थिए ।

उनले मेरो घर-गृहस्थीका बारेमा सोधिन् । मैले सबै भनिदिएँ । अहँ, ईर्ष्याको भाव पटक्कै देखिनँ मैले उनको अनुहारमा । बरू, खुसी भइन् र भनिन्, 'राम्रो भएछ ।'

केही बेरपछि मैले सोधें, 'के छ तिम्रो श्रीमान्‌को हालचाल ?'

उनी हाँसिन् । आफ्ना दुःख लुकाएर हाँस्छन् नि, हो, त्यस्तै हाँसो । त्यसपछि बिस्तारै उनको अनुहार अँध्यारो हुँदै गयो । सफा मौसममा अचानक बादल लागेजस्तो भयो । उनका आँखा एकछिन कतै शून्यतिर अलमलिए । मैले गलत प्रश्न सोधेको थिइनँ । तर, गलत नै प्रश्न सोधें कि भन्ने आभास भयो । मैले थप प्रश्न गर्न सकिनँ ।

उनको अनुहारको अँध्यारो निकैबेरसम्म कायम रह्यो । केहीबेर मौनताको पर्खाल पनि उभियो हामीबीच । तर, बिस्तारै सहज बन्ने प्रयास गर्दै उनी बोलिन्, 'हामीबीच सम्बन्ध राम्रो छैन ।'

'किन ?' मैले सोधें ।

'उहाँ अर्कीसित लाग्नुभएको छ । खासमा त्यो केटी मेरै साथी हो । पीकेमा हामी सँगसँगै पढ्थ्यौं । म पोहोर सुत्केरी हुँदा मलाई हेर्न अस्पतालमा आएकी थिई । त्यहीँ मेरो श्रीमान्‌सित उसको परिचय भएको थियो । ऊ दिनदिनै मलाई हेर्न आउँथी । मेरो घर गएर मेरा लागि खानेकुरा पकाएर हस्पिटल ल्याइदिन्थी । उसले गर्दा हामीलाई सजिलो भएको थियो । मलाई ऊ मेरो अभिभावकजस्तै लागेकी थिई त्यतिबेला । म खुसी थिएँ । तर, मलाई के थाहा, मेरो सुत्केरीको मौका पारेर मेरो श्रीमान् र ऊ एकअर्काको त्यति नजिक हुन पुग्नेछन् । सुरूमा छरछिमेकले भने । तर, पत्याइनँ । एक दिन आफैंले रेड ह्यान्ड समातें । त्यसपछि आकाशबाट खसेजस्तै भएँ । मेरो त आफ्नै साथीले गृहस्थी लथालिङ्ग पारिदिई ।'

मलाई दुःख लाग्यो । तर, मैले गर्न सक्ने केही थिएन । सम्झाएँ, 'केही दिनको कुरा हो । बिस्तारै सबै ठीक हुन्छ ।'

'खै, अब ठीक होलाजस्तो लाग्दैन । श्रीमान्‌लाई साथीबाट छुटाउन अनेक प्रयास गरें । टुनामुना लगाएकी हो भने माइतीले । त्यसैले धामीझाँक्री पनि गरें । माता र अजिमाहरूकहाँ पनि धाएँ । तर, केही भएन । मलाई त श्रीमान्‌ले पिट्न पनि थाल्नुभयो । बिहे गरेको यतिका वर्ष भइसकेको थियो, त्यति भलादमी मान्छे यसरी बरालिन्छ भन्ने मैले कल्पना पनि गरेकी थिइनँ । तर, साँच्चिकै भैदियो ।'

म मौन भएँ । दुःख लाग्यो । अपसोच पनि भयो । मेरो कारणले उसको पहिलो इन्गेजमेन्ट नतोडिएको भए उसको जिन्दगीमा यो मोड आउने थिएन होला भन्ने सोचें । पीडा भयो मलाई । सोचें, छुट्टिने बेलामा माफी माग्छु ।

एकछिन रोकिएर उनले भनिन्, 'छोडपत्रका लागि अदालतमा मुद्दा दर्ता गरेकी छु । आधा भाग भए पनि घर पाइहाल्छु होला । स्कुलमा डान्स टिचर छु । छोरी हुर्किएपछि अरू पनि एक-दुईवटा स्कुलमा काम खोज्छु । जीवन त जसोतसो चलिहाल्ला । अब आफ्नो कुनै खासै ठूलो रहर र सपना छैन । बस्, छोराछोरीलाई हुर्काउन र राम्ररी पढाउन पाए हुन्थ्यो ।'

मैले मनमनै कामना गरें । उनको श्रीमान्सित सम्बन्धविच्छेद नहोस् । उनीहरूको गृहस्थी पूर्ववत् सुखमय होस् । तर, यो त मेरो कामना न हो, वरदान त होइन नि !

के यति भन्न मात्र उनले मलाई यहाँ बोलाएकी हुन् ? यति कुरा त फोनमै पनि भन्न सकिन्थ्यो । कतै यिनी फेरि हामीबीचको समाप्त भइसकेको सम्बन्धलाई अगाडि बढाउने नियतले त आएकी होइनन् ? म अलिकति डराएँ । लिकबाट हटेको मेरो जीवन फेरि लिकमै आइपुगेको थियो । अब फेरि कुनै दुर्घटना झेल्ने हिम्मत थिएन मभित्र । चाहना पनि थिएन ।

तर, उनको नियत त्यो थिएन । उनी आफैंले भनिन्, 'मलाई माफी माग्नु थियो ।'

म छक्क परें । अघिसम्म म आफैंले उनीसित माफी माग्छु भन्ने सोचिरहेको थिएँ । अहिले भने उनी पो मसित माफी माग्ने कुरा गर्दै थिइन् । मैले सोधें, 'माफी ? किन ?'

'तपाईंको श्रीमतीसित मैले माफी माग्नुपर्ने । तर, हिम्मत भएन । आज म, मेरो लोग्ने अरूसित लाग्यो भनेर यति दुःखी छु । कुनै बेला मैले यस्तै दुःख उहाँलाई दिएकी थिएँ । कति चोट लाग्यो होला उहाँलाई !'

अब मसित जवाफ दिनका लागि शब्दहरू थिएनन् । चुप लागिरहें ।

'मलाई तपाईंकी श्रीमतीको मन दुखाएको पाप लागेको हो । भन्न सक्नुहुन्छ भने मेरातर्फबाट उहाँलाई अनुरोध गरिदिनु होला, मलाई माफ गरिदिनूस् भनेर । अब मेरो श्रीमान्सितको सम्बन्ध त सकिँदै छ । तर, उहाँले माफ गरिदिनुभयो भने मेरो बाँकी जिन्दगी सुखी हुन्छ कि ! छोराछोरीको माया पाउँछु कि ! उनीहरूको माया पाएँ भने पनि जीवन सजिलो हुन्थ्यो होला ।'

म अवाक् भएँ । उनको कुरा मेरा लागि अप्रत्याशित थियो । मन बटारियो मेरो र एकछिनलाई गाँठो पऱ्यो । मैले भारी मनले भनें, 'तिम्रो

जीवनमा जेजस्तो दुर्घटना भयो, त्यसको दोषी त म पनि हुँ नि ! माफी त मैले पो माग्नुपर्छ तिमीसित ।'

'अरे, तपाईंले किन माफी माग्ने ? गल्ती त मेरो हो नि ! तपाईं विवाहित हो भन्ने थाहा पाउँदा पाउँदै मैले सम्बन्ध राख्नुहुन्थेन । गल्ती मेरै हो । सरी त मैले भन्नुपर्छ ।'

हामीबीच बेलाबेलामा मौनता उपस्थित भइरहेको थियो । यस पटक पनि उपस्थित भयो । मलाई मौनता अँध्यारो हुन्छ भन्ने यतिबेलै थाहा भयो । मौनताको अँध्यारो परिवेशमा होइन, मनभित्र फैलिँदो रहेछ ।

छुट्टिने बेलामा मैले भने, 'उमेर बाँकी छ । अर्को बिहे गर ।'

'अहँ, अब नयाँ सम्बन्ध गाँस्न मनले मान्दैन ।'

उनले बलियो भएर जवाफ दिइन् । उनी बलियो भएको मलाई मन पर्‍यो । तर, फेरि सम्झाएँ, 'मनले नमाने पनि शरीरले सम्बन्ध खोज्छ नि ! सामान्य कुरा हो यो । यो धर्म, नैतिकतासित जोडिएको कुरा होइन । मानवीय आवश्यकतासित जोडिएको कुरा हो ।'

'मनलाई बलियो बनाइसकेकी छु । शरीरका लागि प्लास्टिकका खेलौनाहरू बजारमा थुप्रै पाइन्छन् । साह्रै खाँचो भयो भने किनेर काम चलाउँला ।'

त्यसपछि उनी गइन् । म घर फर्किएँ । घरमा मेरी साथी मलाई पर्खिरहेकी थिइन् । हो, साथी नै त हुन् उनी । किनभने, मेरो जीवनका कुनै कुरा उनीसित लुकेका छैनन् । मेरो बेइमानी, मेरो विश्वासघात र मेरा दुर्गुणहरू । मेरो खुसी, मेरो रहर र मेरा सपनाहरू । अहँ, कुनै कुरा लुकेको छैन उनीसित ।

गर्मीको महिना थियो । उनले पानी दिइन् । मैले पानी खाएँ । त्यसपछि उनी बिहान मैले धोएका प्लास्टिकका फूललाई बैठकको कुनामा रहेको फूलदानमा सजाउन थालिन् । केहीबेर सामान्य कुराकानी भए । काठमाडौंका बारेमा । काठमाडौंको धूलो, धूँवा । काठमाडौंको जाडो । काठमाडौंमा बढ्दै गएको बेस्वादको गर्मी । अनि, प्लास्टिकका फूलझैं राम्रा, सुकिला तर सुगन्ध गुमाउँदै गएका काठमाडौंका मान्छेहरू ।

काठमाडौंको कुरा सकिएपछि मैले केहीबेरअघि पुतलीसडकको क्याफेमा गरेको उनको याचना सम्झिएँ । उनले भनेकी थिइन्, 'तपाईंकी श्रीमतीसित माफी मागिदिनूस् न है ?'

मैले त्यो याचना खेर जान दिइनँ ।

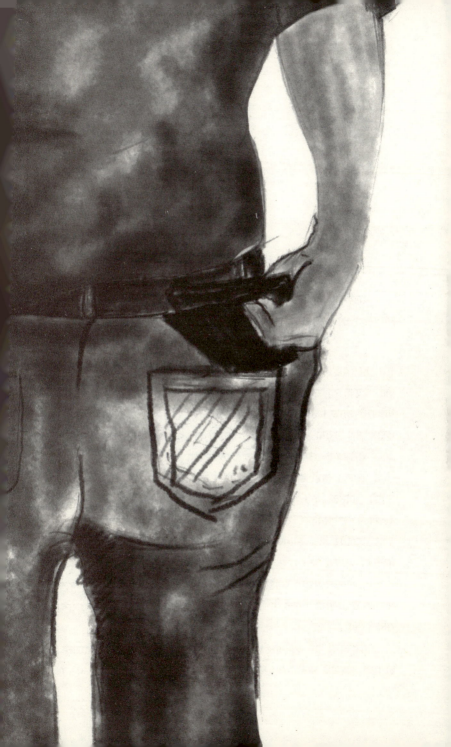

संवेदना

दाइले एक दिन निकै भावुक हुँदै भने, 'साहित्यमा तिमीले राम्रो प्रगति गरिरहेका छौ । तिम्रो उन्नति देखेर खुसी लाग्छ ।'

०००

हो, दाइ नै हुन् उनी मेरा । रगतको साइनो छैन । तर, साहित्यले जोडिदिएको यो साइनोमै म खुसी छु । उनलाई भेट्दा एउटा अभिभावकलाई भेटेजस्तै लाग्छ । उनी सधैं मेरो भलो चाहन्छन् । सधैं मेरो पक्षमा कुरा गर्छन् । कसैले मेरो नराम्रो कुरा गऱ्यो भने ऊसित झगडा पनि गर्न तम्सिन्छन् ।

न्युरोडबाट सङ्कटा मन्दिर जाने एउटा गल्लीमा छ न्हुछेमानजीको चिया पसल । त्यहीँ हामी विभिन्न पिढीका केही साहित्यकारहरू नियमितजसो भेट्छौं । विमल निभा, पुरूषोत्तम सुवेदी र शार्दूल भट्टराईजस्ता दाइ पुस्ताका बलशाली साहित्यकार त्यहाँ नियमितजसो आइरहन्छन् । नजिकै वाणिज्य बैंकका जागिरे मित्र सीताराम उप्रेतीजी पनि आइपुग्छन् कहिलेकाहीँ । पुराना पुस्ताका पत्रकार चक्रपाणि न्यौपाने लट्ठी टेक्दै आइपुग्छन् र चुरोटको धूवाँ उडाउन थाल्छन् । उनी साहित्यकार होइनन् । तर, उनीसित अनुभवको विपुल भण्डार छ । हामी चिन्ता गर्छौं कहिलेकाहीँ, 'कति कति विषय यी बूढासँगै सकिने भए ।'

बुद्धिसागर पनि आएपछि हाम्रो कोरम पुग्छ । हामी बोल्ने ऊ नआउँदासम्म हो । ऊ आएपछि हामी प्रायः मौन बस्छौं । ऊ धाराप्रवाह बोलिरहन्छ । ऊसित

भन्ने कुरा कति धेरै छन् । म छक्क पर्छु । त्यसैले ऊ यो समयको कुशल कथावाचक हो भन्नेमा म पटक्कै शङ्का गर्दिनँ ।

कहिलेकाहीँ अमर गिरी र अविनाश श्रेष्ठ पनि आइपुग्छन् । न्युरोडतिर आउँदा यसो भेटिहालौँ भनेर अनियमित आउनेको सङ्ख्या पनि बाक्लै हुन्छ । न्हुछेमानकी ९४ वर्ष पूरा गरेकी आमाले हामीलाई नियमितजसो छुर्पी खान दिन्छिन् । उनी नेपाली बुझ्दिनन्, हामी नेवारी बुझ्दैनौँ । तर, उनले हामीसित प्रकट गर्ने पुत्रवत् आत्मीयता हामीले बुझ्छौँ र हामीले गर्ने मातृवत् सम्मान उनले बुझ्छिन् । स्नेह र सम्मानका भावमा भाषाको अवरोध नहुँदो रहेछ । न्हुछेमानले समय बिताउनमात्र चिया पसल चलाएका हुन् । नत्र उनको चिया पसलसँगैको पाँच तले घरको भाडामात्र महिनाको लाखभन्दा बढी आउँछ । तर, उनले श्रम गर्न छाडेका छैनन् । त्यसैले सम्मानित छन् उनी ।

हामी मित्रहरू अगाडि हुँदा एकअर्काको खुब प्रशंसा गर्छौँ र पछाडि कुरा पनि निकै काट्छौँ । उडाउँछौँ पनि एकअर्कालाई । अर्कोको कमजोरीको भरपूर चर्चा गरेर आनन्द पनि लिन्छौँ । त्यहाँ पुगेर हामीले कसले, कस्तो र के लेख्दै छ भनेर छलफल गर्छौँ । साहित्यको बजारमा कस्ता माल खपत भइरहेका छन् भनेर चर्चा पनि गर्छौँ । बहस पनि गर्छौँ । एकअर्काको हौसला पनि बढाउँछौँ र एकअर्काप्रति कटाक्ष पनि गर्छौँ ।

अत्यन्त प्रजातान्त्रिक कुनो छ यो । यहाँ कुरा गर्नका निम्ति विषयको बन्देज छैन । टोलको चुनावदेखि अमेरिकामा ट्रम्पको विजयसम्म । सङ्क्रान्ति बजारको आगलागीदेखि सिरियाको युद्धसम्म । रेखा थापाको राप्रपा प्रवेशदेखि एन्जेलिना जोलीको स्तनसम्म । मार्खेजको सय वर्षको एकान्तदेखि सन्नी लियोनीको अन्तर्वार्तासम्म । मुराकामीको बिरालोदेखि जमैकन धावक युसेन बोल्टको दौडसम्म । ब्लु इज द *वार्मेस्ट* कलरका उत्तेजक दृश्यदेखि रूवान्डाको नरसंहारसम्म । बब ड्यालनको नोबेल प्राइजदेखि लिएर ककनीको ट्राउटसम्म । नरेन्द्र मोदीको नोटबन्दीदेखि लक्ष्मी परियारको हत्यासम्म । अहँ, यहाँ कुरा नहुने र कुरा गर्न नमिल्ने कुनै विषय नै छैन ।

मलाई न्युरोडको त्यो कुनाको यही चरित्र नै मन पर्छ । किनभने, त्यहाँ पुगेर हामी हाँस्छौँ, खुसी हुन्छौँ, भँडास पोख्छौँ र धेरैथरीका कुण्ठाबाट मुक्त

पनि हुन्छौं । हामीमध्ये कोही मित्र केही दिनलाई त्यहाँ आएन भने बाँकी मित्रहरूबीच दुईथरी कुरा हुन थालिहाल्छ :

– मित्र कुनै लडकी लिएर कतै मोज गर्न त हिँडेन ?

– कतै डिप्रेसनमा त गएन साथी ?

पहिलो कुरा व्यक्तिको शारीरिक र मानसिक आनन्दसित जोडिएकाले यस विषयमा अरूले कुरा काट्लान् भनेर चिन्ता गर्दैनौं । तर, आफू डिप्रेसनमा नगएको साबित गर्नलाई भने हामी बेलाबेलामा यहाँ उपस्थित हुनै पर्छ ।

यो कुना जीवित र कुण्ठा नभएको मानिसलाई बहुतै प्रेम गर्छ ।

ooo

हामी यो कुनामा दाइको पनि कुरा गर्छौं । प्रशंसा पनि गर्छौं र कुरा पनि काट्छौं । मैले पनि काट्छु । तर, अचानक लाग्छ– आफ्नै सहोदर दाजुको सार्वजनिक मजाक उडाइरहेछु । यस्तो चेत दिमागभित्र पस्ने बित्तिकै मलाई आत्मग्लानि हुन्छ र म चुप लाग्छु ।

दाइ मलाई प्रिय लाग्छन् । उनी कसैका लागि पनि हानिकारक व्यक्ति होइनन् । कसैको नराम्रो चिताएको थाहा छैन । उम्दा कविता लेख्छन् । गद्य पनि गजब छ उनको । अनुहार र व्यक्तित्व पनि कति राम्रो ! बस्, रक्सी खाएर ढलिहाल्ने उनको बानी नराम्रो । रक्सीले बदनाम गरेको छ उनलाई । नत्र साहित्यमा उनको नाम कुनै इरेजरले मेट्न सकिँदैन ।

ooo

'दाइसित एउटा प्रपोजल लेखाउनु छ । धेरै समय लाग्दैन । दुई-तीन घन्टा लाग्ला । आजै लेख्नुपर्छ,' मैले अनुरोध गरें ।

'उसो भए मेरो घरमै आऊ । आज मेरोमा बत्ती पनि हुन्छ । कतै बाहिर बसेर लेख्नुभन्दा घरमै सजिलो हुन्छ,' दाइबाट जवाफ आयो ।

कहिलेकाहीँ वृत्तचित्रहरू बनाउने गर्थें मैले । विशुद्ध व्यावसायिक खालका । सिर्जनात्मक सन्तुष्टिका लागि नभएर मैले पैसाकै लागि यस्ता काम गरेको हुँ । प्रायः त्यस्ता वृत्तचित्र नेपाली र अङ्ग्रेजी दुवै भाषामा बनाउनुपर्ने हुन्छ । नेपाली त म आफैं लेख्थें । तर, अङ्ग्रेजी मेरो बुताको कुरा थिएन । त्यसैले मैले यसअघि पनि दाइबाट प्रपोजल लेखाउने वा स्क्रिप्ट अनुवाद

गराउने काम गराइसकेको थिएँ । प्रपोजल दिँदैमा काम भइहाल्छ भन्ने पनि हुँदैन । त्यसैले सुरूमै पैसा दिन्नँ म । प्रपोजल स्वीकृत भएर एडभान्स आएपछि नै पैसा दिने गरेको थिएँ पहिला पनि । यस पटक पनि त्यसै गर्ने विचार थियो मेरो । अरू बेला आत्मीयता, हार्दिकता र सम्बन्धलाई प्राथमिकता दिएको दाबी गर्ने तर कुनै सहयोग गर्नुपर्दा व्यावसायिक भइहाल्ने प्रवृत्ति हाम्रो समाजमा प्रशस्त छ । त्यो प्रवृत्ति खराब हो या असल, भन्न गाह्रो छ । तर, हामी सम्बन्धहरूमा एकअर्काबाट आत्मीयता र समझदारीको बढ्‌तै चाहना राख्छौं । यस्तोमा व्यावसायिक खालको व्यवहार कताकता असहज पनि लाग्दो रहेछ । तर, अरूको के कुरा, मैले पनि कति पटक त्यस्तै असहज व्यवहार गरेको छु । म पनि कति पटक स्वार्थी र लोभी भइदिएको छु ।

मैले लुगा लगाएँ । सिरानीमुनिबाट पर्स निकालेर पाइन्टको पछिल्लो खल्तीमा राखें । फेरि झिकें । पर्समा हजार-हजारका दुई, पाँच सयको एक र अरू केही चानचुन रकम थियो । मलाई थाहा थियो, दाइले काम सकिएपछि कुनै बहानामा पैसा माग्छन् । पर्समा पैसा देखे भने दुई हजार भए पनि दिन बाध्य हुन्छु म पनि । बरू पैसा छैन भन्यो, कुरै खत्तम । त्यसैले मैले दुई हजार पर्सबाट निकालें र पाइन्टको अघिल्तिरको दाहिने खल्तीमा राखें । अब पैसा मागे भने पर्स खोलेर देखाउँदै 'दाइ, मसित त पाँच सयमात्र छ' भनेर टकटकिन सजिलो पनि हुने भयो । ढुक्क भएँ ।

ooo

ढोकाटोलको रूपायन प्रेसमा छापिन्थ्यो त्यतिबेलाको चर्चित साहित्यिक मासिक पत्रिका *रूपरेखा* । *रूपरेखा*मा रचना छापिएपछि त्यो लेखक नयाँ नै भए पनि साहित्यमा स्थापित भइहाल्थ्यो । यसका सम्पादक-प्रकाशक उत्तम कुँवरको मृत्यु नहुँदासम्म त्यो हरेक महिना प्रकाशित भइरहेको थियो । नियमितता *रूपरेखा*को विशेषता नै थियो । हरेक महिनाको १ गते पत्रिका बजारमा उपलब्ध भइसक्थ्यो । उतिबेला साहित्यिक बजारमा एक खालको बेग्लै ग्ल्यामर थियो *रूपरेखा*को । मदनमणि दीक्षित, ईश्वर बल्लभ, अभि सुवेदी, ध्रुवचन्द्र गौतम, ठाकुर पराजुलीजस्ता हस्ती नियमित स्तम्भ लेख्थे यसमा । उनीहरूलाई उतिबेलाको हिसाबले आकर्षक पारिश्रमिक पनि दिन्थ्यो

पत्रिकाले । तत्कालीन राजा महेन्द्र, वीरेन्द्रलगायत बीपी कोइरालाको अन्तर्वार्ता पनि छापिएको छ त्यसमा । पत्रिकै छापेर यसका सम्पादक-प्रकाशकले कार चढे भनेर उतिबेला सकारात्मक र नकारात्मक दुवै खालको चर्चा प्रशस्तै हुन्थ्यो काठमाडौंको साहित्यिक वृत्तमा ।

उत्तम कुँवरसित मेरो पारिवारिक साइनो पनि थियो । मेरा सानो बुबा थिए उनी । उनको त्रिचालीस वर्षको उमेरमा निधन भएको थियो । २०३९ सालको साउनमा । उनको मृत्युपश्चात् मेरी सानिमा शान्ति कुँवरमा त्यो प्रेसको सञ्चालनसँगै *रूपरेखा* प्रकाशनको पनि अभिभारा आइपुगेको थियो ।

म सानिमासँगै प्रेस जान्थें । त्यहीँ परिचय भएको थियो दाइसित मेरो । उनी *रूपरेखा*को सम्पादनमा सघाउँथे ।

म भर्खर एसएलसी पास गरेर काठमाडौं आएको थिएँ । साहित्यमा रूचि थियो । उनी भने त्यतिबेला नेपालका स्थापित कवि भइसकेका थिए । उनी आज पनि मेरा लागि अद्‌भुत कवि हुन् । म उनीसित काठमाडौंका धेरै साहित्यकारका घरघरसम्म पुगेको छु । विमल कोइराला, मीनबहादुर विष्ट, विक्रम सुब्बा, पूर्ण विराम, ललिजन रावल, नकुल सिलवाल, गोविन्द वर्तमानहरूलाई उनीमार्फत नै चिनेको हुँ । उनीसितै विमल निभाको साहित्यघर पुगेको छु । ती हरेक व्यक्तिसितको सङ्गतले मलाई लेखनप्रति झनै उत्प्रेरणा प्राप्त भएको थियो ।

ooo

त्यसपछि उनी बेलाबेला नेपालगन्ज आउँथे । नेपालगन्ज आएका बेला पनि भेट हुन्थ्यो । हामी नेपालगन्जका गल्लीगल्ली चहार्थ्यौं । गगनगन्ज गएर बदिनीहरूको गतिविधि पनि हेर्थ्यौं ।

उनी मेरा कविताहरू पनि हेरिदिन्थे । सम्पादन गरिदिन्थे । उनले नै पठाइदिएर केही पत्रपत्रिकामा त्यतिबेला मेरा कविता छापिएका पनि थिए । असाध्यै प्रेरणा दिन्थे मलाई । साहित्य लेखन एक जिम्मेवार कर्म हो भन्ने उनले मेरो दिमागमा उतिबेलै स्थापित गरिदिएका थिए ।

यसअघि एउटा मूर्खतापूर्ण काम गरिसकेको थिएँ मैले । पञ्चायती व्यवस्थाको रजत जयन्ती वर्ष थियो त्यो । नेविसङ्घमा लागेर क्याम्पसको

विद्यार्थी राजनीतिमा लागेको त थिएँ । तर, वैचारिक रूपले त्यति परिपक्व भइसकेको थिइनँ सायद । त्यसैले पञ्चायतले व्यवस्था गरिदिएको मञ्चमा उभिएर कविता पाठ गर्नुहुँदैन भन्ने चेत थिएन मलाई । त्यसरी सम्झाइदिने पनि कोही थिएन । एक बिहान अञ्चलाधीश कार्यालयबाट फोन आयो ।

'अञ्चलाधीशज्यूले तपाईंलाई भेट्न बोलाउनु भएको छ ।'

उतिबेला काठमाडौंबाट निस्कने धरातल भन्ने पत्रिकाको नेपालगन्जको संवाददाता भएर काम पनि गर्थें । त्यो पत्रिका गोकर्णदेव पाण्डेले चलाउँथे । उनी मेरी आमाका साख्खै मामा थिए । उनले भनेका थिए, 'समाचार पनि पठाउनू, विज्ञापन पनि उठाउनू । तलबचाहिँ दिन सक्दिनँ । विज्ञापनको पैसाचाहिँ उठाएर आफैंसित राखे हुन्छ ।'

उनले यति अनुमति दिएपछि म केही पटक अञ्चलाधीशसित विज्ञापन माग्न उनको कार्यालय नै पुगेको थिएँ । जगदीश झा थिए त्यतिबेला अञ्चलाधीश । मेरो केटौली पाराको कुरा सुनेर उनी मुस्कुराउँथे । तीन-चार सयको विज्ञापन दिन्थे । त्यस दिन अञ्चलाधीश कार्यालयबाट यसरी फोन आएपछि विज्ञापन लिन बोलाएजस्तो लाग्यो । म गएँ ।

त्यहाँ पुगेपछि अञ्चलाधीशसित भेट भयो मेरो । उनले आफ्नो कार्यकक्षमा बोलाएर लचकलचक गर्ने सोफामा बसाउँदै भने, 'ल, बाबुलाई बधाई । काठमाडौंमा कविता पाठ गर्नका लागि भेरी अञ्चलबाट दुई जनाको छनोट भएको छ । त्यसमा बाबु पनि पर्‍यौ । बधाई छ ।'

मलाई त्यसरी अञ्चलभरिबाट छनोट हुनु ठूलो कुरोजस्तो लाग्यो । काठमाडौं जाने र त्यहाँबाट फर्किने बस टिकटको पनि व्यवस्था थियो । त्यसबाहेक कविता पाठ गरेबापत एक हजार रूपैयाँ पनि पाइने । उतिबेला ठूलै रकम थियो एक हजार । म मख्ख परें । भुइँमा खुट्टै थिएन । तर, त्यो पञ्चायत नीति तथा जाँचबुझ समितिले गरेको कविता गोष्ठी थियो । भए के त ! कविता पढ्दैमा पञ्चायतको समर्थन गरेको त हुँदैन नि ! मैले आफैंसित यस्तो तर्क गरेको थिएँ । क्याम्पसमा पनि शिक्षकहरूले थाहा पाएर बधाई नै दिए मलाई । एक जना तुलसीमान श्रेष्ठ मात्र हुनुहुन्थ्यो, जसले अलिक अँध्यारो अनुहार पारेर भन्नुभएको थियो, 'खै, यो गोष्ठीमा त नगएको भए हुन्थ्यो ।'

म काठमाडौं आएँ । 'शरणार्थी' शीर्षकको कविता पढें । माधव घिमिरे प्रमुख अतिथि थिए । उनले कविताको प्रशंसा पनि गरे । गोष्ठी सकिएपछि नकुल सिलवाल, दीपक जोशीलगायत केही कविहरू पुतलीसडकको एउटा भट्टीमा भेला भयौं । हजार रूपैयाँ पाउनेले एक-एक सय लगानी गर्ने सहमति भयो । मैले जीवनमा पहिलोपल्ट मदिराको स्वाद त्यहीँ पाएको हुँ । मेरो मदिरा सेवन पञ्चायती व्यवस्थाको देन थियो ।

अहिले झैं उतिबेला पनि एकेडेमीले कविता महोत्सव गर्थ्यो । कविताका लागि शीर्षक भने राजाले दिने चलन थियो । त्यो कविता महोत्सवमा भाग लिन कविहरूको तँछाडमछाड हुन्थ्यो । दाइ र दाइजस्तै केही वामपन्थी साहित्यिक जमातले भने त्यसमा भाग लिँदैनथ्यो । नेपालगन्ज आएका बेला दाइले एक दिन मलाई सम्झाए, 'राजनीतिक र वैचारिक रूपले सचेत लेखकले यस्ता गोष्ठी र महोत्सवमा भाग लिनुहुँदैन । विचारको स्खलन हो यो । लेखक वैचारिक रूपले रित्तो भयो भने उसको लेखन शब्दको थुप्रोबाहेक केही हुँदैन ।'

त्यसपछि नै मलाई आफूले गल्ती गरें भन्ने लागेको थियो । पछूतो भएको थियो । पश्चात्तापको यो भावना मेरो मनमा दाइले नै जागृत गरिदिएका थिए । त्यसपछि मलाई कहिल्यै पनि कविता महोत्सवमा भाग लिने र सरकारी स्तरमा दिइने मोती पुरस्कारका लागि चाकडी गर्ने रहर भएन । लेखक वैचारिक रूपले स्पष्ट, प्रतिबद्ध र सचेत हुनुपर्छ । लेखक सत्ताको स्थायी प्रतिपक्ष हुन्छ भन्ने चेत दाइबाटै मैले पाएको थिएँ । यस अर्थमा मेरा साहित्यिक मार्गदर्शक हुन् उनी ।

ooo

म प्रपोजल लेखाउन उनीकहाँ पुगें । उनले बडो मिहिनेतले लेखिदिए । अङ्ग्रेजीमा ।

तिनताक उनले बाफलको घर बेचेर सीतापाइला रिङ्गरोडबाहिर अर्को घर बनाउँदै थिए । पैसाको पाइलापाइलामा खाँचो थियो उनलाई । बडो गाह्रो गरेर रकमको व्यवस्था भइरहेको मलाई पनि थाहा थियो ।

त्यही दिन उनलाई साहित्यिक गोष्ठीमा भाग लिन काठमाडौँबाहिर कतै जानु पनि थियो । तर, उनीसित पैसा थिएन । मलाई थाहा थियो, केही बेरमा उनले एक-दुई हजार भए पनि माग्नेछन् । तर, मैले मसितको पैसा घरमै पर्सबाट निकालेर पाइन्टको अघिल्तिरको खल्तीमा लुकाइसकेको थिएँ ।

उनी छिनछिनमा बाटो खर्च पनि नभएको कुरा गरिरहेका थिए । म भने सुनेको नसुन्यै गरिरहेको थिएँ । उनले कुन बेला पैसा माग्छन् भन्ने लागिरहेको थियो । तर, अहँ मेरो अनुमानविपरीत उनले पैसा मागेनन् ।

काम सकिइसकेको थियो । त्यसैले अब त्यहाँ बसिरहनु उचित थिएन । म उठें । बिदा भएँ र बाइक चढेर निस्किएँ त्यहाँबाट । बाटोमा असाध्यै प्यास लाग्यो । बाइक रोकेर सानो भन्याङ, स्वयम्भूतिरको कुनै पसलमा बसेर चिसो खाएँ । फेरि बाइक चलाएँ । घर आएँ ।

घर आएपछि लुकाएको पैसा झिक्न खल्तीमा हात हालें । अहँ, त्यहाँ पैसा थिएन । अर्को खल्तीमा छामें । त्यहाँ पनि थिएन । अगाडि-पछाडि, दायाँबायाँ कतै थिएन । दाइलाई दिनु नपरोस् भनेर लुकाएको पैसा त बाटामै कतै खसिसकेको थियो । स्वयम्भूमा चिसो खाइसकेर फेरि खल्तीबाट बाइकको साँचो निकाल्ने क्रममा पैसा पनि निस्किएर बाटोमा खसेको थियो सायद ।

म पैसा खोज्न निस्किइनँ । त्यो भेटिने सम्भावना पनि थिएन । एकाध अपवादका घटना त भएका छन् । तर, मेरो सहर यति इमानदार पनि भइसकेको छैन कि फेला परेको दुई हजार खुरूक्क मेरो हातमा फिर्ता गरिदेओस् । त्यसैले हराएको त्यो पैसा खोज्न मनै लागेन । किनभने, त्यसभन्दा महत्त्वपूर्ण थियो मैले आफूभित्र हराउँदै गएको संवेदनालाई खोज्नु ।

मैले त्यतिबेला दाइलाई दुई हजार दिएकै भए के फरक पर्थ्यो ? आखिर पछि पनि मैले उनको कामबापतको पैसा दिनु नै थियो । म यति हदसम्मको व्यावसायिक त नभइदिएको भए पनि हुन्थ्यो । त्यो पनि त्यस्तो व्यक्तिसित, जसले मलाई साहित्यमा लाग्ने ऊर्जा पनि दियो र संस्कार पनि । यो घटना सम्झँदै ग्लानिले भुतुक्कै हुन्छु म ।

आज पनि मेरो मस्तिष्कमा दाइको चित्र उपस्थित हुन्छ र त्यही चित्रसित माफी माग्दै म भन्छु, 'श्यामल दाइ ! तपाईंजस्तो आदरणीय व्यक्तिसित किन यति संवेदनहीन भएँ म ?'

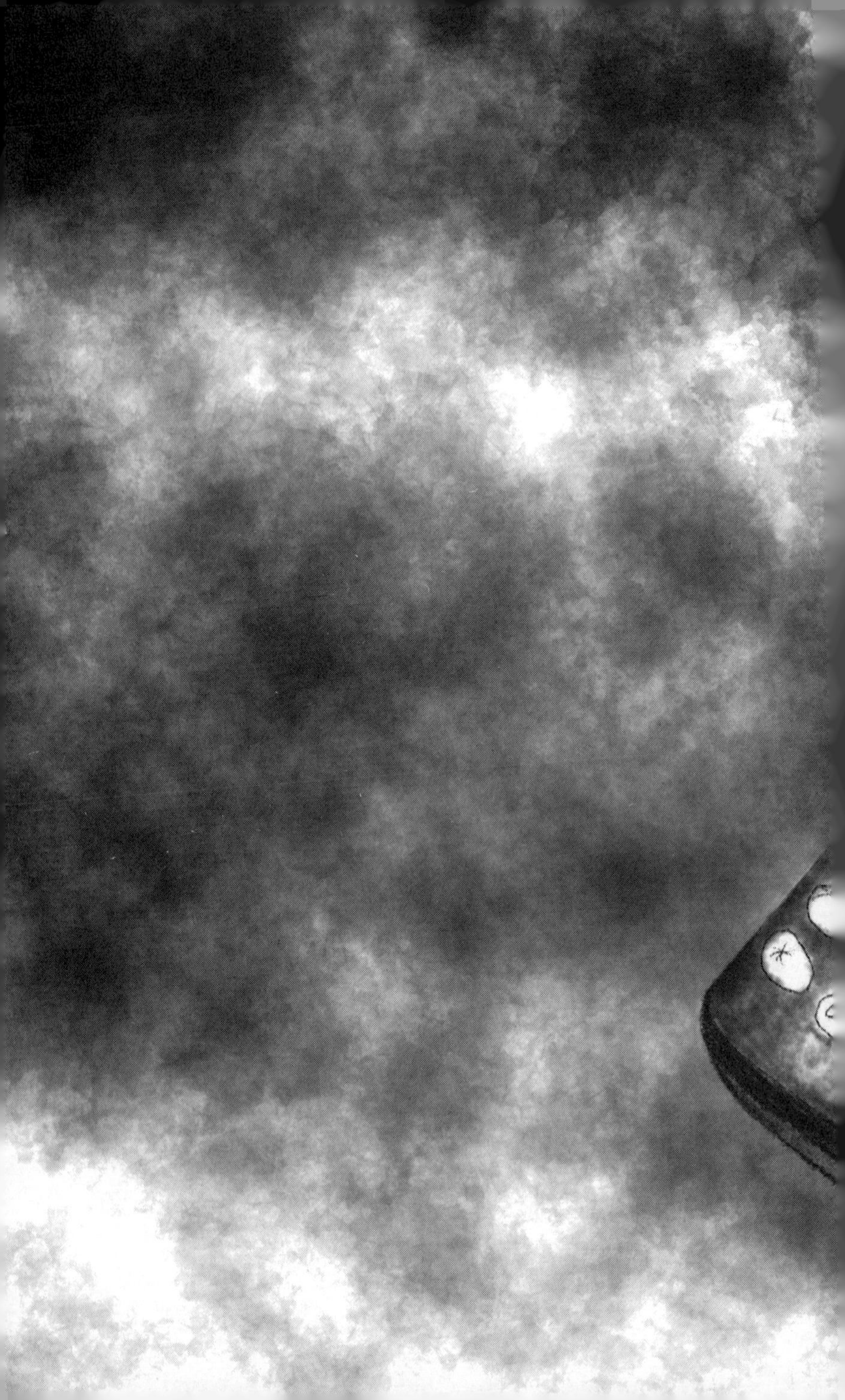

कृतघ्न

पाँच-सात वर्षपछि तपाईं र म हिजो एउटा रेस्टुराँमा बसेका थियौं । क्रिसमस इभ थियो । तर, रेस्टुराँमा भीड थिएन । हामीमात्र थियौं । रेस्टुराँ भए पनि त्यो मेरो मामाघर पनि थियो । तपाईं र म मेरो मामाघरको पहिलो तलाको त्यही कोठामा बसेका थियौं, जहाँबाट सानोमा म झ्यालबाट खर्पनमा राँगाको मासु लैजाँदै गरेको दृश्य देखेर जिद्दी गर्दै भन्थें रे, 'म पनि गाईको मासु खान्छु ।'

मामाघरकै पहिलो तलामा त्यो रेस्टुराँ मेरो मामाको छोरा चेतनले खोलेको थियो । कलिलै उमेरमा मुटुको अप्रेसनपछि दौडधुप गर्नुपर्ने खालका काम गर्न अब उसलाई सहज थिएन । त्यसैले पत्रकारिता छाडेर ऊ घरको भुइँतलामा भएको ग्रोसरी र पहिलो तलामा भएको रेस्टुराँ सञ्चालन गरेर बसेको थियो । समय पनि बिताउनु थियो उसलाई र आर्थिक आर्जन पनि गर्नु थियो । उसको यो स्वरोजगार ठीक थियो ।

चाबहिल र मित्रपार्कको बीचमा सडकछेउमै जोडिएको थियो मेरो यो मामाघर । त्यसैले बाहिर सडकको होहल्ला हामी बसेको कोठासम्म आइरहेको थियो । तर, हिजो हामी सडकमा गुडिरहेका वाहनहरूको होइन, आफ्नै अन्तर्मनको आवाज सुन्न र सुनाउन त्यहाँ आएका थियौं ।

हामी मुडमा थियौं । अतीतका हाम्रा आत्मीय दिनका ससाना कुरा खोतल्दै थियौं । तीन दशक त भइसकेको थियो हाम्रो मित्रताको । तर, यस अवधिमा हाम्रो सम्बन्धमा गजबका उतारचढाव आए । मित्र थियौं । बीचमा शत्रुजस्ता पनि भयौं । एकअर्काभित्र गुणैगुण देख्ने हामी, एउटा कालखण्डमा आएर एकअर्कामा कमी-कमजोरीबाहेक केही नै नदेख्ने भयौं ।

तपाईं विवाहित हुँदाहुँदै पनि केही समय कसैसित गहिरो प्रेम सम्बन्धमा पर्नुभएको थियो । समाजका नजरमा त्यो अनैतिक सम्बन्ध थियो । त्यो सम्बन्धबाट बाहिर निस्कन मैले कति सम्झाएँ तपाईंलाई । तर, तपाईंले मान्नुभएन । तपाईंलाई लाग्यो, समाजले पनि तपाईंको भावना बुझेन र मैले पनि बुझिनँ । सायद आफ्नो आसक्तिलाई सही ठान्ने थुप्रै तर्क तपाईंसित थिए ।

म पनि कुनै समय त्यस्तै सम्बन्धमा परेको थिएँ । तपाईंभन्दा पनि अगाडि । तपाईंले पनि मलाई सम्झाउनु भएको थियो । मलाई पनि तपाईंले बुझ्नुभएन भन्ने नै लाग्थ्यो । सारा समाज बेठीक र म ठीक छु भन्ने तर्क मसित पनि थिए । तर, आफ्नो आसक्तिले आफ्नो परिवार र आफूसित जोडिएका कति जनालाई हामी आँसुको आहालमा डुबाउँदै छौं भन्ने चेत त्यतिखेर न तपाईंलाई भयो, न मलाई भयो ।

यसरी हामी धेरै पटक एकअर्काका अनैतिक र अराजक दिनहरूका साक्षी बसेका थियौं । त्यो आत्मीयता नै त थियो, जसले हामीलाई यसरी एकअर्कालाई सम्झाउने र सचेत गराउने अधिकार दिएको थियो ।

ती हाम्रो मित्रताका सर्वश्रेष्ठ दिनहरू थिए ।

ooo

तर, सधैं त्यस्तो कहाँ रह्यो र ? एक समय यस्तो पनि आइदियो, जब तपाईं मेरा लागि जरूरी बन्नुभएन र म तपाईंका लागि अनावश्यक भएँ । मन फाटिएको थियो हामीहरूको र एकअर्काका दोषैदोषमात्र देखिरहेका थियौं ।

साहित्यमा लागेका थियौं हामी दुवै । आख्यान हाम्रो प्रिय विधा थियो । तपाईं पनि कथा लेख्नुहुन्थ्यो, म पनि । तपाईंको लेखन राम्रो लाग्थ्यो मलाई । मेरो लेखनप्रति पनि विश्वास थियो तपाईंलाई । तर, एउटा कुरा तपाईं कति स्विकार्नुहुन्छ थाहा छैन, म भने स्विकार्छु । एउटै विधामा रहँदा, जतिसुकै

मित्रतामा पनि कताकता ईर्ष्याको भावना भइहाल्छ । सकारात्मक ढङ्गले लिँदा त्यसले ऊर्जाकै काम गर्छ । नकारात्मक भयौं भने ईर्ष्याको त्यस्तो भावनाले हामी आफैंलाई कुण्ठित र आत्ममुग्ध बनाइदिन्छ । लेखक मर्ने नै कुण्ठा र आत्ममुग्धताले रहेछ । हामीले हाम्रा धेरै नजिकका साहित्यकार मित्रहरूलाई त्यसरी समाप्त भएको देखेका छौं । कतै त्यसरी नै हामी एकअर्काप्रति नजानिँदो तवरले ईर्ष्या गर्न त थालेका थिएनौं ? नहुन पनि सक्छ । तर, अवचेतन मनको कुरा हो, हामीलाई त्यस्तो भावना हाम्रो मनभित्र भएर पनि थाहा नभएको हुन सक्छ ।

०००

सायद २०५५ सालतिरको कुरा हो । काठमाडौंमा एउटा घडेरी किन्ने भएँ । रजिस्ट्रेसन पास गर्नलाई अलिकति पैसा पुगेन । सापट मागें तपाईंसित । तुरून्तै दिनुभयो । तपाईंले यसरी धेरै साथीहरूलाई सहयोग गर्नुभएको थियो । कतिले त फिर्ता पनि गरेनन् तपाईंलाई । मैले पनि समयमा फिर्ता गर्न सकिनँ ।

एक दिन अचानक रिसाएर तपाईंले मसित पैसा फिर्ता माग्नुभयो । अलिक अप्रिय पनि लाग्यो । ती दिनहरूमा तपाईं समाजले भन्ने त्यही अनैतिक प्रेममा फस्नुभएको थियो । तपाईंकी प्रेयसीलाई म प्रिय थिइनँ । उनैले मेराबारेमा नकारात्मक कुरा गरेपछि तपाईं मसित पनि मुर्मुरिनु भएको थियो । मसितको मोहभङ्ग भएको त्यस्तै कुनै समयमा तपाईंले त्यसरी पैसा फिर्ता माग्नुभएको थियो । नत्र मलाई थाहा छ, तपाईंजति सहज र सहयोगी मित्र निकै कम हुन्छन् ।

यति हुँदा पनि हामीले भेट्दा हात मिलाउन र मुस्कुराउन छाडेका थिएनौं । एकअर्काको हालचाल सोध्न छाडेका थिएनौं । घर, परिवार र छोराछोरीका कुरा गर्न छाडेका थिएनौं । हेर्दा त सबै सहजजस्तै लाग्थ्यो । तर, भेटेर छुट्टिँदा फेरि भेट्ने उत्सुकता रहँदैनथ्यो । फोनमा जन्मदिन, दसैं-तिहार र नयाँ वर्षका शुभकामना दिन पनि अल्छी गरिरहेका थियौं । हाम्रो सम्बन्धमा सायद यही नै सबैभन्दा घातक कुरा थियो ।

त्यसपछि तपाईं साझा प्रकाशनको सञ्चालक हुनुभयो । त्यतिबेला तपाईंले त्यहाँबाट दिइने एउटा पुरस्कार मलाई दिलाउनु भएको थियो । गरिमा सम्मान । वर्षभरि छापिएका रचनाहरूमध्ये सर्वश्रेष्ठलाई दिइने पुरस्कार । तर, मलाई थाहा छ, मलाई जुन कथाका निम्ति पुरस्कार दिलाउनु भयो, त्यो मेरो औसत कथा नै थियो । हामीकहाँ धेरैजसो पुरस्कार वितरणको परिपाटी यस्तै हो । आफ्नो मान्छे नभई पाइँदैन । साझाको त झन् आफ्नाले आफ्नालाई दिने नै पुरस्कार हो । तपाईं त्यहाँ हुनुहुन्थ्यो, त्यसैले मैले पाएँ । तपाईंको सदाशयता थियो त्यो, खुसी भएँ ।

घडेरी किन्दाको तपाईंको सहयोग र तपाईंले दिलाएको पुरस्कार मप्रति तपाईंले देखाएको स्नेह पनि थियो ।

तर, एक दिन अचानक तपाईंले मलाई एउटा एसएमएस पठाउनुभयो ।

'तँ कृतघ्न भइस् ।'

म अन्तरिक्षबाट जमिनमा खसेको थिएँ त्यतिबेला । तपाईंका यी दुई-तीन शब्दले रूवाए पनि मलाई र मनभित्र एउटा प्रश्न जन्मियो– म कसरी कृतघ्न भएँ ?

त्यतिबेला यो प्रश्न मलाई मेरो औकातभन्दा ठूलो लागेको थियो । जसको जवाफ मैले भेटिरहेकै थिइनँ ।

०००

भनिहालें नि कति उतारचढाव आए हाम्रो सम्बन्धमा ! सायद हाम्रो मित्रताको सौन्दर्य पनि यही हो । सम्बन्ध त्यसै त्यसै असहज भएर फेरि सहज भएको बेला थियो । तपाईंले आफ्नो घरको तला थप्ने निर्णय गर्नुभयो । सापट माग्नुभयो । मैले दिएँ । किनभने, कुनै बेला यसरी नै तपाईंले पनि सहयोग गर्नुभएको थियो । मैले पनि सहयोग गर्न सक्ने बेला थियो, गरें । मैले तपाईंसित अप्रिय ढङ्गले आफ्नो पैसा फिर्ता माग्नुपरेन । तपाईंसित भएका बेला मलाई फिर्ता गर्नुभयो ।

तपाईंले कृतघ्नै भनिसकेपछि, म कसरी कृतघ्न भएँ भन्नेबारेमा सोच्दासोच्दै मैले सम्झेका कुरा हुन् यी । आर्थिक सहयोग कुनै बेला तपाईंले पनि गर्नुभएको थियो, मैले पनि गरें । सहयोगको पनि कुनै हिसाबकिताब

हुन्छ भने हाम्रो यो हिसाबकिताब बराबर भएको थियो । तर, फेरि पनि एकअर्कालाई गरेको सहयोगलाई तराजुमा जोख्दा तपाईंकै हिस्सा भारी भयो । किनभने, तपाईंको हिस्सामा तपाईंले मलाई दिलाएको साझा प्रकाशनको त्यो पुरस्कार पनि थियो ।

कस्सम, मलाई त्यो दिन त्यो पुरस्कार साह्रै गरूङ्गो लागेको थियो ।

ooo

यसबीच म पनि साझा प्रकाशनमा सञ्चालक भएँ । सञ्चालकको निर्वाचन हुँदा जसरी मैले तपाईंलाई सहयोग गरें, त्यसरी नै मलाई पनि गर्नुभयो । हामीबीचको यो हिसाब पनि तलमाथि भएन । बराबर भयो ।

फेरि साझा प्रकाशनबाट दिइने पुरस्कारको बेला आयो । हामी सञ्चालकहरूले आ-आफ्ना मान्छे खोज्यौं । निर्णायक पनि हामीले आफूले भनेको मान्ने खोज्यौं । तपाईंको सहयोगको एउटा हिस्साको हिसाब बराबर गर्नु थियो मैले । मैले एउटा पुरस्कारका लागि अरू सञ्चालक साथीहरूसित अनुरोध गरें । उनीहरूले अनुमोदन गरे । तपाईंको नाम अनुमोदन गरेबापत मैले उनीहरूका मान्छेको नाम पनि स्वीकार गर्नुपऱ्यो । यसरी पुरस्कारको भागबन्डा गरेका थियौं हामीले । पहिला पनि यस्तै चलन थियो, हामीले पनि त्यही कामलाई निरन्तरता दियौं । योग्य र सक्षम व्यक्तिलाई पुरस्कृत गर्ने भन्ने कुरा पहिला पनि देखावटी थियो, हामीले पनि त्यही पाप गरेका थियौं ।

तपाईंलाई यो पुरस्कार पनि दिलाएपछि मलाई हल्का अनुभव भएको थियो । मलाई लागेको थियो, म तपाईंको सारा ऋणबाट मुक्त भएँ । हामीले एकअर्कालाई गरेको सहयोग र एकअर्काप्रति देखाएको सदाशयतालाई अब तराजुमा राख्दा दुवै हिस्सा बराबर भए । सम्बन्धको काँटा एक ठाउँमा स्थिर भयो ।

यति भइसकेपछि पनि एक दिन तपाईंले मलाई 'कृतघ्न' भनिदिनु होला भन्ने लागेकै थिएन । तर, भन्नुभयो । हुन्छ, यस्तो हुन्छ । कहिलेकाहीँ हामी आफूले अरूलाई गरेका सहयोगमात्र देख्छौं र त्यसैलाई ठूलो ठान्छौं । तर, अरूले पनि त्यसरी नै सहयोग गरेको थियो भन्ने कुरा बिर्सिन्छौं । के तपाईंले त्यसरी नै बिर्सनु भएको थियो ? के तपाईंले आफूले गरेको सहयोगलाई महान् र मैले गरेको सहयोगलाई तुच्छ ठान्नुभएको थियो ?

मलाई त्यसपछि दिक्क लागेको थियो । हामीबीचको मित्रता यसरी नमीठो मोडमा पुग्छ भनेर मैले सोचेकै थिइनँ । सायद तपाईंले पनि सोच्नुभएको थिएन । मित्रतामा एकअर्काको सहयोग र सदाशयताको हिसाबकिताब राख्नु र त्यसलाई अरूको अगाडि छ्यालब्याल हुने गरी सार्वजनिक गर्नु कति अप्रिय कुरा हो । खासमा मित्रतामा एकअर्कालाई गरेका सहयोगको लेखा परीक्षण नगरिनुपर्ने हो । तर, हामीले गर्‍यौं । तपाईंले पनि गर्नुभयो, मैले पनि गरें । म पनि कम्ता दोषी कहाँ हुँ र ?

तर, तपाईंको मनबाट मप्रति कृतघ्न भन्ने शब्द कसरी उच्चारित भयो ? यो कुराले मेरो मन भतभत पोलिरहेकै थियो ।

र, यस्तैमा हामीले हिजो भेटेका थियौं ।

ooo

कृतघ्नताको आरोप घाउ बनेको थियो मनमा । समयले त्यसमा पनि खाटा बसायो । घाउ निको भएजस्तै भयो । घाउको दाग त फेरि पनि बाँकी रहेकै थियो । कहिलेकाहीँ तिनै दागले घाउको दुखाइलाई फेरि सम्झाइदिन्छन् । फेरि चस्किन थाल्छ छाती । हिजो तपाईंले नै भन्नुभयो, 'मैले तपाईंलाई कृतघ्न भनेको थिएँ कुनै बेला ।'

हिजो त्यो आरोपको कारण पनि भन्नुभयो । भनेर ठीक गर्नुभयो । नत्र केही कुरा तपाईंको मनभित्रै रहिरहन्थे र घाउ बनेर दुःख दिन्थे । केही कुरा मेरो मनभित्र रहिरहन्थ्यो र दुःख दिन्थ्यो । त्यसपछि जीवनभरि बेलाबेलामा त्यही घाउ कोट्याएर ताजा बनाउँदै बस्नु नै हाम्रो नियति हुन्थ्यो । त्यो भयानक स्थितिबाट त निस्क्यौं हामी ।

ooo

तपाईं विभिन्न कारणले आर्थिक समस्यामा हुनुहुन्थ्यो । तपाईं नियमित पारिश्रमिक आउने कामको खोजीमा हुनुहुन्थ्यो । भर्खरै कुनै पत्रिकाबाट अलग्गिनु भएको थियो र तपाईंलाई अर्को काम चाहिएको थियो । मलाई भन्नुभएको थियो आफ्नो दुखेसो । भन्नु त पर्छ नि ! साथीलाई नभने कसलाई भन्ने ?

एउटा दैनिक पत्रिकामा मेरो बालसखा सम्पादक भएको थियो । एक दिन उसले भनेको थियो, 'पत्रिकामा दुई-चार जना राम्रा मान्छे चाहिएका छन् । कोही छ भने मलाई भन ।'

तपाईंले जागिरको कुरा गरेपछि मैले उसैलाई सम्झिएको थिएँ । मैले तपाईंलाई जवाफ दिएँ, 'म ऊसित कुरा गर्छु ।'

कुरा गरें ।

'हुन्छ । एकचोटि उहाँलाई भेटाउन ल्याऊ !'

उसले यस्तो भनेपछि दिन र समय निश्चित गरियो । तर, यसैबीच पत्रिकामा केही नाटकीय कुराहरू भए । बालसखा निराश थियो । उसले केही नयाँ मान्छे राखेर पत्रिकालाई नयाँ उचाइमा पुऱ्याउने सपना देखेको थियो । तर, उसको सपना धरापमा पऱ्यो । पत्रिकामा यति चलखेल भयो कि उसले भनेको केही पनि नहुने भयो । त्यसपछि उसले नै निराश भएर भन्यो, 'सरी यार ! म उहाँलाई राख्न नसक्ने भएँ ।'

अब भने म समस्यामा परेको थिएँ । तपाईं र उसको भेट गराइदिन्छु भनेर समय मिलाएर तपाईंलाई खबर गरिसकेको थिएँ । तपाईं त्यो दिन मलाई निर्धारित समयमा पर्खनुभयो । म आइनँ । म तपाईंका अगाडि पर्नै सकिनँ । आत्मग्लानिले पिरोलिएँ । त्यसपछि तपाईं आफैं मेरो बालसखाकहाँ जानुभयो । उसलाई थाहा थियो सबै कुरा । तर, सायद उसले पनि तपाईंलाई सबै कुरा भन्न सकेन । बस्, भनिदियो, 'खै, नयनले मसित केही भनेन ।'

अनि, तपाईंलाई मप्रति झोक चल्यो र मलाई सन्देश पठाउनु भयो, 'तँ कृतघ्न होस् ।'

ooo

हामीबीच एकअर्काप्रति कहिल्यै दुर्भावनाहरू थिएनन् । तर, असमझदारीहरू थिए । हामीले पनि नियन्त्रण गर्न नसक्ने परिस्थितिबाट निर्माण भएका अप्रिय असमझदारीहरू । समयमै संवाद भएन भने असमझदारीले सम्बन्धलाई साह्रै कमजोर बनाइदिन्छ । हाम्रो सम्बन्ध त्यसैको उदाहरण थियो ।

काठमाडौंको छातीमा उभिएको धरहरा भूकम्पमा ढलेको पनि निकै भइसक्यो । यो धरहरा ढल्दा हामी दुवैको चित्त दुखेको हुनुपर्छ । तर, हिजो साँझ हामीभित्रका असमझदारीका धरहरा पनि ढले । राम्रो भो यार ! कम्तीमा यस्तो खण्डहरलाई ढाल्न हामीले अर्को भूकम्प त पर्खिएनौं नि !

उफ् ! खण्डहर ढलिसकेपछि पो केही कुरा छर्लङ्ग भए । मैले तपाईंको ठाउँमा आफूलाई उभ्याएर हेरें । लाग्यो, तपाईंले त थोरै पो अप्रिय भन्नुभएको रहेछ । तपाईंको ठाउँमा म भएको भए सायद त्यसभन्दा बढी अप्रिय बोल्थें हुँला ।

तर, तपाईंलाई त्यसो भन्ने अधिकार छ । तपाईं त्यो मित्र हो, जसले मलाई एउटा चुनावमा सघाउनकै लागि त्यस्तो पार्टीको शुभेच्छुक संस्थाको सदस्यता लिइदिनु भएको थियो, जसमा तपाईंको आस्था नै थिएन । मान्छे त वाम झुकाव भएकै हो नि तपाईं । तर, साथीलाई एक भोट भए पनि बढी आओस् भनेर यस्तो गर्नुभएको थियो तपाईंले । तपाईंले लगाउनु भएको यही एउटा गुनका लागि पनि मैले तपाईंका हजार आरोप सहिदिनुपर्थ्यो । कमजोरी त मभित्रै रहेछ ।

मलाई लाग्छ, हिजो तपाईंले मेरा ती सबै कमजोरीलाई माफ गरिदिनुभयो । हामी यताउता जति बरालिए पनि त्यो हैसियतका मित्र थियौं, जसलाई एकअर्कासित गुनासो गर्ने अधिकार पनि छ र क्षमा गर्ने आँट पनि ।

यो संसारमा हामीजस्ता अनगिन्ती मित्रहरू होलान् । यारहरू होलान् । कति एकअर्काका लागि मरिमेट्नेहरू होलान् । कतिका सम्बन्धहरू भने असमझदारीको एम्बुसमा परेर हताहत पनि भएका होलान् । मित्रता सङ्कटमा परेका त्यस्ता सबै मित्रहरूको जीवनमा हिजोका जस्ता केही दिनहरू आइदियून् र सारा असमझदारीहरू हटून् । मित्रता त्यसपछि अझ सुन्दर कुरा बन्नेछ र त्यसले संसारलाई पनि सुन्दर बनाउनेछ ।

ooo

हिजो ९ पुस । शनिबार । जाडोजाडो थियो । तर, न्यानो अनुभूति भएको थियो । त्यही न्यानोलाई हाते रूमालझैं पट्यायौं हामीले । त्यसलाई आ-आफ्नो खल्तीमा जतनसाथ राखेर तपाईं र म छुट्टिएका थियौं । फेरि छिट्टै भेट्ने वाचाका साथ ।

रेस्टुराँबाट बाहिर आउँदा अँध्यारो भइसकेको थियो । तर, राजेन्द्रजी, तपाईं कति उज्यालो देखिनु भएको थियो । तपाईंको जीवनमा सधैं उज्यालो होस् । शुभकामना ।

पण्डित

उहाँसित बसेर मस्त पिउने रहर थियो ।

त्यो रहर कहिल्यै पूरा भएन ।

०००

उहाँको नाम निकै सुनेको थिएँ । अझ, कानुन विषय लिएर प्रमाणपत्र तहमा अध्ययन गर्दा प्रशासकीय कानुन विषयमा उहाँले नै लेखेको किताब पढेको थिएँ । त्यति ठूलो मान्छेलाई न्युरोड, पीपलबोटमा भेट्दा म गद्गद भएको थिएँ । आदरले त्यहीँ चरण स्पर्श गरूँजस्तो भएको थियो । मैले भनें, 'तपाईंले लेखेको किताब पढेरै मैले प्रशासनिक कानुनको विषय उत्तीर्ण गरेको हुँ । तपाईं त मेरा अदृश्य गुरू पो हो ।'

उहाँ मुस्कुराउनु भयो र भन्नुभयो, 'भो, गुरू नबनाउनूस् । त्यो किताब मैले लेखेको होइन । मेरै नामको अर्को मान्छेले लेखेको हो । मेराजस्ता नाम भएका थुप्रै छन् । एउटै खालको नामले गर्दा मलाई पनि साह्रै गाह्रो भइसक्यो ।'

म लाजले रातै भएँ । तर, गुरू भनिहालें । चरण स्पर्श नै नगरे पनि उहाँलाई त्यसपछि पनि सम्मान गर्न छाडिनँ ।

०००

उहाँसँग दोस्रो पटक पनि पीपलबोटमै भेट भयो । अरू कोही नआइपुगेको बेला थियो । हामी त्यहीँको चिया पसलमा बसेर चिया पिउन थाल्यौं । खोइ, कसरी हो, राजनीतिको प्रसङ्ग चल्यो । मलाई किन किन उहाँ काङ्ग्रेसी नै हो जस्तो लाग्यो । त्यसैले मैले कम्युनिस्टलाई गाली गरें । नेविसङ्घमार्फत छोटो समय विद्यार्थी राजनीतिमा लागेको थिएँ । उतिबेला कम्युनिस्टलाई केके भनेर गाली गर्ने भनेर गुरूहरूले सिकाएकै थिए । त्यो कुरा सहीजस्तो पनि लाग्थ्यो । उहाँसित पनि लगभग तिनै शब्दावली प्रयोग गरेर कम्युनिस्टप्रतिको आफ्नो धारणा प्रकट गरिहालें ।

तर, केहीबेरमै थाहा भइहाल्यो, म जसका अगाडि बसेर कम्युनिस्टलाई घनघोर गाली गरिरहेछु, उही नै खाँटी कम्युनिस्ट हो ।

म फेरि लाजले रातो भएँ । उहाँ मुसुमुसु हाँसिरहनु भयो । कति भद्र उहाँ !

त्यो दिनपछि मैले पूर्वाग्रही हुन छाडें । कहिल्यै कम्युनिस्ट भनेर कसैलाई गाली गरिनँ । बरू, अचम्म के भयो भने अचेल मेरा मित्रहरूको सूचीमा दुई तिहाइ कम्युनिस्टहरू नै छन् । त्यस्ता कम्युनिस्टहरू, जसलाई उनीहरूले आस्था राख्ने पार्टीले पत्याउँदैन । उनीहरूलाई अराजक, बागी र गद्दार ठान्छ । मलाई भने ती प्रिय लाग्छन् । उनीहरूको लेखनको नजिक पाउँछु आफूलाई । किनभने, उनीहरू प्रगतिशीलताका नाममा सूत्रबद्ध लेखनको रूढीबाट मुक्त छन् । विचारका नाममा कलालाई हेप्दैनन् । उनीहरू सिरक ओढेर रक्सी पिउँदैनन् । चुकुल लगाएर यौन र मायाप्रीतिका कुरा गर्दैनन् । इतर विचारका व्यक्तिहरूको जीउ गनायो भनेर तर्किंदैनन् । विचारबाट कहिल्यै डगेनन् । तर, आडम्बरहरूबाट मुक्त छन् उनीहरू ।

ooo

मभन्दा एक दशक जेठो हो उहाँ । मेरो दाइ पुस्ता । तर, मनले कहिल्यै दाइ मान्न सकेन । मुखले कहिल्यै दाइ भन्न मानेन । तर, धेरै पटक उहाँ मेरो अभिभावक बन्नुभएको छ । त्यसभन्दा धेरै पटक साथी बन्नुभएको छ । कहिलेकाहीँ त लाग्छ, मेराबारेमा मभन्दा बढी जानकारी राख्नुहुन्छ उहाँ । त्यसैले कहिलेकाहीँ आफ्नैबारेमा उहाँसित जानकारी माग्न र सोध्न मन लाग्छ ।

'किन भयो नयन आफूभन्दा निकै उमेरदार महिलासित आशक्त ?'

'कसरी बढ्यो आफूभन्दा निकै कनिष्ठ अभिनेत्रीसित उसको निकटता ?'

'ती को कवयित्री हुन्, जोसित करिब दुई दशकअघि उसले बिताएको थियो केही रूमानी पल ?'

'मध्यरात न्युरोडमा कुन साहित्यकारसित भयो उसको मारपिट ?'

'किन र कसरी भयो एक विज्ञापन एजेन्सीका सञ्चालकद्वारा उसको अपहरण ?'

'उसको गृहस्थीमा के कस्ता उतार-चढाव आए ?'

'के के थिए उसका आमाबुबाका सपना ?'

के थाहा छैन उहाँलाई मेराबारेमा ! मेरा सारा सबल र दुर्बल पक्ष । मेरा सारा गुण र दोष । मेरो लेखनी । मेरो विचार । मेरो सोच । मेरो पक्षधरता । मेरो उपलब्धि । मेरो कमाइ । मेरो बेखर्ची र मेरो फजुलखर्ची ।

सबै त थाहा छ उहाँलाई मेराबारेमा ।

कुनै बेला म महिनौं परिवारको सम्पर्कमै रहन्न थिएँ । त्यस्तोमा मेराबारेमा सोधखोज गरेर नेपालगन्जबाट फोन आउने उहाँलाई नै । जीवनका केही महत्त्वपूर्ण निर्णय लिनुपर्दा मैले सल्लाह लिने नै उहाँसित । म समस्यामा पर्दा उपाय सोध्ने उहाँसित नै । केही लेख्न थालें भने विषयका बारेमा छलफल गर्ने नै उहाँसित । *उलार* र मेरा धेरै रचनाको पहिलो पाठक उहाँ नै ।

ooo

साझा प्रकाशनको सञ्चालक समितिको चुनाव लड्ने भएँ । सबैभन्दा पहिलो जानकारी उहाँलाई नै गराएँ । वामपन्थी उहाँ । उहाँका लागि म प्रजातन्त्रवादी । तर, आफूलाई खाँटी प्रजातन्त्रवादी भन्ने धेरैले मलाई भोटै दिएनन् । तिनका आधिकारिक उम्मेदवार अरू नै थिए । तर, काठमाडौंको वामपन्थी साहित्यकारहरूको ठूलो जमातसित मेरो पक्षमा लबिङ गरिदिने नै उहाँ । खगेन्द्र सङ्ग्रौला, विमल निभा, श्यामल, नारायण ढकाल, शार्दूल भट्टराई, गोविन्द वर्तमान सबैले त मलाई साथ दिनुभयो । तेस्रो स्थानमै सही, मैले चुनाव जितें । मैले सबैभन्दा पहिला धन्यवाद दिएको नै उहाँलाई ।

केही समयपछि त्यही साझा प्रकाशनमा सक्षम खालको महाप्रबन्धक नियुक्त गर्ने कुरा थियो । आफूसँगैका सञ्चालक साथीहरूसित एउटा सहमति भइसकेको थियो । अन्तिम समयमा आएर साथीहरूले सहमति तोडे । जुन बेथिति र भ्रष्ट प्रवृत्तिको विरोधमा हामीले एक भएर उभिने सल्लाह गरेका थियौं, उहाँहरू अन्तिम समयमा आएर सुटुक्क त्यसैको समर्थनमा उभिइदिनु भयो । सिद्धान्त र आदर्शका बडेबडे कुरा गर्नेहरू नै यसरी गलत प्रवृत्तिका पक्षधर हुन्छन् भन्ने मैले कल्पनै गरेको थिइनँ । तर, त्यही भयो । म आहत भएँ । आत्तिँदै उहाँको घरमा गएँ । रोएँ उहाँसित । आमरण अनशनै बसेर भए पनि साझाको बेथिति सुधार्ने घोषणा नै गरें उहाँका अगाडि । साथ दिनुभयो उहाँले । परिवारले त पछि पो थाहा पाएको मेरो निर्णय । श्रीमती डराइन् । त्यसबखत मेरो परिवारलाई सान्त्वना दिने नै उहाँ । 'हामी नयनजीलाई केही हुन दिन्नौं' भनेर आडभरोसा दिने नै उहाँ ।

एक जना प्रकाशकसित किताबको रोयल्टी भुक्तानी विषयमा विवाद भयो । उनी रोयल्टीबापत मलाई बढी पैसा दिएको दाबी गर्ने । मैले अझै पाउन बाँकी छ भन्ने । न आधिकारिक हिसाब उनीसित । न पुराना सबै हिसाब सम्झने मेरो स्मरणशक्ति दुरूस्त । समझदारी बिथोलिएपछि कति सुमधुर सम्बन्ध भताभुङ्ग हुँदा रहेछन् । हामी कतिपय व्यावसायिक हुनुपर्ने ठाउँमा आत्मीय र आत्मीयता देखाउनुपर्ने ठाउँमा व्यावसायिक भैदिन्छौं । हार्दिकता र व्यावसायिकताबीच सन्तुलन मिलाउनै नजान्ने छौं हामी कतिपय । हामीबीच पनि त्यही भएको थियो । प्रकाशक र मबीच छलफल हुने कुरा भयो । म आवेशमा आउँला र कुरा झन् बिग्रिएला भन्ने लाग्यो मलाई । त्यस्तोमा मैले बोलाउने नै उहाँलाई । मलाई संयमित बनाएर विवाद मिलाउन आइदिने नै उहाँ ।

छोरालाई अध्ययनका लागि विदेश पठाउनुपर्‍यो । बैंक लोन लिनैपर्ने भयो । बैंकिङ प्रक्रिया पनि छिटो पूरा गर्नुपर्ने भयो । मैले 'बैंकमा सहयोग गर्ने कोही छ ?' भनेर सोध्ने नै उहाँसित । 'न आत्तिनूस्, फलानोकहाँ सँगै जाउँला' भनेर ढुक्क बनाउने नै उहाँ ।

मेरा लागि घडेरी खोजिदिने उहाँ । मेरो जीवन बिमा गरिदिने उहाँ । घर बनाउँदा उधारोमा काठ चाहियो । काष्ठ उद्योगमा फोन गरिदिने नै उहाँ ।

मलाई गरेको बेहिसाब सहयोग । मलाई पाइला-पाइलामा दिएको साथ । सङ्कटमा मसँगै उभिइदिएर लगाएको गुन । यी सबको कुनै नगदी मूल्य हुन्थ्यो भने म उहाँको ऋण तिर्दातिर्दा पूरै कङ्गाल भइसक्थें । तर, उहाँसितको मित्रताले मलाई कहिल्यै कङ्गाल हुने मौकै दिएन । म सधैं समृद्ध भइरहें ।

ooo

कथामा द्वन्द्व भएन भने त्यो सपाट हुन्छ । रूचिकर हुँदैन । मैले उहाँका बारेमा लेख्न त बसें । तर, यो लेखको नियति द्वन्द्वविहीन कथाकै जस्तो हुने खतरा पनि देखेको छु मैले । उहाँसित जति पनि मेरा अनुभव छन्, ती प्रिय छन् । सुन्दर छन् । म उहाँसितका अप्रिय र अरूचिकर घटनाक्रमहरू कहाँबाट खोजेर ल्याऊँ ?

कुनै बेला नारायण ढकालसित गलफत्ती गरेको छु मैले । अविनाश श्रेष्ठसित अप्रिय बोलेको छु मैले । हरि अधिकारीसित पनि नमीठो व्यवहार गरेको छु । उहाँहरू सबै दाइ पुस्ताको मान्छे । सबै मेरा आदरणीय । कम्तीमा सम्मान गर्ने सोमत त हुनै पर्थ्यो मभित्र । म किन र कसरी त्यसमा चुकें ? मैले अवचेतनमा पनि सम्मान गर्नुपर्ने व्यक्तित्व हो उहाँहरू । नशामा मातेर होस गुमाउने अधिकार होला मलाई । तर, बेहोसीमा पनि उहाँहरूलाई जथाभावी भन्ने अधिकार थिएन मलाई । मैले अधिकारको दुरूपयोग गरेकै हुँ । पछूतो छ मलाई । तर, उहाँहरू सबैलाई थाहा छ, कति सम्मान छ मेरो मनमा उहाँहरूप्रति । अब जीवनमा मबाट त्यस्ता गल्ती नहून् भन्नेमा सचेत रहने छु । उमेरसँगै म पनि त परिपक्व हुँदै छु ।

मसित अप्रिय अनुभवका कति कति शृङ्खला छन् भन्ने बताउनकै लागि मैले अघिल्ला पङ्क्तिमा झैझगडाका प्रसङ्ग उल्लेख गरेको हुँ । संस्मरण लेख्नका लागि त्यस्तो अनुभव पनि काम लाग्दो रहेछ । सायद त्यसले गर्दा रूचिकर बन्छन् संस्मरणहरू । तर, उहाँसित त मेरा कुनै अप्रिय अनुभव नै छैनन् । कहिले कुनै लफडा भएकै छैन उहाँसित । उहाँसँग कहिल्यै नमीठो बोल्ने स्थिति नै आएन । उहाँ मेरा लागि त्यस्तो व्यक्ति बन्नुभयो, जसलाई बेहोसीमा पनि मैले सम्मान गरिरहें ।

यो संस्मरणमा उहाँका बारेमा कुनै सनसनीखेज खुलासा गर्न असमर्थ छु म । त्यसैले उहाँसितको यो संस्मरण नलेख्दा पनि हुन्थ्यो होला । तर, जब म आफ्ना मित्रहरूका बारेमा यो किताबभरि यति धेरै कुरा गरिरहेछु भने म त्यो व्यक्तिको कुरा नलेखी कसरी बस्न सक्छु, जो मेरो जीवनमा सदैव गुणी व्यक्ति, असल मार्गदर्शक र कुशल अभिभावक भएर उपस्थित हुनुभयो ।

०००

पिएपछि बेहिसाब पिउनुहुन्थ्यो उहाँ । तर, मैले उहाँलाई पिएको देखिनँ कहिल्यै । त्यस्तो मौका नै जुरेन । उति बाक्लो सङ्गत पनि थिएन सुरूमा उहाँसित । त्यसैले एकअर्कासित कुनै जमघटमा बस्ने मौका पनि जुरेन ।

तर, चुरोट पिएको चाहिँ देखेको छु । असाध्यै पिउने । खैनी उत्तिकै सेवन गर्ने । जर्दावाल पान उत्तिकै खानुपर्ने । चिया उत्तिकै पिउनुपर्ने । माछा-मासु उत्तिकै खानुपर्ने । मानौं सारा अभक्ष्य सेवन गर्ने अघोरी हो उहाँ ।

बुबा बित्नुभयो उहाँको । वर्ष दिनसम्म सेतो लुगा लगाउनुभयो । उहाँले रक्सी खानुभएन । माछा-मासु पनि खानुभएन । मेरो तिनताक नै उहाँसित घनिष्ठता बढेको हो । उहाँको बेहिसाब पिउने बानीका बारेमा सुनेको थिएँ । भनें एक दिन, 'तपाईंको बर्खी सकिएपछि तपाईंसित पिउने असाध्यै रहर छ ।'

उहाँ मुस्कुराउनु भयो ।

बर्खी सकियो । मलाई लागेको थियो, सेतो लुगा फुकालेको दोस्रो दिनबाट उहाँको पिउने क्रम फेरि सुरू भइहाल्नेछ । तर, त्यस्तो भएन । बेहिसाब पिउने मान्छेले अब कहिल्यै नपिउने घोषणा गर्नुभयो । माछा-मासु पनि नखाने घोषणा गर्नुभयो । कठोर निर्णय थियो उहाँको । हामीले कति पटक सम्झायौं, 'आफ्नो निर्णयमा पुनर्विचार गर्नूस् ।'

'पिउँछु । नपिउने कहाँ हो र ! जुस त पिउँछु नि !'

हो, हामीसित धेरै जमघटमा बस्नुभयो । अझै पनि बस्नुहुन्छ । मातेपछि मच्चीमच्ची कुरा गर्थ्यौं हामीहरू । नपिएर पनि हामी जति नै मच्चिनुहुन्थ्यो उहाँ पनि ।

आज दुई दशक त भयो उहाँले पिउन छोडेको । शाकाहारी हुनुभएको । भन्नुहुन्थ्यो, 'बाआमाले मरेर जाँदा पनि सन्तानलाई सुधारेर जान्छन् । बर्खीको

एक वर्ष सन्तानहरूलाई आफ्ना आनीबानी सुधारेर असल बन्न दिएको हदम्याद हो ।'

उहाँसित पिउने मेरो रहर त्यसैले कहिल्यै पूरा भएन । जुन बेला उहाँ बेहिसाब पिउनुहुन्थ्यो, मेरो पिउने उति सोख थिएन । जुन बेला मलाई पिउने रहर जाग्यो, उहाँको सोख भएन । हामीले एकअर्कासित रक्सीका प्याला ठोकेर कहिल्यै चियर्स भन्न पाएनौं ।

त्यसपछि उहाँले चुरोट छोड्नुभयो । त्यसपछि पान छोड्नुभयो । त्यसपछि जर्दा छोड्नुभयो । पूरै पण्डित हुनुभयो उहाँ ।

लेखक नारायण ढकाल त्यसैले उहाँलाई 'पण्डित पुरूषोत्तम सुवेदी' भन्ने गर्नुहुन्छ ।

०००

अचम्मको मित्रता छ- विमल निभा, नारायण ढकाल, श्यामल, पुरूषोत्तम सुवेदी, राजव र शार्दूल भट्टराईहरूका बीच । नारायण ढकालले उपन्यास लेख्नुभयो भने उहाँहरूलाई पढ्न दिनुहुन्छ । उहाँहरूको राय-सुझावलाई स्वीकार्नु पनि हुन्छ । तर, एकअर्काको कुरा काट्ने काम पनि उत्तिकै भइरहन्छ उहाँहरूबीच ।

एउटाले भन्छ, 'नारायण ढकाल र राजवबीच सम्बन्ध बिगारिदिने नै पुरूषोत्तमजी हो ।'

अर्कोले भन्छ, 'श्यामल र ढकालबीच लेनदेनको लफडा भयो । बढी गल्ती ढकालकै हो ।'

फेरि अर्कोले भन्छ, 'पुरूषोत्तमले जे भने पनि पत्याउँछन् विमल निभा । पुरूषोत्तमले गर्दा नै निभा पनि ढकालप्रति नकारात्मक भएका हुन् ।'

अनि, अर्कोले थप्छ, 'राजवको *बेकारीमा उपन्यास* फ्लप गराउनुमा ढकालको योगदान छ ।'

अर्को कुरा पनि आउँछ, 'निभा र सुवेदी राजवका कमजोर रचनालाई पनि महान् भन्छन् । ढकालको त मजाक नै बनाउँछन् ।'

धारणा अर्को पनि आउँछ, 'जसले आख्यान लेख्यो, त्यो ढकालको शत्रु भयो ।'

यी सबै टिप्पणी, मजाक र घोचपेचहरूमा पुरुषोत्तम सुवेदीको महत्त्वपूर्ण उपस्थिति रहन्छ । तर, यी मजाकहरूले उहाँहरू कसैको पनि कद घटाउँदैन । वर्षौं भयो मैले यस्तो मजाक देख्न थालेको । तर, आजसम्म उहाँहरूबीच बोलचाल बन्द भएको थाहा छैन । आपसी आत्मीयता घटेको थाहा छैन ।

कहिलेकाहीँ लाग्छ, यस्तै कुरा गरेर उहाँहरूले आफ्ना दिनचर्यालाई सुरूचिपूर्ण बनाउनुभएको छ । त्यसैले न्युरोड राइटर्स कर्नरमा उपस्थित यो जमात कुण्ठामुक्त लेखकहरूको जमात हो । त्यसैले म नयाँ लेखकहरूलाई भन्ने गर्छु, 'कहिलेकाहीँ त्यहाँ पनि आउने गर्नूस् ।'

ooo

पुरूषोत्तम सुवेदी मैले मरिहत्ते गरेर मन पराउने कवि होइन । उहाँको लेखनको विशाल फ्यान पनि होइन । तर, उहाँका कतिपय कविता बेजोड लाग्छन् । अनुभव र संस्मरणको विपुल भण्डार छ उहाँसित । तर, लेख्न भयानक अल्छी गर्नुहुन्छ । शास्त्रीय पद्धतिलाई तोडेर भिन्न किसिमले समालोचना गर्ने ल्याकत छ उहाँसित । तर, त्यसलाई पनि निरन्तरता दिन साथीभाइहरूले करकर गरिरहनुपर्छ ।

मलाई उहाँले जीवनमा धेरै गुन लगाउनुभएको छ । त्यसैले उहाँ साहित्यको पनि शिखरमा पुगिदिए हुन्थ्यो भन्ने लाग्छ मलाई । उहाँको उचाइ देखेर मेरो गर्धन दुखिरहोस् भन्ने लाग्छ । म एउटा भाइसरहको मित्रले कामना गर्न सक्ने यत्ति हो ।

तर, उहाँलाई ठूलो हुनु नै छैन । उहाँ विमल निभाले कुनै व्यङ्ग्य राम्रो लेख्दा मख्ख पर्ने मान्छे । शार्दूल भट्टराईले कुनै समीक्षा राम्रो लेख्दा फोन गरी गरी हल्ला गर्ने मान्छे । 'वाह ! राजवले क्या दामी लेख्यो' भनेर लडीबुडी गर्ने मान्छे । उहाँ मेरो सफलतामा दङ्गदास पर्ने मान्छे । बुद्धिसागरले राम्रो लेख्यो भने ताली पिट्ने मान्छे । अरूको मन खोलेर प्रशंसा गर्ने मान्छे ठूलो लेखक हुनै सक्दैन । लेखकलाई त समकालीनहरूप्रतिको अलिअलि ईर्ष्या र अलिअलि प्रतिस्पर्धाको भावनाले बलियो बनाउँछ । ऊर्जा दिन्छ ईर्ष्याले पनि । तर, उहाँ ढकालको मजाक त उडाउनुहुन्छ, ईर्ष्या गर्नुहुन्न । श्यामल रक्सी खाएर कहाँ कसरी ढल्नुभयो भनेर चर्चा त गर्नुहुन्छ । तर, श्यामललाई

कमजोर कवि भनेर आलोचना गर्नुहुन्न । कोही इतर व्यक्तिले ढकाल र श्यामलको कुरा काट्दा, उहाँहरूको पक्षमा पर्खाल भएर उभिनुहुन्छ ।

गजब चरित्र, गजब स्वभाव !

तर, खोइ ईर्ष्या ? खोइ प्रतिस्पर्धाको भावना ?

त्यसैले कहिले काहीँ भन्न मन लाग्छ, 'भो, पुरूषोत्तमजी, तपाईं ठूलो लेखक बन्नै सक्नुहुन्न । ठीकै भो, मैले तपाईंलाई उचाइमा हेरेर गर्दन दुखाउनु नपर्ने भो ।'

तर, उहाँसितको गुनासो भने फेरि पनि बाँकी रहने भयो । यो गुनासो मेरो जीवनभरि नै कायम रहने छाँट देखियो ।

उहाँ, अर्थात् पुरूषोत्तम सुवेदीसित आनन्दले बसेर न्युरोड राइटर्स कर्नरका तमाम कामरेडहरूको कुरा काट्दै मस्त पिउने रहर थियो ।

त्यो रहर कहिल्यै पूरा नहुने भो ।

आभार

मित्रता भन्ने कुरा हामीले जीवन भोग्नेक्रममा गरेका रोचक, रोमाञ्चक र रूमानी अनुभूति मात्र कहाँ रहेछ र ? यो त हाम्रो मानसिक, सामाजिक, आर्थिक र राजनीतिक सोचको उपज पनि रहेछ । त्यसैले *यार*को अन्तिम अनुच्छेद लेखिसकेपछि मैले आफैंसित प्रश्न सोधें– 'के यो पुस्तक मित्रताको आडमा मैले गरेको निजी गन्थन मात्र हो ? अथवा, यसबाट हामी बाँचिरहेको समाजको कुनै खालको मनोदशा पनि प्रकट हुन्छ ?'

उत्तर मैले सोचिनँ । यसको उत्तर प्रिय पाठकहरूले दिनुहुनेछ ।

*यार*मा मैले मेरा मित्रहरूका कमिकमजोरी खोतल्न खोजें । तर, भेटें आफैंभित्रका हजार कमजोरी । त्यसैले यो किताब मेरो आफ्नै वजन जोख्ने तराजु पनि हो । मेरो लम्बाइ, चौडाइ र उचाइ नाप्ने इन्चिटेप पनि हो ।

oo

किताब लेख्न उत्प्रेरणा दिनु किताब लेख्नुभन्दा पनि सम्मानित कुरा हो । त्यसैले मेरो मनले फाइनप्रिन्टका अजित बराल र नीरज भारीलाई सम्मानित गर्न चाहेको छ । उहाँहरू प्रकाशक बढी हो या मेरा मित्र बढी हो, यो कुरामा म आफैं सुखद अलमलमा छु ।

भाषा सम्पादनका लागि प्रिय मित्र ईश्वरी ज्ञवाली र मेदनीप्रसाद भण्डारी, सुन्दर आवरणकला र भित्री पानाका तस्बिरहरूका लागि सचिन योगल श्रेष्ठ र लेआउटका लागि सरोज रम्तेलप्रति आभार । उहाँहरूको स्पर्शले यो किताब सुन्दर भएको हो । यसभित्रको विरूपता मेरो कमजोरी हो ।

म लेखक हुँ, न्यायाधीश होइनँ । त्यसैले मेरो आफ्नै सिर्जना भए पनि यो पुस्तकले मलाई मेरा मित्रहरूतिर औंला ठड्याएर 'यो असल' या 'यो खराब !' भनेर निर्णय सुनाउने अनुमति दिएको छैन । त्यस्तो सङ्केत पनि कतै प्रकट भएको छ भने त्यो मेरो लेखनको विफलता हो । त्यसका लागि पनि म मेरा मित्रहरूसित क्षमा माग्दछु ।

– **नयनराज पाण्डे**

इमेलः nayanrajpandey@gmail.com